嗆辣美嬌娘 3

文創
風
511

芳菲 著

目錄

第四十一章　雲泥之別

躺在床上的周天昊聽了這句話，忍不住翻了個白眼，他咬著牙想要起身，卻扯得身上的傷處痛了起來，只能倒回床上，悶哼了一聲。

謝玉嬌聽見聲音，急忙繞過屏風走到周天昊床前，咬著唇瓣，居高臨下地看著他。她一雙眸子紅通通的，神情是從未有過的嚴肅，一言不發地瞪著眼前的男子。

床上的人臉色蒼白，下頷長著烏青的鬍碴，嘴唇乾燥，直挺挺地躺著不動，一時之間讓人猜不透他傷到了哪裡。他一雙幽深的眸子帶著血絲，卻流露出幾分柔情，凝視著站在自己床前的女子。

周天昊有些艱難地伸出手，想要握住謝玉嬌的柔荑，可是這個動作對於重傷的他而言，無疑有些難度。謝玉嬌看見他伸過來的手，憤憤地咬了咬牙，坐到床沿，一隻手握著他帶著老繭的掌心，一隻手則輕撫著他光滑的手背。

「你這殺千刀、不要臉的，怎麼不死了乾脆？」雖然手上的動作溫柔，可是說出的話卻很不中聽，謝玉嬌狠狠瞪著周天昊，問道：「這次又傷到哪裡了？」

周天昊這會兒正覺得有些飄飄然，那掌心的溫度讓他覺得便是這會兒閉了眼，也沒什麼好遺憾的，他聽謝玉嬌問起，開玩笑道：「胸口被開了個洞，怪我大意，沒把那鏡子換個位置擺。」

謝玉嬌聞言，瞧著他那一臉難受的模樣，有些於心不忍，不禁伸手緩緩揭開周天昊身上蓋著的錦被，察看他的傷勢。

「別看，血淋淋的，怪噁心。」周天昊想阻止她，卻徒勞無功。

「這有什麼噁心的，我就看一眼。」謝玉嬌低頭掃了周天昊一眼，見他精壯的胸口上裹著厚厚一層紗布，最上頭的一層已被鮮血染紅，還透出刺鼻的中藥味，實在有些可怕。

謝玉嬌略略皺了皺眉，周天昊見狀道：「都說了噁心，妳偏不聽。」

「我不覺得噁心。」謝玉嬌抿了抿唇瓣，替周天昊蓋好被子。

一想到當初自己聽說他死了時，那種酸楚難當的滋味，謝玉嬌就覺得有些委屈。「他們不是說你已經死了？怎麼會……」

話還沒說完，謝玉嬌就被拉著靠在周天昊的胸口，那地方開了這麼一個大洞，壓上去豈不是要疼死？她嚇得連忙用手肘撐著床沿，罵道：「你要做什麼？都這樣了你還……」

周天昊哪裡肯聽，他自顧自地拉過謝玉嬌的手背，在他的唇瓣上蹭了片刻，又抬起頭道：「妳湊過來一點。」

「怎麼？」謝玉嬌一邊問，一邊湊了過去，不料周天昊忽然伸出另一隻手，輕輕按住謝玉嬌的後腦勺，緊接著在她臉頰上輕啄了一口。

謝玉嬌頓時羞紅了臉頰，惱怒道：「你這登徒子，真是……」

周天昊眼看奸計得逞，笑著鬆開謝玉嬌，淡淡道：「要不是想著妳，只怕我回不來了。」

聽了這句話，謝玉嬌實在不忍心苛責他，直起身子，又輕輕地撫弄起周天昊的手背。

「大家說你戰死，我當真了……」謝玉嬌說著，眼淚嘩啦啦地落下來。

周天昊反手握住謝玉嬌的掌心，靜靜合上眸子，片刻之後才睜開了眼，喟然嘆道：「楊……楊公子，他確實……為國捐軀了。」

謝玉嬌愣了一下，抬起頭看著周天昊，只見他眸中閃著淚光，眼淚似乎就要落下來，謝玉嬌微微一咬唇，問道：「那……那你又是誰？」

周天昊嘆了口氣，收起悲傷的神色，握著謝玉嬌的手莫名緊了幾分，彷彿怕她會逃走一樣。他定定地看著她，緩緩開口道：「我……」

謝玉嬌凝視著周天昊，有幾分好奇，卻又開始胡思亂想，見他拉著自己的手不鬆開，忽然生出幾分怒意來，猛然站起身，用力扯著自己的手，憤然道：「原來……我被人摟摟抱抱又親了，竟連他是誰都不知道。」

周天昊見謝玉嬌發起火來，知道她平常當家作主慣了，本就有幾分小脾氣，如今只怕是惱了，便忍著胸口的疼痛，無論如何都不肯鬆手，待她抽了好幾回都抽不開，他早已痛得冷汗直流。

謝玉嬌一下子心軟起來，只好任由他抓得死緊，想罵個幾句，又罵不出口，只好坐下來擦了擦眼角的淚花。

周天昊這才緩緩鬆開她的手，從枕邊拿了一方帕子遞給她，淡淡開口道：「我……我是當今睿王，敢問小姐芳名？」

謝玉嬌聞言，先是一怔，隨後把帕子往周天昊臉上一甩，起身往屏風後頭繞了出去，才剛要出門，忽然間外頭簾子一掀，雲松端著裝有藥碗的盤子走了進來。

看見謝玉嬌，雲松笑著說道：「小姐真的來了啊，我還以為康大人說著玩呢！小姐快坐，我家殿下天天唸著您，每天晚上不叫兩、三遍您的小名，都睡不著呢！結果好了，昨日康大人來探病，被他聽見了，他就說要請小姐來，偏偏我家殿下還不肯，說怕把您嚇著了。」

雲松說了一大串話，沒注意到謝玉嬌臉上的怒氣，等他發現了，才有些後悔，此時聽見周天昊扯著嗓子道：「還多嘴？信不信我再閹你一遍？」

聞言，雲松嚇得禁聲，他對謝玉嬌使了個眼色，湊過去小聲道：「謝小姐，太醫說這幾日殿下要靜養，我們就由著他去吧！」

謝玉嬌聽了，怒氣消了一半，撇了撇嘴開口道：「既然他沒死，那就好好養著吧，我先走了。」

雲松見謝玉嬌要走，急忙道：「小姐才剛來，怎麼就要走了？殿下這一路上奔波辛苦，見了小姐心情才好一些，您不留下來安慰、安慰殿下嗎？」

聽雲松這麼說，謝玉嬌終究心軟了，畢竟大雍此次和韃靼一打就是兩年多，最後還是沒守住京城，對周天昊來說無疑是一件傷心的事，難怪他臉上少了原先那放蕩不羈的輕狂，多了些內斂和沈穩。

雖然心裡這麼想，謝玉嬌卻不肯鬆口，還故意道：「我為什麼要安慰他？他打不過人家，那是技不如人，所謂成王敗寇，哪有人打輸了還非要人家安慰的？」

雲松聽了，還以為謝玉嬌是說真的，他連忙放下盤子，勸慰道：「小姐快別說了，您別看殿下平常嬉皮笑臉的，可性子也急，當日在城牆上，要不是幾個將士架著他離開，只怕早就回不來了；如今好不容易平安撤退，小姐還說這樣的話，豈不是拿刀子戳殿下的心嗎？」

這些話周天昊一字不差地聽了進去，他何嘗不懂「成王敗寇」這個道理，可真的上了戰場，和那些韃子拚個你死我活，才知道戰爭的確能亡國，毀滅一個朝代。說到底，他只是一個穿越者，並不是這個時代的救世主。

謝玉嬌一句話也沒回，在廳裡隨便找了張椅子坐下來，並不打算開口。雲松見了，不禁縮著脖子，一動也不敢動。

就在整個房間安安靜靜、毫無聲息的時候，忽然聽見周天昊低聲喊著。「雲松，進來幫我。」

雲松聽了，先將湯藥擱在一邊的茶几上，走進裡間。

沒多久，謝玉嬌聽見裡面傳來一聲壓抑的輕嘶聲，她有些著急，想進去瞧一眼，又覺得有些不好意思，便憋著一股氣，繼續低頭坐著。

片刻之後，只見屏風後頭白光一閃，周天昊披著一身月白色的長袍，由雲松扶著從裡間走了出來。

「你……」謝玉嬌見到他那副半死不活的模樣，低頭小聲嘀咕了一句。「冤家。」

周天昊揮了揮手，示意雲松出去，自己則走到謝玉嬌旁邊的椅子坐了下來，繞過茶几牽起她的手道：「傷了上頭，腿卻還結實得很，不信妳坐上來試試？」

謝玉嬌見他還是不正經，氣得冷哼一聲，猛然從他手中把手抽開，將茶几上放著的藥碗端起來，送到他面前道：「先乖乖把藥喝了，再回去躺吧！」

周天昊不說話，含著幾分笑看著謝玉嬌，他壓下她的手腕，把藥碗擱回茶几上，忽然蹦出一句話來。「江老太醫一定沒盡心，怎麼妳比之前還瘦了幾分呢？」

謝玉嬌聽周天昊提起這件事，臉頰頓時紅了幾分。原本她的確胖了一些，不過最近折騰得厲害，她只要一動腦子，就吃不下東西，如今下巴更尖了，一雙大眼睛掛在巴掌臉上，讓人覺得楚楚可憐。

抿了抿唇瓣，謝玉嬌故意說道：「民女多謝睿王殿下掛念，民女命薄相窮，當不起睿王殿下的關心。」

周天昊聽著這酸溜溜的話，不禁難受起來，為什麼姑娘家總是這麼不老實，坦率大方地接受別人的關懷不好嗎？

「這就當不起了？那以後該怎麼辦呢？」周天昊說完，伸手端起茶几上的藥碗，皺眉幾口灌下去。

謝玉嬌看見他這副模樣，覺得有些不忍心，起身倒了一杯茶給他，看他漱過口，臉色好一點了，這才說道：「要是沒別的事，我就走了。」

「妳……這就走了？」周天昊抬起頭，不捨地看著謝玉嬌。

「我不走，難道要住在這裡嗎？」謝玉嬌這會兒淡定不少，思維也漸漸清晰起來，他們之間的狀況原本就已經夠複雜了，現在更是難解。

周天昊微微一愣，只見謝玉嬌看著自己的眼神漸漸變得嚴肅，又聽她開口道：「殿下若是想找人尋開心，外頭多得是俏生生的名門閨秀，何必非要找我這樣一個鄉野村姑，白白壞了殿下的興致。」

謝玉嬌說完，逕自站了起來，頭也不回地往房門口走去。

「嬌嬌……」

周天昊脫口喊出謝玉嬌的乳名，謝玉嬌回過頭來，看著他道：「殿下，這個名字，您不配喊。」

雲松與方才引謝玉嬌進來的婦人都候在門口，此時看見謝玉嬌猛然掀起簾子就走，一時覺得有些奇怪，雲松急忙讓那位婦人去追謝玉嬌，自己則進去探望周天昊。

謝玉嬌腳步飛快地出了垂花門，紫燕急忙跟了上來，她見到謝玉嬌，這才開口道：「小姐，原來那楊公子不是楊公子，奴婢聽雲松說……他是……」

紫燕的話還沒說完，謝玉嬌就一眼瞪過來，嚇得她閉上嘴巴，跟在後頭不說話。

中年婦人追了上來，她見謝玉嬌虎著一張臉，上前陪笑道：「小姐怎麼說生氣就生氣了？殿下死裡逃生，把小姐找來，就是想……」

謝玉嬌不等婦人把話說完便回道：「他怎麼樣都和我沒關係，他是高高在上的天家王爺，我不過就是鄉野村莊的地主丫頭，要是想找樂子，對不起，他找錯人了，我不稀罕。」

幸虧謝玉嬌記性好，記得來時的路，她見方才為她們帶路的兩個婆子此刻並不在，就按著原路走了起來。

那婦人被謝玉嬌幾句話說得呆愣了片刻，見她自己要走，這才反應過來道：「小姐等等，行宮裡還是有人帶著走妥當，否則萬一衝撞了貴人就不好了。」

聞言，謝玉嬌停下了腳步。這位婦人說得沒錯，這裡並不是謝家宅，能隨她自由來去，她還是守著自己的本分，照規矩走就是。

周天昊合眼靠著身後的椅子，心裡幽幽嘆了口氣。不是沒想過謝玉嬌會生氣，只是這樣耍了脾氣後拍拍屁股就走人，脾氣確實大了一些；不過轉念一想，謝玉嬌在他心裡之所以特別，就是因為她與那些對他言聽計從、說話都不敢喘大氣的京城閨秀完全不一樣，若她轉性，就不是他欣賞的謝玉嬌了。

想到這裡，周天昊苦笑著搖了搖頭，見雲松從門外進來，淡然道：「本王沒事，你先派個人好生跟著謝小姐，把她送回謝家去。」

雲松瞧自家主人不像是生氣的模樣，頓時有些摸不清狀況，點頭道：「讓劉嬤嬤去送謝姑娘了，殿下放心吧，出不了岔子。」

康廣壽派來的小廝一直在外面等候，謝玉嬌順利上了馬車，她瞧了瞧外頭的天色，催促小廝趕路，總算在天黑前回到謝家。

徐氏早就派了人在門口候著，丫鬟看見載著謝玉嬌的馬車回來，連忙往裡頭報信。

謝玉嬌下了馬車，轉頭瞧了那小廝一眼，使眼色讓紫燕打賞他幾兩碎銀子，開口道：「今日的事情，你若是說出去半句，我就讓康大人把你賣了。」

那小廝知道謝玉嬌不過就是嚇唬嚇唬自己，再說他要是多嘴，康大人也不會要他辦這件事，不過他還是點頭應下，才駕了馬車離去。

徐氏親自迎了出來，見謝玉嬌臉色不大好，問道：「怎麼了？康大人又要讓我們謝家做什麼不成？就算朝廷沒銀子，也不能老指望我們啊?!」

謝玉嬌見徐氏什麼都不知道，擺擺手道：「娘放心，不是這件事，只是女兒有些累了，明日再和您說吧！」

徐氏見謝玉嬌不高興，吩咐下人將晚膳送到繡樓去，不勉強她和自己同桌吃飯了。

今日徐蕙如離開了謝宅，繡樓裡靜悄悄的，謝玉嬌順著樓梯往上爬，樓梯咯吱咯吱作響，擾得她有些心煩。自己到底是對那個人在意起來，可是……又能怎麼樣呢？他是高高在上的王爺，自己卻只是一個地主家的黃毛丫頭。

想到這裡，謝玉嬌有幾分無奈，要她削尖了腦袋去當人家的小妾，萬萬不可能，可擺在她面前的門第之別，也不能當作沒看見。她向來不是一個願意為這種事浪費心神的人，想多了只覺得腦袋瓜子疼，索性不用晚膳，像前世一樣直接換了衣服，窩到被子裡頭當鴕鳥去了。

謝玉嬌這一覺睡到二更才醒來，卻是被餓醒的。睜開眼睛的時候，只看見徐氏趴在她的床前，一隻手還壓著她身上的被子，唯恐她踢被子著涼。

看見這一幕，謝玉嬌只覺得心頭一暖。雖然徐氏有時挺糊塗的，可那畢竟是因為她被保護得太好，沒受過什麼磨難才會這樣。謝玉嬌其實打心眼裡羨慕徐氏，被謝老爺那樣的相公疼愛，又有自己這般能幹的女兒罩著，糊塗一些也無所謂。

謝玉嬌伸出手，輕輕挪開徐氏的膀子，徐氏感受到動靜，睜開眼，看見謝玉嬌已經醒了，問道：「嬌嬌醒啦？這會兒幾更天了？」

此時喜鵲聽見裡頭的聲響，執著燈進來，見謝玉嬌醒了，便道：「小姐餓了吧，茶房裡的爐子上還暖著一碗銀耳蓮子羹，奴婢端上來讓小姐墊一墊吧！」

謝玉嬌這會兒真餓了，便點了點頭，又對徐氏說：「娘怎麼不在自己房裡睡？」

徐氏回道：「我聽丫鬟說妳沒用晚膳就睡了，放心不下，過來看一眼，一時有些睏了，就在這邊打了個盹兒，如今妳既然醒了，我就回去吧！」

夜色已深，外頭北風呼嘯，要是出去走一段路，可能會凍著，謝玉嬌便開口道：「娘好久沒和女兒一起睡了，今晚就別走，留下來吧！」

因為前一陣子發生的事，徐氏對謝玉嬌還有幾分愧疚，如今聽她提出這個要求，自然就應了。她趁喜鵲送銀耳蓮子羹來給謝玉嬌吃的空檔，去澡堂泡了泡腳才回來。

謝玉嬌食量原本就不大，吃了小半碗銀耳蓮子羹就飽了，漱過口後，與徐氏一起躺到床上。

由於謝玉嬌方才睡了一覺，這會兒並不睏，而徐氏有心事，一時之間也睡不著，兩人各自輾轉了一會兒，徐氏聽見謝玉嬌淺淺地嘆了口氣，她忍不住問道：「我聽紫燕說，今日妳沒去見康大人？」

謝玉嬌聽了這話，並不覺得奇怪，紫燕本來就是張嬤嬤的閨女，雖然在自己跟前做丫鬟，但也是謝家的奴才，自然不會欺瞞徐氏。謝玉嬌知道這事瞞不了，點了點頭道：「娘，楊公子沒死。」

徐氏聞言又驚又喜，正想再問一句，卻聽謝玉嬌又嘆了口氣，繼續道：「也不能這麼說，真正的楊公子確實為國捐軀了，只是……我們認識的那個楊公子，還活著。」

這番話讓徐氏越聽越覺得奇怪，忍不住蹙眉問道：「妳說得我一頭霧水，那我們認識的那個楊公子到底是誰？」

謝玉嬌抿了抿嘴，回道：「我們認識的那個人壓根兒不是楊公子，他是當今聖上的弟弟，先帝最疼愛的幼子……睿王殿下。」

徐氏驚呼出聲，見謝玉嬌臉上帶著幾分失落，不禁有些擔憂，問道：「他今日請妳去見他，所為何事？我聽說睿王殿下尚未婚配……」

說到這裡，徐氏又覺得不太對，她雖然很希望謝玉嬌能嫁得好，可是就憑睿王的身分，斷然不是他們這樣的人家配得上的。

謝玉嬌一時之間也是心亂如麻，對於周天昊那樣的人，她真的是一點把握也沒有，誰知道他到底藏著幾分真心？萬一他只是鬧著玩而已，到時傳出什麼不好聽的話，總是誤了自己的名聲。

這麼一想，謝玉嬌又說道：「他有沒有婚配，不是我們這種人能管的，便是他婚配了，那又如何？他看上一個姑娘，還需要管她門戶如何嗎？不過就是一句話的事，難道有人敢說半個『不』字？」

徐氏聽謝玉嬌這麼說，暗暗心驚，又知道謝玉嬌向來脾氣孤傲，便故意問她。「難道嬌嬌也肯嗎？」

謝玉嬌聞言，挑眉看了徐氏一眼，見到她臉上的表情，便知道這是在套話，輕哼一聲道：「娘明明知道女兒的脾氣，還問這些？我不是那種賁緣攀附的人，謝家也不缺銀子，不需要這樣的親戚，我……已經想通了。」

徐氏聽謝玉嬌這一句「想通了」，不是很明白她的意思，便問道：「嬌嬌，妳想通什麼了？」

謝玉嬌咬著唇瓣想了片刻，才回道：「過了今年清明，我們就出孝了，趁著年節熱鬧，我打算招親，找個上門女婿，這樣在朝宗長大之前，我和娘就能早些有個依靠了。」

徐氏聞言，差點嚇得從床上跳起來，她一個勁兒地問道：「嬌嬌說的可是真的？妳願意招婿了？」

謝玉嬌點了點頭。她這個主意確實有些衝動，只是她心裡一直有一個聲音要自己豁出去，彷彿她真的這麼做就痛快了……

第四十二章 死皮賴臉

一晃眼又過了幾天，周天昊在行宮養病，不便走動，只是想起那日謝玉嬌氣沖沖離去，難免感到鬱悶，心情一差，傷口就好得慢，太醫們來來回回研究藥方，卻總不見效，終於驚動了皇上親自過來探病。

大雍皇室子嗣不豐，到了文帝這一代，包括他在內，只剩下四個兄弟，其中最受先帝寵愛的，莫過於睿王周天昊。文帝對這個弟弟也是關愛有加，連帶著皇后徐氏也把周天昊當作親弟弟。

其實這個道理不難懂，有一個不想當皇帝，卻肯拚命幫自己打仗的親弟弟，誰不高興呢？雖然文帝並不知道當初周天昊不願意繼承皇位的緣由，可畢竟當上皇帝的人是自己，這段往事也就揭過不提了；如今周天昊為了大雍兩次身陷險境，差一點為國捐軀，他身為皇兄，眼看他遲遲好不了，自然要親自探問。

太醫們看見皇上過來探視睿王殿下，一個個都黑著臉，鬱悶至極。明明好藥都已經用盡，為什麼睿王殿下的傷口就是好得那麼慢呢？眾人無論如何都猜不透原因，唯獨江老太醫內心有那麼一點想法，只是他不知道自己猜測得對不對。

「你們幾個倒是說說看，睿王的傷到底如何了，為什麼到現在還時不時發熱？你們都是些廢物不成？」

舉凡當上皇帝的人，一發火就愛說這種話，當慣了「廢物」的太醫們也都免疫了，雖然他們不服氣，但還是擺出誠惶誠恐的模樣，一個個規規矩矩地磕頭告罪。

周天昊披著袍子從裡間出來，見皇上又開始折騰這群太醫，笑著道：「皇兄罵他們做什麼，臣弟按時服藥就是了。」

文帝丟了國土，過年前從京城落荒而逃，本就有幾分上火，如今不過就是借題發揮而已，聽周天昊這麼說，他嘆了口氣道：「你們幾個都起來吧，好好琢磨、琢磨藥方，要是明日睿王還沒退熱，看朕怎麼發落你們。」

徐皇后站在一旁，倒是微微動了心思。如今他們住在行宮裡，地方小，稍稍有個風吹草動，她那邊就有消息；比如之前有宮女向她稟報，睿王殿下居然趁後花園沒人的時候，從外頭弄了一個姑娘進來。

雖然徐皇后沒仔細打聽那姑娘的來歷，可聯想到睿王的病症，頓時就明白是怎麼回事了。她拉著文帝的袖子，偷偷湊到他耳邊道：「陛下，皇弟已經快二十四歲了，身邊連一個妾都沒有，只怕是生了內火吧？」

周天昊的婚事，文帝早就交給徐皇后處理，只是這兩年大雍局勢實在不穩，而且周天昊本人也沒放心思在這上頭，因此就耽擱下來，如今聽徐皇后這麼一說，文帝也覺得有幾分道理，便點了點頭，開口道：「以前皇弟住在宮外，他府上的事朕不便插手，如今既是在行宮，妳今日就挑幾個容貌出眾的宮女送過來，好生服侍皇弟。」

周天昊瞧自己的皇兄和皇嫂兩個人一邊閒聊，一邊往自己這邊遞眼神，哪裡知道他們正在琢磨這種事，只是無端覺得後背有些涼颼颼的，讓人發毛。

因為謝玉嬌想通了招上門女婿的事，徐氏這些天心情一直很好。雖然這幾日外頭陸陸續續有難民過來，但因為各處都有人集中看管他們，年底的日子倒過得還算安生，只是有些事該來的還是會來，怎麼樣都躲不掉。

謝玉嬌這廂坐在書房裡和徐禹行還有兩位管家商討事情，就聽見有婆子在外頭喊著。

「二老太爺，您不能進去，小姐正在裡面和舅老爺還有管家們談事情呢！」

二老太爺聽了，回道：「我就是要找你們小姐，她在最好，今日索性把事情都說個清楚。」

謝玉嬌一聽這話，便知道二老太爺是為了年底的分例而來。其實給族裡的這些東西，折算起來沒幾個銀子，只是因為南遷一事來得突然，好些商戶乘機漲價，加上正逢年底，一些民生用品的價格貴得離譜，謝玉嬌便讓陶來喜挪用往年留給族裡的分例，優先安置難民。

謝家的族親都有幾畝良田，只要好好營生，斷不會少了吃穿，可年年都有的東西，今年卻沒了，二老太爺便覺得是謝玉嬌剋扣他們，吵上門來了。

丫鬟見二老太爺進來，急忙上前挽了簾子讓他進去，謝玉嬌雖然臉色不好看，但還是站起身來迎接，話語中也沒有任何不敬。「二叔公怎麼有空過來？我還想著等我手上的事忙完了，要請二叔公過來坐坐呢！」

二老太爺逕自開口道：「嬌嬌，妳別怪二叔公倚老賣老，我和妳爺爺可是親兄弟，不管是同輩還是後輩，從來沒有誰敢不尊敬我，逢年過節那些東西都是幾十年的老例了，怎麼到了妳手上就變了呢？」

陶來喜和劉福根聽了，就知道二老太爺是因為今年短少了他們的東西才找過來，正要為謝玉嬌辯解，就聽她開口道：「二叔公說得對，這的確是老例，我也從未剋扣族裡任何一樣東西，只是您看看今年是個什麼光景，外頭到處都是難民，隱龍山下附近已經聚集了幾百號人，要拿什麼去養？」

二老太爺聽了，怒道：「這些人和我們謝家有什麼關係，再怎麼樣也不能讓咱們謝家養啊！妳爹以前就算糊塗一些，也沒像妳這樣揮霍，拿著謝家的銀子去開善堂。」

謝玉嬌不怒反笑，道：「二叔公說得真是好啊，幾百號人，都趕上咱一個謝家宅了，若不給他們吃喝，必定是第二個青龍寨。想當初我娘被青龍寨的人抓走，勒索十萬兩銀子時，可沒看見二叔公過來關照半句。」

說到這裡，謝玉嬌已不想再和他囉嗦，繼續道：「二叔公還是請回吧！原本這些分例，我打算等過了年物價回穩之後，再讓陶大管家補給你們的，可如今我反倒覺得不必了。謝家從來沒欠族裡一分一毫，但是這分例，就從今年開始斷了吧，誠如二叔公您說的，我是不該拿謝家的銀子去開善堂。」

謝玉嬌說完，朝陶來喜與劉福根使了個眼色，兩人頓時會意，只見劉福根拉著二老太爺的手道：「二老太爺快別說了，小姐還能欠族裡那一點東西嗎？年底祠堂祭祀的銀子不是早就給您送過去了，這又是何苦呢？」

二老太爺沒想到有段時間沒見到謝玉嬌，她的脾氣竟是越來越大，敢直接和自己叫板了，原來好歹還會給自己一些面子，如今卻是面子、裡子都不給了。

徐禹行看著陶來喜與劉福根兩人拉著二老太爺出門後，才淡淡開口道：「嬌嬌，妳這幾天脾氣有些大了，可是癸水將至？」

謝玉嬌沒想到徐禹行會這麼直接，一時之間有些無言以對，她這幾日的確是來了癸水，至於脾氣嘛，似乎從以前到現在都是這樣啊……

昨夜徐禹行回到謝家，徐氏留他在正院用膳，順便將謝玉嬌要招上門女婿的事告訴他。當時謝玉嬌不在場，因此徐禹行就算有些納悶，也沒解開疑惑，如今見四下無人，他才開口問謝玉嬌。「嬌嬌，我聽妳娘說妳想招上門女婿，這事有些突然，我想聽聽妳的想法。」

就算招上門女婿的點子是徐禹行出的，可後來謝朝宗出生，謝玉嬌有了自己的想法，他好不容易才讓徐氏不那麼執著她的婚事，如今她卻自己提起來，實在讓人不明白。

其實謝玉嬌那日是一時糊塗，鬆口說要招上門女婿，把徐氏樂得跟什麼似的，恨不得馬上為她操辦，可這幾日她私下想了想，起了幾分退縮的念頭。這年頭最怕姑娘家高調，等這事鬧了出去，萬一當真有人看中謝家的萬貫家財投奔過來，她又看不上眼，豈不是糟心死了？

謝玉嬌聽徐禹行問起這件事，回道：「是……是提了一下。」

徐禹行見謝玉嬌的模樣，就知道她心思有些游移，又追問道：「妳是自己想要招上門女婿呢？還是有什麼別的原因？」

聞言，謝玉嬌一張俏臉頓時脹得通紅，低頭不語，徐禹行認定她必定有什麼隱情，便說：「嬌嬌，招婿是終身大事，舅舅有一句話要送給妳——『開弓沒有回頭箭』，妳可要想清楚了。」

謝玉嬌沒想到徐禹行這麼了解自己，抬起頭看了他一眼，撇了撇嘴角，最終開口道：「舅舅，我們都被騙了，上回從青龍寨救了娘回來的，並不是那死去的楊公子，而是當今的睿王殿下。」

徐氏雖然告訴徐禹行謝玉嬌要招上門女婿，卻沒說周天昊的事，因此此時謝玉嬌一說，嚇了徐禹行一大跳。「嬌嬌，妳……是不是喜歡上他了？」

謝玉嬌臉上浮現幾分倔強的神色，她細細想了片刻，皺眉道：「沒有。」

看見謝玉嬌這表情，徐禹行便知道她這一句「沒有」是騙人又騙己；只是……一個是天家，一個是百姓，他們要怎麼在一起呢？

徐禹行一時語塞，完全不知道該說什麼話來勸謝玉嬌，他想了半天才開口道：「招婿的事，妳若是想清楚了，到時我自然為妳操辦好。」

謝玉嬌見徐禹行並不勸自己，再次深刻體認到古代門戶觀念有多麼重，點了點頭道：「那就煩勞舅舅了。」

通往謝家宅的山道上，江老太醫抱著個藥箱，抬眼看了坐在自己正對面的睿王周天昊一眼，一顆心提到了喉嚨。他今早按例進行宮向睿王請安，沒想到這會兒反被劫持出來，當真嚇散他這身老骨頭了。

周天昊也很無奈，昨日眾太醫替他會診，大夥兒商討了半日沒個結論也就算了，結果到了晚上，徐皇后居然塞了兩個貌美如花的宮女過來，說是要替自己「降火氣」。

怒氣沖天地把人轟出去就算了，可這麼一鬧，周天昊煩得整晚都沒睡著，一直想著怎麼脫身，偏偏行宮內外看起來似乎很平靜，暗地裡卻不知道有多少侍衛把守，他絕不可能光明正大地出門。正好今日一早江老太醫來看他，他就順勢拖著人一起下水了。

周天昊穿著一身小廝的衣服，靠在馬車車廂上，他睨了江老太醫一眼，開口道：「江老太醫，我還沒找你算帳呢！上回要你好好調理謝小姐的身子，怎麼我前幾日見了她，還是那般清瘦？」

江老太醫這下可不服了。「殿下，這不能怪我，自古心病還須心藥醫，這個道理殿下應該也懂，不然為何太醫院下了那麼多藥，殿下身上的傷卻遲遲不能痊癒呢？」

說著，江老太醫還故意湊上去看了一眼，嘖嘖道：「殿下瞧瞧，愛折騰是吧！原本都快好了，這一路搭著馬車過去，傷口又要裂開了。」

周天昊此時哪顧得上江老太醫說什麼，他撩開簾子往外頭看了一眼，見謝家宅近了，這才鬆了口氣，說道：「江老太醫放心，若是這事成了，我必定多發你一份喜糖。」

江老太醫聽了，笑著道：「殿下這又是何苦呢？您喜歡謝小姐，就讓皇上下一道聖旨，難道他們一介地主人家還會拒婚不成？非要這樣偷偷摸摸地來，瞧著也不光彩。」

周天昊卻覺得好笑，憑他對謝玉嬌的了解，一道聖旨固然能解決問題，但是最後只會得到一個對自己冷冰冰的夫人，還是得好好哄一哄她，才能把人娶進門。

「江老太醫說得有道理，只是我不喜歡強人所難。」周天昊說道。

江老太醫吹了吹自己花白的鬍子，心道：這不叫強人所難不假，可死皮賴臉卻是真啊！

謝玉嬌用過午膳後，待在徐氏的房裡逗弄了謝朝宗一會兒，一直逗到他疲倦，要睡午覺了，謝玉嬌才優哉游哉地往自己的繡樓去。

繡樓位在後花園，後方有一個竹園，雖然開著一道後門，但平常鮮少有人走，因此守門的婆子有時會躲懶，偷偷溜走個一盞茶的時間，不會有人知道。

就是因為這樣，所以謝玉嬌從來沒想過，會有一個男人神不知，鬼不覺地躺在自己的床上。

「你……」

「噓。」

謝玉嬌嚇了一跳，往後退了退，樓下的紫燕聽到動靜，站在樓梯上問道：「小姐怎麼了？」

謝玉嬌捏著帕子，狠狠瞪了床上的人一眼，回道：「沒什麼，上頭窗戶沒關，前院的貓又跑來玩了。」

紫燕聽了，問道：「要奴婢上去幫忙嗎？」

謝玉嬌這會兒已經恢復平靜，便道：「不用了，妳在下面守著，我睡一會兒就起來。」

周天昊見謝玉嬌沒聲張，總算鬆了口氣，他扶著床柱坐起來道：「你們謝家的圍牆也太高了些。」

由於他剛剛翻牆，胸口的傷處又隱隱作痛，額頭滲出了冷汗。

謝玉嬌轉身將簾子拉了下來，這才轉過頭看他，表情中透著幾分冷淡。「這又是做什麼？我從來沒見過像你這種王爺，沒半點樣子。」

「那妳說說，王爺又該是個什麼樣子，我好學一學？」

謝玉嬌見周天昊那副耍賴的模樣，懶得理他，隨口道：「大雍的江山都被韃靼占去一半了，我要是個王爺，早就心碎致死，哪還有這般閒情逸致，跑到姑娘家的閨房來？」

周天昊聽了這番話，頓時低頭不語，神情中帶著淡淡的憂傷。這丫頭……專會踩人的痛處，讓人消受不起。

謝玉嬌見周天昊不說話了，暗暗有些後悔，真是「毒舌一時爽，事後火葬場」，眼看周天昊的臉色越來越陰沈，謝玉嬌又不忍心了。

「行了、行了，我不說你，你走吧！」謝玉嬌垂下眸子，淡淡道。

周天昊抬起頭，身子往床板上靠了靠，回道：「妳就不能說幾句好聽的嗎？我偷偷從行宮跑出來，就是想看妳一眼。」

謝玉嬌聽了，臉頰微微泛紅，再抬起頭看周天昊的時候，就見他捂著胸口的傷處，表情中透著幾分無奈，仔細一瞧，外袍上已透出了血。

「你、你這短命的，怎麼不死了才好呢?!」謝玉嬌心口一揪，說的話更難聽了。

周天昊見謝玉嬌紅了眼眶，伸出手握住她的手腕，將她拉到自己跟前道：「我要留著這條命，才能……」

下面的話沒說完，周天昊抬起頭吻住了謝玉嬌那一雙紅豔豔的唇瓣。

謝玉嬌空著的那隻手想往周天昊的胸口推去，卻又怕弄疼他的傷口，只能扭動著身體嗚咽兩聲，接著又被他按坐在大腿上。

周天昊閉著眼睛，細細舔著謝玉嬌柔軟的唇瓣，一點一點品嚐她口中的甘露，捨不得分開。任憑謝玉嬌脾氣再火爆，在喜歡的男人懷裡，還是不自覺地展露出自己最柔弱的一面，她輕哼一聲，睜著一雙濛濛的眸子，愣愣地看著周天昊。

「這裡沒有別人，只能讓妳幫我換藥了。」周天昊睜眼，鬆開謝玉嬌，在她的臉頰上輕啄了一口。

謝玉嬌站起來的時候只覺得兩腳虛軟，她有些恍神地問他。「藥在哪裡呢？我們家可沒有這些東西。」

周天昊指了指放在圓桌上的一個包裹，繼續道：「藥已經備齊了，江老太醫說每隔兩日會來看我一回，妳放心好了，我死不了。」

謝玉嬌聽了，先是放下心來，繼而又覺得有些奇怪。「什麼叫兩日來一回？你難道想住著不走？」

周天昊見謝玉嬌這般聰明，一下子就猜出他的目的，回道：「我是偷跑出來的，自然不能回去，這裡除了妳，我也不認識別人，自然就來投靠妳嘍！」

謝玉嬌哪裡聽得進這種鬼話，撇嘴道：「那康大人又怎麼說，你難道不認識他？縣衙那麼大的地方不去住，非跑到我們謝家這窮鄉僻壞來，到底是為什麼？」

周天昊知道謝玉嬌這張嘴素來不饒人，無奈道：「我對康大人可沒有救命之恩，但對你們謝家就不同了，既然謝小姐不肯收留本王，本王只能去問問謝夫人，能不能看在本王救她一命的分上，收留本王幾日。」

說著，周天昊當真站起來，甩了袍子就要往外頭去。

謝玉嬌見狀，急忙攔住他。她是見過人耍賴，可從來沒見過像周天昊這樣耍賴還得理不饒人的。徐氏是個什麼樣的人，要是見到他，定是恨不得把他當祖宗一樣供著，到時候自己非但不能怠慢，還要跟著徐氏對他噓寒問暖，光想就覺得憋屈得很。

「別走。」謝玉嬌急忙喊住周天昊，小聲道：「想住就住下吧，但是別讓人知道我房裡窩了個大男人，這像什麼樣子？」

周天昊見謝玉嬌答應了，便高高興興地坐在椅子上，解開身上的衣服，露出精壯的肌肉來。

房裡放著暖爐，倒是不冷，只是謝玉嬌看到周天昊光著上身，臉頰忍不住紅了起來。她打開包裹，看著那些瓶瓶罐罐，一時之間不知道該用哪瓶藥。

周天昊見謝玉嬌遲遲沒動作，笑著說道：「不管哪個，都往上頭撒一些，反正也死不了。」

謝玉嬌聽了，越發窘迫，她拿著瓷瓶一一辨認上面寫的字，這才知道哪些是外敷、哪些是內服的，好不容易手忙腳亂幫周天昊把傷口包紮好，她已是累得滿頭大汗。

「其他的藥呢？」謝玉嬌把東西收拾好了，轉身問周天昊。她那天明明看見雲松端著熬好的湯藥進去，如今瞧他傷口還沒癒合，肯定還要喝上一陣子。

「那些藥沒法帶，明日江老太醫會差人送過來，就先不喝了。」

謝玉嬌看著周天昊，滿臉的不可置信。「你可真是胡鬧，受了這麼重的傷，能不喝藥？你知不知道，傷口要是發炎了，會死人的。我剛才為你包紮的時候，還覺得你身上有些燙呢！」

周天昊一聽，倒是覺得有些奇怪，中醫並沒有「發炎」一說，只會說「火熱毒邪」；中醫治病也不會說「消炎」，只會說「清熱解毒」。

謝玉嬌說完這番話，抬眼看了周天昊一眼，見他正一眼不眨地盯著自己，還當他聽不懂自己的話，便解釋道：「發炎呢，就是大夫常說的『毒火上侵』，你受了傷，容易有邪毒，光用外敷藥不夠，一定要加上內服；況且這些草藥治病的速度慢，若是不按時吃，還不知道身上的傷什麼時候能好呢！」

聽謝玉嬌說明完，周天昊內心幾乎稱得上是狂喜。他來這個地方二十年，平素作風異於常人，又喜歡接觸一些不按牌理出牌的人，目的就是試試看能不能碰上和自己一樣，來自另一個時空的「老鄉」，沒想到這回竟是踏破鐵鞋無覓處，得來全不費工夫。

此時周天昊臉上的笑容更甚，不斷點頭道：「嬌嬌說得對，我都聽妳的。」

謝玉嬌見周天昊像是犯傻一樣盯著自己看，覺得有些不習慣，便轉過頭不去看他，又道：「我不懂醫術，一會兒就讓廚房熬一碗魚湯過來，聽說能促進傷口癒合。」

這會兒不管謝玉嬌說什麼，周天昊都是一個勁兒地點頭，眼睛盯著她瞧，半點也捨不得挪開，謝玉嬌被他弄得很不自在，側著身子坐下來，瞪了他一眼道：「別這樣看我，我臉上有東西嗎？」

周天昊「嘿嘿」笑了起來，忍不住說道：「我只是越看越覺得嬌嬌眼熟，竟然像我前世的妻子一般。」

「去你的前世妻子。」謝玉嬌不禁爆了粗口，她紅著臉站起身，撩開簾子往外走了幾步，一時之間還是有些擔憂。

如今周天昊來了，自己自然不能繼續住在這邊，然而不管告不告訴徐氏，這件事都挺難辦的。

他身上帶著傷，總不能真的不想個辦法照顧他吧？只是……她是個姑娘家，如何能在閨房裡藏著一個男人呢？

謝玉嬌越想越覺得心煩，覺得不能不找個人商量，便囑咐丫鬟們不准私自上二樓，自己則往正院找徐氏去了。

第四十三章　同鄉情緣

此時還不到用晚膳的時間，徐氏見謝玉嬌過來，先要她坐下，可是謝朝宗還沒睡醒，兩人就這樣乾坐著，一時有些無聊。謝玉嬌生出幾分尷尬來，也不知道該如何和徐氏開口，她低頭想了想，才道：「娘隨我去裡間，女兒有話要說。」

徐氏見謝玉嬌神色有些緊張，不禁感到好奇，跟著謝玉嬌往裡間去，見她一張臉無端紅了起來，忙問道：「怎麼啦？是不是吹了風發熱了？」

謝玉嬌急忙搖了搖頭，小聲湊到徐氏耳邊道：「娘，睿王殿下他……他從行宮偷跑出來了，如今正在我繡樓裡待著呢！」

徐氏聞言嚇了一跳，忙問道：「他想做什麼？沒欺負妳吧？」說完，徐氏忍不住上下打量起謝玉嬌，生怕她有個什麼不好。

謝玉嬌急忙安撫她道：「娘別急，我沒事，他傷還沒好，又是翻牆進來的，並沒有其他人知道，只是他如今賴著不肯走……」

賴著不肯走？堂堂一個王爺，總不可能給咱們家當上門女婿吧？徐氏這話差點脫口而出，可她最後還是忍住了，蹙眉問道：「那他的傷如何了？是不是要先請個大夫過來瞧瞧？」

說起來徐氏實在很滿意周天昊，原先以為他是晉陽侯府楊公子的時候，就覺得他平易近人，一點兒也沒有大戶人家少爺那種高高在上的架子，如今知道他是個王爺，就更是欣賞了。

當然，謝玉嬌看周天昊自然不是這樣，她只覺得周天昊渾身上下都散發著邪氣，輕浮得很。

謝玉嬌聽徐氏問起，回道：「他說江老太醫每兩日會來府裡診治一次，目前看起來情況不是太嚴重，只是傷口還沒癒合，我先讓他在我房裡休息。」

對於自己的閨房裡來了這樣一個不速之客，謝玉嬌實在覺得無奈，徐氏看見謝玉嬌滿臉哀怨，忍不住問道：「他這是什麼意思？想在我們家住下嗎？」

謝玉嬌皺著眉道：「他沒說要走，不然娘去幫我把他趕走好了。」

徐氏一聽，連連擺手道：「那怎麼行，別說他是我的救命恩人，就算不是，他在受傷的情況下過來投靠我們，我們沒道理不收留他；只是……要是讓外頭的人知道了，那可怎麼辦才好？」

說著、說著，徐氏心裡漸漸有了想法，要是睿王殿下對謝玉嬌沒意思，不可能連自己的傷都不顧，大老遠地跑過來。

想到這裡，徐氏回想起上次謝玉嬌去見過他一面之後，就說要招上門女婿，表面上看起來是想通了，其實不過就是……就是推託罷了？

徐氏茅塞頓開，開口道：「嬌嬌，妳一個姑娘家，性子卻這麼倔強，真不知是像了誰。」

謝玉嬌冷不防聽徐氏這麼說，還沒反應過來，又聽徐氏繼續道：「如今人已經來了，妳難道還要招上門女婿不成？」

此刻謝玉嬌一顆心正煩亂，見徐氏瞧出她腦中所想，低著頭道：「娘何必挖苦，女兒不過是心裡難受罷了；再說，他若是真心的，必定不會眼睜睜看著我去招什麼上門女婿，倒不如用這件事考驗他一番，好換我一個心安。」

徐氏聽了，不斷地搖頭。「他若是真心的，妳此番作為必定會傷了他的心；他若是假意的，又如何會不顧自己身上的傷，跑出來找妳？妳這丫頭真是……」

說著，徐氏伸出手在謝玉嬌的腦門上戳了戳，繼續道：「罷了，幸好妳表妹這段日子不在家裡，妳暫且讓出繡樓，留他在那邊養傷，妳搬到我院中來住。」

謝玉嬌聽完，一下子愣住了，吶吶地開口道：「娘說什麼啊？我的地方讓給他住……這也太……」

徐氏卻打定了主意，她這個女兒雖然精明厲害，畢竟是個姑娘家，要是由著她這樣耍性子，到時毀了一樁良緣，哭都來不及。

「他是我的救命恩人，如今身上又有傷，騰個地方讓他養傷也是應該的，妳是我的女兒，難道能不讓我還這份恩情？」

謝玉嬌本以為自己能輕鬆反駁徐氏，誰知道徐氏這番話竟說得頭頭是道，她頓了一會兒才說：「娘，女兒之前不是給他一萬兩銀子當謝禮了？難道這還不夠還他的恩情？」

徐氏聞言，回道：「他一個王爺，還能缺那一萬兩銀子？嬌嬌，妳啊，有時候就是把銀子看得太重了。」

謝玉嬌頓時啞口無言，還想找個理由呢，卻見徐氏走到門口，招呼張嬤嬤道：「張嬤嬤，妳隨我去繡樓走一趟。」

見到徐氏要過去，謝玉嬌急忙跟在她與張嬤嬤身後，一同離開正院。

謝玉嬌住在繡樓二樓，靠東邊是她的臥房，西邊是小書房，中間有一個小廳。眾人知道謝玉嬌喜靜，平常她在樓上的時候，不常有人上去，丫鬟們都是等謝玉嬌不在的時候，才抽空上去收拾屋子，只是今日卻很反常，謝玉嬌明明離開了，卻不准丫鬟上去整理。

喜鵲坐在一樓廳裡做了一會兒針線，忽然想起方才謝玉嬌說起前院的貓跑進她的房間，索性放下針線，不顧謝玉嬌的吩咐，往樓上去了。

白天的時候，謝玉嬌臥房碧紗櫥裡的簾子向來都會挽起來，這會兒卻放下來了，喜鵲走上前伸手撩開簾子，往床上瞄了一眼，頓時嚇得放聲尖叫。

徐氏正好帶著張嬤嬤過來，謝玉嬌聽見樓上的叫聲，一顆心怦怦亂跳，等她們走近，看見喜鵲一臉驚嚇地從樓上跑下來。

喜鵲見徐氏和謝玉嬌她們過來，不斷用手指著樓上，一時之間說不出話來。

謝玉嬌抬起頭，就看見周天昊披著外袍走了下來，臉上還帶著幾分笑。「嚇……嚇壞了妳的丫鬟。」

謝玉嬌輕哼了一聲，別過頭不去看他，徐氏見了周天昊，看他一臉蒼白，頓時就有「丈母娘心疼女婿」的心思，可她一時不知怎麼稱呼周天昊，略微思索後，便還是像以前一樣喊道：「楊公子快坐下。」

周天昊拱手謝過，在大廳找了張椅子坐下來，徐氏遣喜鵲去沏茶後，開口道：「嬌嬌已經告訴我你的事了，如今你什麼都別想，安心在這裡養著就是。」

謝玉嬌不禁瞪了徐氏一眼。這也太偏心了點吧？要報恩也不是這麼報的。

周天昊聽了這番話，臉上浮起得意的笑，看來丈母娘對自己還算滿意，只是未到手的媳婦似乎對自己的意見有點大。

「多謝夫人，只是此次我是偷偷跑出來的，家裡的人並不知道，若是夫人肯收留，在下感激不盡。」

徐氏這下越發肯定周天昊是為了謝玉嬌才溜出來的，這樣的女婿真是打著燈籠也找不到，怎麼能讓他離開呢？

「說什麼客氣話呢，當日要不是你，我們謝家就遭難了，這份恩情，本就無以為報。」

徐氏一高興，話就多了起來，可是說到報恩上頭，倒是讓謝玉嬌有些尷尬。

那些謝玉嬌在現代接觸過的書籍或戲劇中，常說「救命之恩，當以身相許」，徐氏都這把年紀了，肯定行不通，好在還有個女兒……

這麼一想，謝玉嬌的臉頰越來越紅，便趕緊開口道：「娘，楊公子他累了，需要休息。」

徐氏聞言先是一愣，繼而轉頭往周天昊那邊看了一眼，沒想到周天昊皺了皺眉頭，擺出一副疲累的模樣，開口道：「謝小姐說得對，在下確實有些累了。」

一旁的張嬤嬤見狀，差點就要笑出來，徐氏便有些無奈地起身道：「既然累了，那就好好歇息吧！」

徐氏帶著張嬤嬤走到門口，吩咐繡樓裡的丫鬟們道：「妳們上樓替小姐收拾、收拾，從今日起小姐要搬到我院中的東廂房去睡，這繡樓留給楊公子養傷。」

眾人起先還弄不清楚這裡什麼時候多出了一個楊公子，正要竊竊私語，就聽見徐氏補充了幾句。「楊公子的事不准往外說，要是我聽見外面的丫鬟和婆子議論起來，那就是妳們說的。」

丫鬟們聽了，都一個勁兒地點頭，再也不敢當著徐氏的面討論這位楊公子的來歷。

謝玉嬌見徐氏這樣安排，也沒辦法提出異議，如今周天昊鳩占鵲巢，她真的不能跟著住在裡頭了，不然這件事被人傳出去，還像什麼樣子？

謝玉嬌轉身回房，就看見周天昊正坐在椅子上，身體半靠著椅背。

周天昊瞧謝玉嬌一臉鬱悶，忍不住呵呵笑了起來，偏偏他這一笑，又扯得傷口發疼，只好一隻手捂著傷口，一隻手扶在茶几上，死命忍著笑，整個身體不斷抖動。

謝玉嬌狠狠瞪了周天昊一眼，看見外頭丫鬟進來收拾東西，便大聲說道：「妳們幾個，把這房裡我用得著的東西全都收走，一樣也不准留下。」

眾人見謝玉嬌又耍起了小姐脾氣，趕緊應下，速度飛快地收拾起來。

有幾個小丫鬟原先沒見過周天昊，好奇之餘，找上了喜鵲與紫燕打聽消息。紫燕知道周天昊的身分，又怕說出來把這幾個小丫頭片子嚇壞了，便小聲道：「好好服侍就行了，問這些做什麼？」

其中一個小丫鬟笑道：「紫燕姊姊，妳服侍過他，說說看該怎麼做才好。」

紫燕想了想，謝家的丫鬟服侍得再好，肯定比不上宮女，睿王殿下巴巴地跑過來，無非就是為了自家小姐，這回賴著不走，只怕是不達目的誓不罷休，可不能得罪他，便點了點頭道：「妳們把他當姑爺服侍，準錯不了。」

這廂謝玉嬌正氣憤不已，她端起茶几上的茶盞狠狠抿了一口茶，一臉痛恨地看著周天昊，巴不得馬上把他掃地出門，只是現在她無論如何都不能這麼做；先別說沒人看見他從前面進來，就他如今這一副病懨懨的模樣，打仗都沒死了，若是死在謝家門口，反倒晦氣。

不過最讓謝玉嬌鬱悶的，還是她不能使用那間澡堂了。原本大冬天的泡一泡澡，說有多舒服就有多舒服，如今周天昊占了這個地方，她怎麼好意思跑來洗澡呢？

想到這裡，謝玉嬌就不願正眼瞧周天昊，誰知此時紫燕正好從樓上下來，她看見周天昊的茶沒了，便急急為他添了一盞熱茶。

謝玉嬌見了，開口道：「東西都收拾好了嗎？沒收拾好還替人倒茶？」

紫燕縮著脖子放下茶壺，趕緊往樓上去了，周天昊端起茶盞來，略略抿了一口，若無其事地說道：「脾氣那麼大，大姨媽來了？」

謝玉嬌一開始沒反應過來，低下頭喝起茶，可是猛然間像是想起了什麼，頓時噴了一大口茶回茶盞，難以置信地看著周天昊。

「看什麼看？我長得帥？」周天昊說完之後，不動聲色地又抿了一口茶，接著抬起頭來，帶著幾分調戲的眼神盯著謝玉嬌。

此時謝玉嬌終於明白這代表什麼意思，她放下茶盞，用帕子輕輕擦了擦嘴角與身上的茶漬，悄悄在心中嘆息。本來以為穿越這種事很少見，沒想到自己居然會在這裡遇上老鄉；只是這老鄉的運氣還真不是一般的好，謝玉嬌原本以為自己穿越到謝家已經過得很高級了，沒想到還有比她更高貴的。

「帥什麼，不過爾爾。」謝玉嬌低下頭，臉頰卻紅了起來。此刻她對周天昊生出了幾分他鄉遇故知的感覺，一時之間心情有些複雜。

周天昊看見謝玉嬌臉上透出的紅暈，放下茶盞，起身走到她跟前，伸手調整了一下她的髮釵，淡然道：「妳還要鬧彆扭到幾時？我們之間的緣分，早在那面鏡子掉到棉襖裡的時候，就已經注定了。」

謝玉嬌卻還是覺得彆扭，她轉頭避開周天昊的動作，抬起頭看著他道：「好啊，既然讓我知道了你的來處，那自然也要按照『那邊』的規矩來，我可不吃這裡的規矩，什麼『女人是地，男人是天』的，你若能哄得我高興，我便認了你這個老鄉。」

周天昊聽了這番話，默默在心中慨嘆起來。謝玉嬌果然是個妖精，竟然這樣撩撥自己，只怕唐僧見了她，也只有服軟的分，恨不得自己讓她給吃了。

「好好好，都依妳，我如今跑出來，就是妳的人了。」周天昊急忙哄她道。

謝玉嬌一聽這話，又挑起眉頭，回道：「要死了，什麼叫就是我的人了，我要你這個人做什麼？真是笑話。」

周天昊也不惱，在她一旁的凳子上坐下來，說道：「你們家不是要替妳招上門女婿？我來應徵成嗎？」

謝玉嬌見周天昊的神情似笑非笑，話語中不知道有幾分真假，不禁狠狠瞪了他一眼，又見丫鬟們已經抱著她的枕頭和鋪蓋下來了，便起身道：「高攀不起，楊公子好生靜養，等傷養好了，哪來的就回哪去吧！」

見到周天昊跑來找謝玉嬌，徐氏雖然高興，卻也沒昏了頭，畢竟家裡藏著一個人，不是件小事；況且那人的身分又擺在那裡，萬一要是「上頭」找了過來，謝家會不會因此獲罪呢？想到這裡，徐氏覺得有些害怕，瞧著過兩日就是除夕了，索性吩咐張嬤嬤去外院把徐禹行給喊進來。

徐禹行看徐蕙如在馬家一切都安頓好了，便回到謝家，打算過年後再回城裡向其他友人拜年，因此這幾日都住在謝家。

張嬤嬤遣了丫鬟去外院請人，才知道徐禹行方才又出去了一趟，但是因為沒有喊馬車，大概就是在附近走動而已。等到徐禹行回來的時候，已經到了掌燈時分，因為冬日天黑得早，正院才擺上飯而已。

徐氏心裡念著周天昊，便問張嬤嬤道：「繡樓那邊的飯菜送過去了嗎？」

張嬤嬤點了點頭道：「送過去了，特地讓廚子熬了上好的黑魚湯，聽說那東西對傷口癒合最有好處。」

謝玉嬌就坐在一旁的椅子上等著用晚膳，聽見徐氏和張嬤嬤在那邊嘀咕，鬱悶得不得了。她們兩個簡直把周天昊當神仙一樣供著，這麼做只會讓他得寸進尺。

這頭謝玉嬌正要勸幾句，外頭丫鬟挽了簾子道：「舅老爺回來了。」

徐氏走過去迎接徐禹行，順手幫他解下身上的石青刻絲灰鼠披風，接著招呼他坐下，又親自奉上熱茶給他。

謝玉嬌慨慨地往他們那邊看了一眼，那無辜的眼神真是讓人瞧著都心疼。

徐禹行抿了一口熱茶，抬起頭來，就看見謝玉嬌往自己這邊遞眼色，便開口道：「嬌嬌這是怎麼了？怎麼瞧著無精打采？」

謝玉嬌也不知道該怎麼說才好，以前無論遇到什麼狀況，徐禹行都會站在自己這一邊，可如今這件事有點複雜，很難掌握他的態度。

徐氏見狀，開口道：「我正有事要和你商量呢，是關於嬌嬌的。」

徐禹行一聽，便猜出大概是為了謝玉嬌選婿的事。他這個姊姊就是這樣，一有什麼想法就沈不住氣，過年前討論這些事，擺明了要讓謝玉嬌不自在。

「姊姊，什麼事那麼急，等過了年再說也一樣吧！」徐禹行笑著說道。

徐氏見他會錯了意，便道：「怎麼能不急？如今人還在繡樓裡頭待著呢，要想個法子才行啊！」

徐禹行聞言一愣，問道：「什麼人來了謝家？我從大門進來，怎麼就沒聽說呢？」

謝玉嬌低聲說道：「那個……那個沒死的楊公子來了。」

徐禹行端著茶盞的手猛然一滯，他抬起頭看了徐氏一眼，只見徐氏也點了點頭。

輕輕嘆了口氣，徐氏道：「如今人在繡樓裡，我已經讓嬌嬌搬了出來，讓他在那邊養傷。」

徐禹行一時無語，見廳中並無他人，才開口道：「這……這……姊姊，妳可知道他是……」他搖了搖頭，繼續道：「也太胡來了。」

謝玉嬌皺著眉，低頭不語。如今她知道周天昊和自己一樣是穿越過來的，身分又如此高貴，自然毫無顧忌，正因如此，她更覺得憋屈。

徐氏與謝玉嬌都無話可說，徐禹行沈思片刻，才又道：「既然是他自己要來的，只怕我們不好趕他走，但繡樓是嬌嬌住的地方，他一個外男在那裡不方便，反正外院客房多，這幾日我也不走，就讓他搬去外院住吧！」

謝玉嬌聞言一個勁兒地點頭，心道還是徐禹行疼自己，徐氏這作為，分明就是有了女婿忘了閨女——謝玉嬌不知道自己為什麼想到這句話，頓時羞得面紅耳赤，索性裝出害臊的模樣，小聲道：「舅舅說得是，娘就知道欺負我。」

徐氏見到謝玉嬌這個樣子，頓時覺得對不起她，便道：「我是看他傷得頗重，這才沒讓他去外院住，那邊平常出入的人多，不利於靜養。」

徐氏這般心疼「女婿」的心思著實讓人嘆服，謝玉嬌深深覺得自己將來在家裡肯定很沒地位，便嘟起嘴不說話。

一旁的徐禹行聽了，回道：「我在外院住的地方有單獨的小院，平日也清靜得很，況且家裡還沒出孝，不會有什麼客人出入，真讓他住在嬌嬌的閨房裡，要是將來傳出去，實在不像樣。」

謝玉嬌又點了點頭，徐氏這會兒沒話說了，想了想才道：「既然如此，就讓楊公子搬過去好了。」

和徐禹行兩個人一唱一和之下，謝玉嬌終於搶回了自己的居住權，用過晚膳後，她便高高興興地往繡樓去了。到了繡樓，謝玉嬌正打算上去請周天昊下來，卻看見幾個丫鬟正在廳裡收拾餐盤。

謝玉嬌低頭看了一眼，見幾道菜動都沒動，顯然樓上的人食慾不佳。

就在這個時候，紫燕從樓上下來了，她見謝玉嬌在場，走過來悄聲說道：「小姐，睿王殿下已經睡了。」

謝玉嬌點了點頭，終究還是感到擔憂。古代的醫療技術實在不怎麼樣，周天昊受了這麼重的傷，讓人不擔心都難，想到這裡，謝玉嬌心中的怨氣少了大半，提著裙子就往樓上去。

進了裡間，只見簾子並未放下來，人倒是已經躺在了床上，周天昊合著雙眸，看上去比平常老實很多。謝玉嬌看著他，幽幽嘆了口氣，伸手掖了掖他身上的被子。

她回過身，正要離開，卻覺得袖子一緊，只見周天昊閃著狡猾的眼神，抓住了她的衣袖。

謝玉嬌用力扯了扯，說道：「快睡吧，反正也只能睡一晚了，明天你就給我搬到外院去。」

周天昊聞言，淡淡笑了笑，手上一施力，就將謝玉嬌拉到床沿坐下，自己則撐著身子起來。「妳這樣整天端著，不累嗎？」

謝玉嬌低著頭，輕聲道：「有什麼好累的，難道非要像你一樣沒心沒肺地活著才不累嗎？虧你運氣好，有這樣一個身分，若是一般富家子弟，只怕早就被家裡的人打斷腿了，還由得你在外頭浪蕩？」

周天昊聽了，嘖嘖道：「瞧瞧，這說話的口氣真是老氣橫秋，倒是和這裡土生土長的姑娘一樣，敢問妳來幾年了？」

謝玉嬌狠狠瞪了周天昊一眼，轉頭道：「關你屁事？你也算是命硬，幾番折騰都沒死，還不老實一些？這裡可比不得我們原來的地方，隨便打幾針就好了。」

說著，謝玉嬌忍不住伸長了脖子往周天昊的胸口看去，周天昊便順勢拉著她的手腕，用了點力氣讓她靠在自己的胸口上。

謝玉嬌起先還掙扎幾下，漸漸的，她就不亂動了，只是安安靜靜地靠在周天昊胸口，聽著他心臟強力跳動的聲音。

周天昊低下頭，用另一隻手一遍遍輕撫著她的手背，心頭異常滿足，彷彿這二十年來像隻無頭蒼蠅般的日子就要結束了。

兩人就這樣保持沈默，過了良久，謝玉嬌才緩緩開口道：「你也真傻，既然明白自己不屬於這裡，做一個閒散的王爺不就得了，偏偏要上什麼戰場，要是真的死了，豈不虧大了？」

「嗯，妳說得對，我一開始也是這麼想，所以之前皇帝老爹要我繼位，我拒絕了。當皇帝多累啊，住在高高的城牆裡，平常連門都出不去，我必定受不了這份罪；可惜人算不如天算，不當皇帝，最後卻打仗去了……」

說著，周天昊笑了起來，他捏了捏謝玉嬌的臉頰，繼續道：「我還要問妳呢！你們謝家有得是銀子，妳為什麼不像那些千金小姐一樣整日梳妝打扮便罷，還要操心那麼多瑣事呢？」

聽周天昊這口氣，謝玉嬌就知道他又在酸她了。其實謝家是個什麼光景，當地有誰不知道？這兩年要不是她，還不知道謝家要亂成什麼樣子呢！

謝玉嬌伸出手指，往周天昊的胸口戳了戳，說道：「明知故問。」

周天昊眼明手快得很，他抓住謝玉嬌的手指，放在自己的唇瓣上親了一口，謝玉嬌頓時紅了臉頰，帶著幾分羞澀看著周天昊道：「你……你當真不走了？」

「不走了。」周天昊一雙眸子直勾勾地盯著謝玉嬌看了半天，這才嘆了口氣道：「當時皇兄告訴大家，說只是暫時撤離京城，可如今人心渙散，想要再殺回去，短時間之內只怕做不到，不如養精蓄銳等個幾年，屆時軍中若能出良將，不怕攻不回去，那麼有沒有我，也無妨了。」

謝玉嬌聽了這番話，就明白周天昊並不是毫無良心，他從小就住在京城，眼睜睜看著那個地方被韃子占領，必然不好過，只是他選擇用嬉皮笑臉的方式偽裝自己罷了。

「算了，這會兒談什麼都是空的，好歹等你胸口的窟窿長出肉了再說。」

說著，謝玉嬌要起身，又被周天昊給按住，他咬住她的唇瓣，舌尖攻城掠地一般探進去，攪得謝玉嬌整個身子都軟了下來，只能攀著他的膀子，一個勁兒地喘氣。

好一會兒，兩人交纏的唇瓣才分開，周天昊盯著謝玉嬌看了半天，開口道：「遇見妳，我胸口的窟窿就全被填滿了。」

謝玉嬌只覺得肉麻得要命，她拿著帕子往周天昊的臉上一甩，提起裙子就跑了。

第四十四章 甜甜蜜蜜

隔天便是小年夜，周天昊一早剛醒，便有丫鬟送早膳過來，待遇真是沒話說。

昨日謝玉嬌住在徐氏的正院裡頭，半夜謝朝宗鬧覺哭了一會兒，讓她清醒了大半夜，因此早上起來的時候，還覺得有些睏。這時候正院已經熱鬧起來，丫鬟們正進進出出地準備早膳。

謝玉嬌洗漱後過去用膳，徐氏見她頂著兩個大大的黑眼圈，便知道她昨夜沒睡好，道：「平常朝宗都乖得很，也不知道昨晚是怎麼了。用過早膳，妳就在我房裡歇一會兒吧！」

見徐氏這般體貼自己，謝玉嬌柔順地點了點頭。

早膳過後，徐氏便吩咐丫鬟們去外院為周天昊收拾房間，又讓張嬤嬤親自去老姨奶奶和大姑奶奶那邊打了聲招呼，說家裡來了男客，要暫住幾日，吩咐丫鬟和婆子們平常都別往外院去。

謝玉嬌見徐氏安排好事情，終於鬆了口氣。她會睡不好，除了謝朝宗晚上哭鬧之外，還有一個原因，那就是她認床啊……

周天昊這一覺卻睡得難得的好，原本因為發著低熱沒什麼胃口，可一見謝家精心準備的早膳，也不禁動筷子多吃了幾樣。

幾個丫鬟站在門口探頭探腦地往裡面看，之前她們從來沒見過這樣俊俏的男子，如今他還住在謝家，如何讓人不好奇呢？

紫燕從外頭回來，見到那群丫鬟擠在門口，實在不成體統，便清了清嗓子，眾人這才作鳥獸散。

見狀，紫燕喊道：「都回來。」

那些丫鬟聞言，又跑了回來，在紫燕跟前規規矩矩地站好。

「夫人說了，讓楊公子去外院客房養病，那邊已經收拾妥當了，一會兒楊公子過去，妳們就把樓上樓下、裡裡外外打掃一遍，然後再去正院請小姐回來。」

紫燕說完，沒忘記往裡頭看一眼。這些話都是謝玉嬌教她的，還囑咐她一定要當著周天昊的面，大大方方地說出來……雖然紫燕不知道謝玉嬌到底在想什麼，可她思來想去，還是沒這個膽量，只好在門外交代大夥兒，也不知道周天昊在裡面能不能聽見。

周天昊耳力好，怎麼會聽不見？想也知道這是謝玉嬌派人來說的，不禁覺得好笑，脾氣這麼傲嬌，將來可得讓她吃些苦頭才成。

待周天昊用過早膳，徐氏就派張嬤嬤過來請人。周天昊跟著下人們搬到外院去，到了小院門口，遠遠地就看見謝玉嬌站在書房的窗邊，她手裡拿著一本書，一看見周天昊走過來，急忙低下頭去，裝出在看書的樣子。

周天昊忍不住勾了勾嘴角，想到書房和他自己要住的小院只隔了一道小門，這樣他「拜訪」她反而更方便，比住在繡樓裡強多了。

謝玉嬌哪裡知道周天昊有這種歪心思，見他人走遠了，鬆了口氣，卻有人來傳話，說是江老太醫要來替人看病。

之前周天昊進來謝家時沒走正門，門上的小廝自然不知道家裡多了一個人，又回想起江老太醫幫謝玉嬌看過病，便往她這邊報。謝玉嬌嘆了口氣，想到江老太醫是長輩，且治好了謝朝宗的病，自然不能怠慢，便親自往前頭迎接。

其實江老太醫原不想親自來，可正逢年節，萬一周天昊有個閃失，夠他這條老命受的。這個睿王殿下啊，從小就不讓人省心。

謝玉嬌到了門口，江老太醫一瞧未來的王妃親自出來迎接，急忙弓著腰就要行禮，謝玉嬌制止江老太醫行禮，還先對其福了福身子，只是她臉上瞧起來恭敬，嘴上卻道：「江老太醫也真是的，怎麼由著他胡來？」

這話才出口，謝玉嬌又覺得不妥，她和周天昊兩個分明還沒到那分上，這麼說實在顯得太親暱了……見江老太醫沒反應，謝玉嬌索性當自己沒說過那些話，只在前頭引著江老太醫走去周天昊的房間。

江老太醫活了這麼一大把年紀，都快成人精，如何聽不出謝玉嬌話中透出的幾分關心？他見謝玉嬌臉紅了，便故意不回話，只是暗自竊喜，看來睿王殿下這一回有望得手了。

兩人一前一後走著，繞過了影壁，順著抄手遊廊一直往前走，到了盡頭有一扇小門，進去右手邊就是三間正房，徐禹行平常住在左邊那間，如今下人把右邊那間打掃乾淨，讓周天昊住下。

江老太醫打量了一下四周的環境，雖然此時正值冬天，院子有些光禿禿的，但旁邊的花圃還種著好些樹，待來年開春時，景色想必宜人。

距離江老太醫致仕有一些年頭了，他在城郊買了一小塊地，自己造了一個院子，如今見謝家雖然是鄉下地方，卻弄得有模有樣，不禁讚賞不已。

周天昊這會兒正覺得無聊，看見書架上頭放著好些古籍，正打算隨手拿一本看，就聽見外頭丫鬟挽了簾子道：「小姐帶著江老太醫過來了。」

聽見這話，周天昊放下書本轉身迎出去，他看見謝玉嬌穿著一件半新不舊的丁香色地百蝶花卉紋妝花緞褙子，頭上戴著一支翠綠色的髮簪，打扮很是樸素，但就是說不出的好看，不過她的表情透著幾分冷豔，見了他連個笑臉也不肯給。

明明昨晚還讓他溫香軟玉抱了滿懷，怎麼一眨眼又翻臉不認人了？周天昊暗暗覺得納悶。

謝玉嬌兀自坐了下來，命丫鬟把江老太醫的小廝身上揹著的藥箱拿過來，吩咐道：「你們都出去在外頭候著吧！」

其實謝玉嬌原本也想出去，可到底有些放心不下，便假裝鎮定地坐著。江老太醫一看她這是不想走了，便略略清了清嗓子，朝著周天昊拱了拱手道：「殿下請坐，先讓老夫為殿下把脈。」

周天昊往謝玉嬌那邊掃了一眼，見她不肯走，忍不住有些高興，便挽起袖子讓江老太醫看診。把脈本就是需要專心的事，因此房裡頓時安靜下來。謝玉嬌低頭擰著帕子，時不時往那邊看，見他們兩人都沒動靜，便也文風不動。

把過左手，又換了右手，房間依舊靜悄悄，謝玉嬌覺得有些無聊了，就由方才時不時往那邊看一眼，變成一雙眼睛直勾勾往周天昊的手腕上盯著瞧。

過了一會兒，只見江老太醫的身子微微一動，手從周天昊的手腕上移開，謝玉嬌才剛鬆了口氣，就聽江老太醫道：「殿下體內還是有毒火，當務之急是清熱解毒，先讓老夫看看傷口吧！」

謝玉嬌聽江老太醫這麼說，忍不住有些緊張，只是瞧周天昊一臉沒事的樣子，來了以後也沒說傷口疼，她還以為好多了呢！

周天昊聞言，轉身解開衣服，脫了一半才想起謝玉嬌還在這裡，便轉頭道：「妳出去吧！」

謝玉嬌一愣，接著回嘴道：「少來，昨天的藥還是我幫你換的呢！」

周天昊聽她這麼說，也不堅持，繼續脫起身上的衣服。他在謝家住著並沒什麼不妥，只是雲松不在，穿衣服的事不方便讓這裡的丫鬟伺候，傷口又會因牽扯而疼痛，因此不論穿衣服還是脫衣服，都不方便得很。

謝玉嬌見周天昊的膀子還是提不太起來，便將帕子藏在袖中，走過去在他身後站定，替他把外袍脫下來，問道：「早上衣服是自己穿的嗎？」

有謝玉嬌親自幫忙脫去衣服，周天昊只覺得渾身發軟，急忙回道：「當然是自己穿的，哪裡敢勞動妳房裡的姊姊們。」

謝玉嬌見周天昊這般油嘴滑舌，噗哧笑了一聲道：「還真老實，既然你不喜歡丫鬟，明日我找個小廝服侍你？」

「不……不用了……」周天昊推辭道，接著又湊到謝玉嬌的耳邊小聲道：「妳服侍得就很好。」

謝玉嬌聽了，拳頭都握了起來，可想起江老太醫還在，就忍了下來，低聲道：「你的小廝怎麼沒和你一起來？我瞧他倒是挺聽話的。」

周天昊聽謝玉嬌提起，這才想到雲松，也不知道那小子現在怎麼樣了……

雲松跟著周天昊這樣的主子，也算是倒了八輩子的楣，從小到大不知道挨了多少回板子，屁股都要長繭了。只是周天昊對雲松從來不端主子的架子，又事事護著他，甚至救了他一家老小，因此他死心塌地地跟著周天昊，哪怕是上戰場，就算他不能在前頭衝鋒陷陣，也會在後面搖旗吶喊。

這一回因為周天昊偷跑出去的事，雲松又吃了二十板子，從昨日開始就在軟榻上趴著。徐皇后宮裡的太監雨景和雲松是同鄉，抽空為他送了一些吃的過來，但主要還是替徐皇后看看能不能撬開雲松的嘴巴，讓他透露睿王殿下的去向。

要是平常，徐皇后也不會這麼著急，可如今他們剛南遷，皇帝的龍椅還沒坐熱呢，又丟了一個王爺，這像話嗎？況且周天昊帶著重傷，才醒了沒幾日，為何如此想不開，非要走呢？徐皇后思來想去，莫不是她出主意送了兩個宮女過去，觸怒周天昊了？

想到這裡，徐皇后覺得有幾分委屈，都說長嫂如母，她為了小叔的婚事，當真是操碎了心。別看周天昊表面上放蕩不羈、生葷不忌，沒準兒骨子裡有些什麼毛病，否則她介紹的那些大家閨秀，不是哭著跑來要她做主，就是當場嚇得變了臉，急急忙忙回家訂親成婚，弄得徐皇后裡外不是人。

雨景看見雲松趴在軟榻上，一副可憐兮兮的模樣，便把食盒遞過去，陪笑道：「你瞧你，這又是遭哪門子的罪？睿王殿下想出去，儘管回了皇后娘娘，皇后娘娘難道會不讓他走？何必這般偷偷摸摸，還累得你一頓好打？」

雲松抬起頭來看了雨景一眼，心裡明白得很，他必定是皇后娘娘派來打探消息的，說不定此刻皇后娘娘人就在外頭候著呢！

不過雲松餓了一晚，實在受不了，便打開食盒，拿起一個肉包子使勁啃了兩口，一邊嚼一邊道：「這回我真不知道殿下去了哪裡，平常他往外頭跑，什麼時候撂下我不管，這回卻連我也不要了，我又怎麼知道他去了哪？」

雲松雖然有些擔心周天昊，卻還是忠心得不得了，畢竟東西可以亂吃，話可不能亂講。

雨景見雲松只顧吃東西，消息都不肯洩漏半句，便把食盒一拎，從他口中搶過那吃剩的肉包子，往自己嘴裡一塞，說道：「你要不說，那不好意思，沒得吃了。」

可憐的雲松，就這樣眼睜睜地看著到口的肉包子，瞬間一去不回……

謝玉嬌替周天昊脫下衣服，解開胸口纏著的布條。昨天她心情不好，只胡亂替他包紮了一下，並沒仔細看傷口，今天瞧了，開口道：「箭不是很細嗎？怎麼好大一個傷口？」

江老太醫看見謝玉嬌眉頭皺成一團，搖了搖頭道：「這箭可是嵌到了肉裡，得用燒熱的刀子先把箭矢挖出來，要是一個不好傷了大血管，片刻之間就沒了小命。殿下這一箭算是運氣好，並沒傷到心臟，不然只怕華佗再世也救不回來。」

他一邊說，一邊抓了金創藥粉往周天昊的胸口撒，周天昊往後躲了兩、三下，忍不住說道：「江老太醫，輕點。」

「知道疼了？那就該老實點，有大門不走，非要翻什麼牆，您知道這次的後果嗎？」雖然口中這麼說，江老太醫還是放輕了力道，繼續說：「前日為您換藥，原本都結痂了，今日又滲血，再這樣下去，胸口就得一直留著個窟窿了。」

周天昊被教訓得不敢說話，仰頭忍痛，謝玉嬌見他冷汗直流，一時有些發慌，想伸手替他擦乾，又怕江老太醫誤會，只能在一旁乾瞪眼。

可是周天昊哪裡顧得了這些，他一把握住謝玉嬌的手，閉上眼睛，咬牙忍著由江老太醫替他包紮好。

「從今日起乖乖養傷，一會兒我留藥下來，每日早晚各服用一次，若是傷口不裂，再等十天半個月，您就稍微能活動一下了。」

江老太醫替周天昊上好藥，又交代了幾句，謝玉嬌難得見周天昊這般畢恭畢敬的模樣，多少覺得有趣，她親自送江老太醫到門口後，折回來對周天昊說道：「沒想到你還挺聽他的話。」

周天昊此時正在費力地穿衣服，聞言回道：「我這叫有處女情結。」

謝玉嬌一聽這話臉就綠了，忍不住握起拳頭要捶他，周天昊連忙躲開，說道：「不不不……這個意思是說，我醒過來的時候，第一個看見的人就是他，我從小到大的病也都是他治的，因此對他特別一些。」

謝玉嬌見周天昊總算說了幾句人話，便不再計較，看著他單手穿衣很是困難，便上前替他繫好中衣，再披上外袍。

「這小院平常都是我舅舅一個人住，如今只能請你將就了，只是你偷偷跑出來總歸不好，一會兒我讓劉福根去一趟縣衙，向康廣壽報個信，好讓他們安心。」

自從謝玉嬌知道周天昊與自己來自同樣的地方以後，不自覺地對他好了幾分。古代生活本就枯燥乏味，他不想被關在行宮，也情有可原，只是謝家一向老實，要是到時被扣了一個什麼「窩藏王爺」的罪名，那還真是擔待不起。

「我出來的時候交代過雲松了，沒人會來打擾我們的。」周天昊說著，忍不住將謝玉嬌圈在懷中，將她的嬌軀緩緩貼到自己身上。

謝玉嬌一時不察，又被吃了豆腐，可她的雙手碰巧抵在他的胸口上，只要稍稍動一下，又會蹭到他的傷處，因此謝玉嬌鬱悶得很，只能無奈地瞪著他。

周天昊看出謝玉嬌的為難，卻不減手中的力道，只低著頭說：「江老太醫剛剛說了，我如今不能動彈，妳就勉強一下吧！」

謝玉嬌沒遇過像周天昊這般厚顏無恥的人，勉強？是要她勉強什麼啊？她正想開口質問他，卻感覺到耳邊傳來溫熱的氣體，噴得她脖子發癢。謝玉嬌避了又避，最終還是被他含住一側的耳垂，他靈巧的舌尖在她耳裡打轉，逗弄得她全身酥軟。

周天昊單手摟著謝玉嬌，低頭吻了上去，柔軟的唇瓣像是兩塊磁鐵，稍一接觸，便牢牢吸住了彼此。

謝玉嬌被吻得面紅耳赤，又不敢使勁推開周天昊，只好等他罷手，才急急忙忙離開他，掀了簾子往外頭去。

喜鵲正在外面候著，她見謝玉嬌出來，急忙迎上去問道：「小姐有什麼吩咐嗎？」

謝玉嬌此時臉蛋還紅著，她先是一語不發，順著抄手遊廊一路走，到了小門口的時候，才轉身道：「一會兒打發一個婆子過來，讓她把這扇小門鎖好。」

喜鵲聽了，忍不住噗哧笑出聲來，勸道：「小姐，這道小門要是鎖上了，那舅老爺想去小姐的書房，可得繞好遠的路呢！」

謝玉嬌輕哼了一聲，轉頭往書房裡去，就在這個時候，徐氏那邊的百靈來傳話，說是沈大娘帶著她閨女來看沈姨娘和謝朝宗了。

沈石虎臨走前囑咐謝玉嬌要關照他一家老小，謝玉嬌自然不敢怠慢，還特地交代義學的先生，好好盯著沈家兩兄弟的功課。謝家義學的先生是陶來喜的大兒子，不敢輕忽謝玉嬌的命令，對沈家兩兄弟很是嚴厲。

秋收時，謝玉嬌要家裡的長工去幫沈家兩老收糧食，前幾日又讓陶來喜送了米、麵、油過去，讓他們過一個好年，這回大概是來道謝的吧！

謝玉嬌這會兒正好沒事，便跟著百靈一起過去了。

徐氏見沈大娘帶了閨女過來，便差人去請大姑奶奶與寶珍、寶珠當陪客。謝玉嬌進二門的時候，就看見沈家那姑娘帶著兩個女娃在院中踢毽子。

沈家姑娘見到謝玉嬌，急忙行禮，謝玉嬌朝她點了點頭，還未進門，就聽見沈大娘在裡面說道：「前幾日石虎捎了信來，說他去了軍營以後上過幾次戰場，最慘的就是京城失守那一次。幸好他們是新兵，睿王殿下不讓他們往最前線去，要他們先撤，不然的話不知道他們這一夥人要死多少個呢！」

謝玉嬌聽到這裡，心下隱隱一動。那一批將士中有千人出自江寧縣，其中又有六、七百人是謝家的佃戶，要是真的死了很多人，這一帶的百姓豈不是要哭死了？思及此，謝玉嬌對周天昊生出幾分感激來。

丫鬟掀了簾子讓謝玉嬌進去，沈大娘看見她，急忙起身要行禮，謝玉嬌攔住她道：「您是長輩，不用向我行禮。」

沈大娘聽了，才坐了回去，又道：「今年雖說外面在打仗，但是地裡豐收，小姐實在不用送那麼多東西過來，我們受之有愧啊！」

沈家原本就不是愛攀緣攀附的人，又聽說謝家原本要給族裡的那些東西還沒發，卻照舊為自家送過去，越發不安起來。

「什麼愧不愧的？都是一家人，還說這樣生分的話。」徐氏抱著謝朝宗，笑著繼續道：「我爹娘去得早，你們夫妻就是朝宗嫡親的外公和外婆了，這是朝宗要孝順你們呢！」

沈大娘還是有些尷尬，吞吞吐吐道：「可是……可是……」

謝玉嬌見沈大娘這般遲疑，猜測她是想到謝家族裡的事，便回道：「您放心，他們再怎麼樣也為難不到你們身上；如今謝家就只剩下姨娘一人還在我娘跟前伺候著，我不照顧你們家，照顧誰家？」

原本謝家還有一個朱姨娘，說要等出了孝才肯走，可是後來她爹娘過來討人，徐氏就放她離開，如今謝家只剩徐氏與沈姨娘這一妻一妾了。

沈大娘聽了以後放心不少，繼續道：「我們家窮得揭不開鍋的時候，都是謝家照顧我們，原就是個打秋風的親戚，只是怕那些人不清楚道理，說小姐您胳膊肘兒往外拐。其實鄉親們都看在眼裡，謝家安頓那些難民，為的就是讓咱們有個安生年可過啊！」

徐氏並不知道謝玉嬌沒發族裡的年餉，但很贊同沈大娘說的話。「您這話真是說到我心坎裡去了，要是外頭都是像您這樣的明白人，那就好了。」

沈大娘點點頭，又道：「公道自在人心，有些人被糊塗油蒙心，自然看不清。」

徐氏與沈大娘又聊了片刻，見謝玉嬌並未走開，便招手要她到自己身邊，悄悄問道：「方才聽說江老太醫來了，去瞧過了沒？他怎麼說？」

如今徐氏非常記掛周天昊，這隻煮熟的鴨子可不能讓他飛了，不管怎麼樣都要好好招待才是。

謝玉嬌臉頰微微發熱，頷首道：「沒什麼大礙，江老太醫說只要靜養就無妨，藥也都留下了。」

徐氏聞言，總算放下心來，謝玉嬌沒什麼其他的事要說，便去裡間找謝朝宗玩。謝朝宗如今一歲剛出頭，會走幾步路了，而且語言方面很有天分，不僅會喊幾個人，對字彙的理解與運用也比同齡的孩子超前許多，只是他個性嬌氣得很，動不動就要哭鼻子，讓謝玉嬌很是擔憂。都說孩子誰帶就像誰，謝家沒個男人，一群女人帶出來的男娃，想要讓他有些陽剛氣，只怕也難。

謝玉嬌正發愁呢，忽然從窗外看見鄭婆子火燒火燎地從垂花門進來，見了寶珍和寶珠兩個人都沒行禮，逕自撩起簾子，開口道：「夫人，小姐在房裡嗎？」

徐氏往裡間指了指，但謝玉嬌已經提前把謝朝宗遞給奶娘，從裡面走出來，問道：「急急忙忙的做什麼呢？」

鄭婆子回道：「小姐，二老太爺帶著一群族裡的男女老少堵在倉庫門口，說族裡沒拿到的，其他人也別想拿。」

隱龍山難民聚集地離謝家宅有一大段距離，那邊雖然也設有倉庫，但陶來喜說那些難民龍蛇混雜，將糧食放在那邊實在不安全，因此每隔一、兩日，便會讓小廝從這裡的倉庫取糧食送過去。

明日就是除夕，陶來喜便打算今天把事情都安置好，這樣明日就能偷個閒，在家裡陪家人；誰知運糧食的車馬才剛停在謝家倉庫門口，就看見二老太爺帶著一群人浩浩蕩蕩過來了。

雖說陶來喜是謝家的大管家，可二老太爺畢竟是謝家的族長，他不敢不尊敬，因此急忙遣了小廝往謝府傳話，看看這件事到底該怎麼解決。

徐氏聽鄭婆子這麼說，問道：「這話什麼意思？二叔為什麼要堵住倉庫，難道我們家欠了他們什麼東西嗎？」

今日徐禹行一早就去縣衙送年禮，這會兒正好不在家，徐氏實在有些著急。

謝玉嬌回道：「娘別擔心，進去陪朝宗玩吧，我們能欠族裡什麼東西？只怕是多給了呢！娘也不想一想，我們年年都發年餉給族裡沒有進項的叔伯們，什麼時候少過了？」

徐氏不放心，又道：「那他們這麼做到底是為了什麼？明日就是除夕了，要去祠堂敬拜祖宗，這事要是被鄉親們瞧見了，不好看。」

謝玉嬌道：「也沒什麼，就是年底這段時間難民來得多，倉庫裡雖有糧食，只是一時之間弄不出那麼多吃的，所以我讓陶大管家把給族裡那一份先給難民了。」

徐氏聽謝玉嬌這麼一說，才明白過來。「原來是這樣，我當是什麼事呢！」

想到族裡那些人，徐氏也覺得心煩，便道：「這些人從妳爹在的時候，就恨不得讓妳爹供著，妳爹心善，總是花幾個銀子打發，沒想到現在居然做出這種事來。」

謝玉嬌一開始沒告訴徐氏這件事，就是怕她心煩，如今瞧她蹙起眉的樣子，便知道她又要不痛快，大過年的不讓人安生，到底有些使人惱火。

唇瓣微微一抿，謝玉嬌安慰徐氏道：「娘別擔心，女兒出去看看就回來，再不濟，打發幾個銀子也就成了。」

徐氏聞言回道：「大過年的，別和他們起爭執，否則明日進祠堂又要受閒氣，索性直接散銀子算了。」

謝玉嬌雖然嘴上說要給錢，可心裡卻一點也不這麼想，一來會助長他們的氣焰，二來要是食髓知味了，以後隔三差五都來這一招，那謝家可承擔不起這種長期的勒索。謝玉嬌覺得不如趁今天把話說清楚，這樣就能杜絕後患了。

「娘放心，女兒自有計較。」謝玉嬌說完，就隨著鄭婆子出門了。

第四十五章　一片赤誠

謝家的倉庫就在村口不遠處，那邊除了義學，沿路還有幾個鋪子，有早點和吃食，或修傘、補鞋、賣糖的生意。如今二老太爺堵住了陶來喜的去路，周圍路過的人就湧過來看熱鬧。

鄭婆子引著謝玉嬌到了門口，說道：「小姐先等著，奴婢喊頂轎子過來。」

謝玉嬌擺了擺手道：「鄭嬤嬤不用忙了，這幾步路我還走得動。」

鄭婆子聞言，笑著說：「小姐矜貴，按例是大門不出，二門不邁的，怎麼好隨便在路上走動呢？」

謝玉嬌回道：「我這算哪門子的矜貴，是勞碌命吧！」

她提著裙子，正打算走出門呢，就看見有個人從倉庫的方向往回走，嘴裡還嘀嘀咕咕道：「謝家什麼時候又多了個富貴親戚啊？出手可真闊綽，隨手就拿出一百兩的銀票。」

謝玉嬌聽見了，立刻往鄭婆子那邊遞了個眼色，鄭婆子會意，喊住那個人問道：「你剛才說什麼謝家親戚？如果是謝家的親戚，我們怎麼會不知道？」

那個人方才低著頭走路，沒看清來人，這會兒抬起頭，才發現謝家小姐正站在門口，急忙行禮道：「小姐怎麼出來了？那邊二老太爺一夥人都散了……」

謝玉嬌沒等他把話說完就問道：「你說，方才你說的什麼富貴親戚，我怎麼不認識呢？」

話還沒問完呢，不遠處周天昊就清了清嗓子道：「嬌嬌妹子怎麼不認識我了，我不就是來你們家做客的……大表哥嗎？」

謝玉嬌一抬起頭，就看見周天昊笑嘻嘻地走回來，身邊還跟著陶來喜。陶來喜見謝玉嬌已經到了門口，笑著過來行禮道：「驚動了小姐，老奴罪該萬死，好在楊公子已經幫忙解決了問題，二老太爺也帶著人回去了。」

解決？怎麼解決？謝玉嬌嫌棄地看了周天昊一眼，強忍住要捶他的衝動，轉身往門內走了一步，才轉過頭來咬牙道：「大表哥，裡面請。」

周天昊聽見謝玉嬌這一聲「大表哥」，渾身的骨頭都要酥了，他臉上不禁帶著笑，跟著謝玉嬌進去。

這回周天昊這麼一露臉，謝家宅的人全都知道謝家有一個從京城來的富貴親戚，是謝家小姐的大表哥，應該是徐氏那邊的人。

雖然如今朝廷南遷了，可對於江寧的百姓來說，有一個當官的親戚也是不得了的事。二老太爺再橫行霸道，不過是在自己家當老大，要是真的鬧出去，他並不占理，因此周天昊一甩手就是一百兩銀子，三兩下就把那群人給鎮住了。

用晚膳的時候，徐氏聽說是周天昊打發了二老太爺那群人，便對著謝玉嬌誇讚道：「家裡有個男人就是不一樣，什麼事都好辦，也不用妳親自出面，不知省下多少心思。」

謝玉嬌往徐氏那邊瞥了一眼，不屑道：「一百兩銀子買個太平，誰不會？我還心疼銀子呢！」

其實謝玉嬌並不吝嗇銀子，只是這些錢白白給那群人，真是太憋屈了，一想到周天昊這般財大氣粗，當時那一萬兩銀子她也算虧了。

徐氏瞧謝玉嬌滿臉不贊同，笑著為她添了一筷子菜，開口道：「妳舅舅剛才回來了，那時候妳正在歇午覺，我讓他在外院陪楊公子用晚膳，一會兒妳過去看看，問問他康大人有什麼吩咐沒有。」

一般到了晚上，謝玉嬌不會去外院，這會兒徐氏特地吩咐，謝玉嬌就知道她心裡打的是什麼算盤，便隨口道：「明早再問也一樣，又沒什麼大事。」

徐氏聽了以後回道：「明日是除夕，一早就要去祠堂祭拜祖先，再說，難道大年夜還要妳舅舅陪妳談庶務不成？」

謝玉嬌心想，明日是大年夜，可今日還是小年夜呢，憑什麼小年夜就要談公事……不過想歸想，謝玉嬌並不願意和徐氏拌嘴，不然的話，又要被她嘮叨半天了。

徐氏見謝玉嬌沒回嘴，笑著道：「正好，一會兒讓百靈跟著妳過去，我讓人在廚房溫了一盅參湯，妳送過去給楊公子喝。」

謝玉嬌聞言，忍不住翻了個白眼，心道徐氏果真沒安好心眼。

徐禹行知道周天昊的真實身分，如今和他同住一個院子，不禁有些緊張，現在又同桌吃飯，言談上比以往更加小心翼翼。

周天昊本就不拘小節，瞧徐禹行對他處處恭敬，反倒不自在起來，便開口道：「舅舅不必處處照應，我自己來沒問題。」

徐禹行哪裡當得起周天昊這一聲「舅舅」，可他叫得這般熱情，倒讓他不好意思回絕。不讓他叫舅舅吧，豈不是表明不肯讓嬌嬌嫁他；可讓他叫了……又彆扭得很。徐禹行頭一次遇上這樣不按牌理出牌的人，覺得自己平素還算冷靜的腦子都要燒壞了。

「若不是你有傷在身，必定要同你多喝幾杯，謝家鮮少有人來做客，就算有空閒，自斟自飲也無趣。」為了沖淡尷尬的氣氛，徐禹行找了個話題聊起來。

「那是自然，俗話說，酒逢知己千杯少，喝酒也要看人。」說著，周天昊四下掃了一眼，嘆道：「聽說舅舅是世家出身，如今卻這般淡泊名利，而謝家富貴一方，卻遠離權勢鬥爭，此處當真是桃花源。」

徐禹行過去的確是國公府的少爺，可是正因為出身富貴，又經歷變故，才看淡官場，做一個外人眼中渾身銅臭的商賈。

「楊公子既然知道這裡是桃花源，那麼是否會為了謝家，保住這一片清淨之地呢？」徐禹行忍不住問道。這是他心中最擔憂的，謝玉嬌在謝家是獨一無二的小姐，一旦離開謝家，又會面臨怎樣的考驗？他出身公侯世家，最清楚上層社會有多少陰毒勾當，皇室那邊只怕更加凶險。

周天昊垂著眸子想了片刻，才抬起頭回道：「如今是我來到這裡，只是不知道這片桃花源，是不是願意接納我這個外人？」

謝玉嬌站在簾外聽了半晌，只覺得眼眶熱熱的，端著參湯的百靈在她身後提醒道：「小姐，再不進去，參湯都要涼了。」

謝玉嬌這才用帕子壓了壓眼角，從百靈手裡接過參湯，說道：「妳回去吧，我送進去就好。」

百靈應下了，謝玉嬌這才揭開簾子，單手托著盤子進去，見徐禹行和周天昊兩個人都沒動筷子，便問道：「怎麼，嫌棄我們謝家的廚子沒有宮裡的御廚好？」

周天昊忙說不敢，馬上從面前的菜盤裡胡亂挾了一筷子的菜，往自己嘴裡塞進去。

謝玉嬌見了，忍不住笑起來，她把手裡的盤子往桌上一放，推過去道：「賞你的。」

「這是什麼東西？」周天昊看著這個瓷盅，感到有些害怕。他重傷的時候不知道被太醫們灌了多少奇奇怪怪的湯藥，如今看見瓷盅心裡就有障礙，深怕又是什麼不知名的植物或是動物的屍體。

「放心好了，上好的老山參湯，給你補身子用的。」謝玉嬌答道。

徐禹行放下酒杯，開口道：「我們吃得差不多了，我還有事要和妳娘商量，就先過去了。」

「欸……」謝玉嬌還來不及阻止，徐禹行已經撩開簾子出去了。

謝玉嬌真是服了徐氏姊弟兩人，便是再急切，也不能就這樣把她推出去啊！孤男寡女的，他們就不怕自己被人欺負了？

「別叫啦，人都走了。」周天昊笑著站起身來，替謝玉嬌倒了一盞茶。

謝玉嬌卻不喝，只顧著將盤子中的參湯端出來，說道：「快喝吧，喝了我好回去交差。」

「這不是妳賞我的嗎？還交什麼差？」周天昊有些不明所以。

謝玉嬌撇了撇嘴道：「我才不會賞你呢，是我娘賞你的。」

周天昊聞言，笑著說道：「原來是丈母娘賞的，那一定要喝。」

他正要捧著那盅湯喝下去，卻被謝玉嬌搶走了，她怒道：「胡說什麼，沒規沒矩的，你也知道古代民風保守，萬一弄不好，可是要浸豬籠的。」

浸豬籠這種事是古代懲罰通姦者的手段，謝玉嬌見周天昊口無遮攔，竟然扯到徐氏身上，才故意說出這番話。

周天昊伸手將謝玉嬌圈在懷中，低頭在她臉上啄了一口道：「誰敢讓王爺浸豬籠，我踏平他們家的祖墳。」

謝玉嬌噗哧一聲笑了出來，又把那盅湯塞給他道：「喝了吧，雖然不知道功效，但有總比沒有好。」

周天昊就著謝玉嬌的手喝了兩口，忍不住皺了皺眉，參湯他從小喝到大，依舊不習慣那股味道。謝玉嬌見他不乖乖喝，又催促了幾句，周天昊便一鼓作氣喝光，咂了咂嘴道：「渣渣都喝乾淨了，這總行了吧！」

謝玉嬌往湯盅裡看了一眼，確認已經見底了，這才笑著道：「算你識相。」她收拾好了東西，正要離去，卻冷不防被周天昊從身後給抱住了。

謝玉嬌扳了扳他的手指，見沒有動靜，這才開口道：「這裡是個桃花源，你來住幾日可以，只是你畢竟是凡人，總還是要回去。明日是除夕，是皇上在南邊過的第一個年節，難道你也不回去？」

周天昊也思考過這件事，只是他才剛跑出來，又稍稍接近了謝玉嬌一些，實在捨不得離開，可若真不回去，確實有些過分。

這麼一想，周天昊便抱著謝玉嬌坐到自己腿上，咬著她的耳朵道：「那我去去就回來？」

謝玉嬌掙扎了半天，還是不忍心觸動他的傷口，便半推半就坐了下來，此時聽他這麼說，隨口道：「愛來不來。」

周天昊笑了起來，本來只是咬著謝玉嬌的耳朵，接下來一路蹭到她的臉頰上，對準唇瓣吻了下去。

兩個人本來就互生情愫，又都不是古代人，宗法、禮教一下子全拋到了腦後，周天昊的手不知何時落到了謝玉嬌的胸口，隔著中衣狠狠地揉捏了一把，惹得謝玉嬌像蝦子一樣蜷縮起來，忍不住輕哼出聲。

「別……別摸哪裡。」謝玉嬌前世戀愛都沒談過一場，沒想到穿越到古代，反倒談起了早戀，十五歲就和人做出這種事，當真讓人羞死了。

「不摸，那讓我吃一口成不？」周天昊壓低嗓子，順著謝玉嬌那香軟撲鼻的脖頸往下淺嗅，隨後下巴隔著領口蹭了兩下，驚得謝玉嬌連忙轉過頭去。

接著周天昊的大掌往謝玉嬌胸口那對小白兔摸去，指尖還故意掃過敏感地帶，不過片刻工夫，謝玉嬌全身都軟了下來。

周天昊索性把謝玉嬌轉過身，讓她面對面跨坐在自己身上，下頭那處硬邦邦的地方頂得謝玉嬌坐立難安。謝玉嬌不禁抬起頭來，有些害怕地看著周天昊，只見他深邃的眼眸中似乎燃燒著濃濃的慾火，讓她心驚不已。

看見謝玉嬌驚訝的表情，周天昊低頭在她臉頰上親了一口，說道：「放心，我不會動妳，咱們也入境隨俗，留到洞房花燭夜吧！」

謝玉嬌聽了這番話，臉上的紅暈頓時蔓延到耳根，她推開周天昊的手，嗔道：「誰要嫁給你？誰要和你洞房了？」

說著，謝玉嬌起身端走桌上的盤子，飛也似地跑了出去，一直跑到了二門口，還覺得臉頰火辣辣發燙。她把盤子放在抄手遊廊的長凳上，忍不住用手拍了拍自己的臉頰，卻發現手也熱得發燙，只能藉著吹冷風，讓自己的身體降溫。

徐氏讓謝玉嬌送了參湯過去，沒多久便見徐禹行過來，她不禁好奇地問道：「我特地找了個理由，讓嬌嬌去找你的時候看楊公子一眼，怎麼你過來了呢？」

徐禹行笑著回道：「他們年輕人在那邊談情說愛的，我不方便待著。」

徐氏聞言，淡淡笑了笑，吩咐丫鬟道：「去把大姑奶奶喊過來。」

聽見徐氏這麼說，徐禹行頓時紅了臉頰。「姊姊找她過來做什麼，天都晚了。」

徐氏回道：「才用過晚膳，怎麼就晚了？讓她過來坐坐也好啊，大過年的，一早就睡了也沒意思。」

徐禹行明白徐氏的意思，嘴上不說，嘴角倒是勾了勾，隨她去了。

過了片刻，大姑奶奶就來了，她穿著一件家常的湖綠色妝花素面小襖，看起來整個人乾乾淨淨的，臉上還帶著淡淡的笑。

徐禹行有些不好意思起來，站起身看著大姑奶奶落坐才跟著坐下，道：「前兩日為孩子們買的小玩意兒和幾疋料子，可還喜歡？」

大姑奶奶低著頭，雙頰泛紅，手指絞著帕子道：「孩子們都很喜歡，就是太破費了，那金鑲玉的項圈，看起來挺貴呢！」

徐禹行笑著道：「是我為蕙如做的，又想起她們兩個應該沒有，就順便叫家裡首飾坊的工匠打了，只出了些工錢。」

徐氏見他們倆聊得高興，便進裡間看謝朝宗去了。

看到徐氏離開，大姑奶奶愣了一會兒，這才鼓氣勇氣問道：「前幾日讓嫂子捎帶給你的鞋和襪試過了沒？若是不合腳儘管拿過來，我再改。」

「不不不……合腳得很，我頭一次穿到這麼合腳的鞋。」徐禹行急忙回道，又默默看了大姑奶奶一眼，接下來兩人便相對無言了。

徐氏發現外頭靜悄悄的，便走了出來，只見一個人端著茶盞喝茶，一個人低著頭絞帕子，兩個人離得很遠又不說話，實在讓人看不下去。

為了打破沈默，徐氏開口道：「等過了今年清明，我們家就出孝了，聽說三月分有幾個好日子，哪天妳和我一起到廟裡問問住持去？」

大姑奶奶知道徐氏正在和自己說話，急忙點了點頭，道：「後天初一，姨娘說想去隱龍山那邊的龍王廟上香。」

提起隱龍山那邊的龍王廟，徐氏就回想起來，上次她被周天昊搭救，就是逃到那間龍王廟裡，幸好廟祝幫忙，才脫離了險境，於是回道：「那我和妳們一起去，得捐一些香火錢，謝謝那廟祝才是。」

三個人絮絮叨叨說了一陣子，謝玉嬌端著盤子回來了，她看見徐禹行和大姑奶奶各據一方坐著，又想起方才與周天昊兩人共坐一張椅子，身子被他給摸了個徹底，不禁有些氣憤，深深覺得果然還是古時候的男人老實些。

徐氏瞧謝玉嬌面紅耳赤，暗暗有些高興，正想著明日吃團圓飯時能不能請周天昊一起來，就聽見謝玉嬌吩咐張嬤嬤道：「張嬤嬤，明日是除夕，論理不應當再麻煩劉二管家，只是楊公子要回去一趟，交給別人辦我不放心，只能讓劉二管家陪著他走一趟了。」

徐氏一聽周天昊要走，頓時不捨起來，急忙道：「怎麼才住了兩日就要走？該不會是妳把他給……」

一著急，徐氏說話沒怎麼深思熟慮，等她反應過來，就看見謝玉嬌噘著嘴道：「娘這話說得，腳長在他身上，他要走，難道我還攔得住？」

徐氏急忙陪笑道：「好好好，明日就讓劉二管家送他一程。」說完，徐氏又問了一句。「他有沒有說幾時回來？」

徐禹行這下算是見識到他姊姊的偏心程度了，大姑奶奶也驚訝地拿帕子掩住了嘴。

謝玉嬌故意微微抬起下巴道：「娘這麼想知道，為何不親自去問？」

徐氏被這麼一說，尷尬地笑了笑，識相地不再繼續聊這個話題。

除夕當天，謝玉嬌與徐氏一早就起床，準備要去祠堂祭祖，見劉福根來了，謝玉嬌便當面囑咐他要小心送周天昊回去。劉福根如今知道了周天昊的真實身分，見了他便和老鼠見了貓一樣，只是這件事實在推不掉，只好硬著頭皮上了。

謝玉嬌和徐氏親自送周天昊到門口，徐氏又叮囑車伕路上絕對不能顛簸，寧可慢一點，也不能有個閃失。

謝玉嬌見徐氏說得沒完沒了，便笑著開口道：「娘，有劉二管家在呢，您放心好了，他這是回家，又不是去戰場，哪用得著這麼擔心？」

周天昊站在一旁，眼睛一直牢牢盯著謝玉嬌，雖然謝家還未出孝，但因今日是除夕，謝玉嬌還是穿上了一身新衣服。上面是丁香色十樣錦妝花褙子，下面是白色挑線裙子，裙襬上繡了幾朵丁香花，衣服的腰身收得極好，襯得她亭亭玉立、婀娜多姿，讓人移不開眼。

謝玉嬌見周天昊這般不知避諱地看著自己，火氣有些上來了，她轉過身，看見丫鬟和婆子們東西都備齊了，便開口道：「娘，我們也該過去了。」

周天昊看見謝玉嬌的怒容，急忙撩了簾子上馬車，待坐好了才又探出頭來，往謝玉嬌那邊盯著看，滿臉不捨。謝玉嬌故意低著頭裝作不在意，扶著徐氏上了轎子後，等載著周天昊的馬車動了起來，她才忍不住回頭望了一眼，發現周天昊也在看自己，連忙又低下頭去。

馬車出了謝家宅，周天昊才與劉福根閒聊起來，他問道：「劉二管家，我之前讓你帶的話，可帶到了？」

劉福根根本是被謝玉嬌逼問才說的，怎麼敢回答，只支支吾吾道：「怎……怎麼沒帶到，害我被我們家小姐一頓臭罵。」

說到這裡，劉福根猛然想起周天昊的身分，便不敢再往下說，忍不住納悶，原來王爺想娶妻，也要親自出馬？

周天昊一看到劉福根的表情，眼前就浮現謝玉嬌發火的模樣，忍不住笑了起來，拍拍劉福根的肩膀道：「劉二管家，我欠你一個人情，以後有什麼事找我幫忙，儘管開口。」

劉福根連忙擺了擺手道：「不敢當、不敢當，殿下您能讓我們過安穩日子就謝天謝地了，我們都是小老百姓，可禁不起嚇，您嚇著小人不礙事，可您用別人的身分騙人，唬得小姐以為您真的死了，當場暈了過去啊！幸虧沒出大事，要是真有個什麼，謝家就亂套了。」

周天昊哪裡知道這件事，他用了表弟的名號，為的就是行事方便，其他並未多想；至於後來京城失守、楊家表弟戰死，這些都是意料之外的事，謝玉嬌是如何知道的？他本來就覺得奇怪，如今聽劉福根提起，索性問道：「京城和金陵相距幾千里，你們是怎麼知道楊公子戰死的？」

劉福根腦子轉了轉，想起昨夜張嬤嬤在他耳邊吹的枕頭風，說徐氏如何如何喜歡周天昊，就算不能留他下來當上門女婿，要是謝玉嬌能嫁過去當王妃，再好不過——上頭沒有公婆囉嗦，就算有個當皇后的大嫂，也應該不會管小叔家裡的事，所以千萬要小心服侍周天昊，不能讓他有一丁點兒不高興的地方，要是能再為他們兩人加點柴火，自然再好也沒有。

「殿下您不知道嗎？我們家小姐是出了名的刀子嘴，豆腐心啊！自從您走了之後，三天兩頭就讓小人往縣衙打探消息，一會兒問楊公子的軍隊到哪裡了，一會兒又問今年冬天這麼冷，也不知道楊公子有棉襖穿沒有。這不，接近年底的時候，還捐了一堆細棉布給康大人呢！」

劉福根嘆了口氣，繼續道：「您當時不在，不知道我家小姐聽說楊公子戰死時是個什麼模樣。她的臉當場白得和紙一樣，身子還發軟，小人與舅老爺當下不知道，只見她掙扎著要從椅子上起身，接著整個人就倒下了。」

聽到這裡，周天昊心疼不已，怪不得讓江老太醫調養了這麼久，回來卻見她比以往更瘦了。想起謝玉嬌那耍小性子的模樣，周天昊忍不住搖了搖頭。

第四十六章　堅定心意

儘管大雍遷都，然而當初離開京城的時候，還沒走到山窮水盡的地步，因此皇帝將祖先的牌位、畫像全都帶了過來，如今供在行宮的念祖堂裡。

只是今日祭祖的排場，卻不能與往昔相比。過去大雍皇室在京城祭祖，還有群臣陪同，場面盛大，如今卻只剩下原本就不多的皇室成員；更別說以往除夕當晚皇帝宴請群臣，初一時命婦入宮向皇后請安，在在顯出大雍泱泱大國之氣派，而現在偏安一隅，已屬萬幸。

徐皇后見文帝不開心，知道他這幾日為了幾件事心煩。第一，韃靼派人提出和談，但是條件頗為苛刻，讓文帝震怒；第二，就是周天昊到現在還沒回來，他那貼身太監又死活不肯開口，實在讓文帝心急上火。

除夕本該一家團圓，往年賜宴群臣的場面沒了也罷，現在竟連一家人都湊不齊，當真讓人有一種樹倒猢猻散的錯覺。

文帝這廂正感到鬱悶，外頭忽然有太監進來傳話道：「啟稟陛下，睿王殿下回行宮來了，此刻正回房換衣，一會兒就來念祖堂祭祀。」

一聽到這番話，文帝的臉上頓時綻放出光采，道：「這小子，總算沒忘了這件事。」

因為之前徐皇后賜了兩個宮女過去，第二日周天昊就離宮出走了，所以徐皇后此刻仍舊覺得有些委屈，不過看見文帝開心，她也算是好受了些。

周天昊回到自己的住處，見雲松正唉聲嘆氣地趴在軟榻上，便開口道：「對不住，又讓你屁股受累了。」

雲松見周天昊回來，忍不住一把鼻涕、一把眼淚道：「屁股倒是無礙，只是殿下再不回來，奴才可要餓死了。」

周天昊知道雲松向來機靈，不會應付不了這點小事，只朝他受傷的屁股不輕不重地拍了一把，說道：「本王進去換衣服，一會兒再來看你。」

幾個平常服侍周天昊的嬤嬤送了衣服進來，但是只有劉嬤嬤一個人在裡面服侍。劉嬤嬤上前幫周天昊脫下外袍，見他臉上還帶著幾分倦色，便道：「殿下，老奴不明白，有什麼事非要這個時候去做不可，就算殿下從小到大凡事總有自己的主意，可也不能不顧自己的身子啊！」

劉嬤嬤是以前在周天昊母親楊貴妃跟前服侍的人，自從楊貴妃去世之後，就一直在周天昊身邊照顧他的飲食起居，視周天昊如己出。周天昊身為大雍王爺，要為大雍上陣殺敵她管不著，可如今暫時休戰，他卻連好好養傷都不成，到底讓她心裡難受。

周天昊嘴角帶著笑意，比前幾日精神好了不少，他一邊更衣一邊道：「嬤嬤不是老催著我成家立業嗎？如今我就要成家了，妳可高興？」

劉嬤嬤聞言，略帶狐疑地問道：「是上回來看您的那位謝小姐嗎？」

周天昊笑意更甚，點了點頭道：「就是她，嬤嬤不喜歡？」

劉嬤嬤垂下眸，靜靜想了片刻，才道：「也不是不喜歡，只是瞧著脾氣有些大，不像京城那些大家閨秀，說話、做事都溫婉柔順，看著舒服。」

「溫婉柔順的看多了，我反而就喜歡她這樣的，處處帶著真性情，和她在一起，才有過日子的滋味。」

周天昊就是喜歡謝玉嬌有話直說的性子，可是在感情方面，她內心明明熱得跟火爐似的，卻還要裝出一副滿不在乎的樣子，當真是騙得他好苦。

劉嬤嬤見周天昊說出這種話，忍不住搖頭道：「殿下這是情人眼裡出西施呢，依奴婢看啊，那姑娘就是脾氣大。」

周天昊知道謝玉嬌有些小脾氣，但是只要喜歡上了，他也會心甘情願順著她。「嬤嬤以後就知道了，嬌嬌從來不亂發脾氣，她一個小姑娘，要撐起江寧第一大地主家，著實不容易得很。」

劉嬤嬤見周天昊把謝玉嬌誇得天上有、地下無，也不與他爭辯，只道：「那殿下可想好什麼時候娶她進門？皇后娘娘每日都預備再塞幾個宮女給您呢！」

周天昊聽劉嬤嬤說起這個，又鬱悶了起來，他想了想，開口道：「我今日就和皇兄提一提。」

劉嬤嬤還是不太放心，嘆了口氣道：「殿下畢竟是皇室中人，那位謝小姐說白了就是鄉下的富家千金，身分差這麼遠，只怕皇上和皇后娘娘不會答應。」
周天昊倒是不為這件事擔憂，但凡他做了決定，就有七、八分的把握讓它成功。
念祖堂裡，文帝與徐皇后兩人正在等待周天昊，徐皇后見文帝臉色不好，憂心道：「陛下若是身子不適，不如先去歇息，讓妾身在這裡等睿王吧！」
文帝卻搖了搖頭，他負手站在大雍列祖列宗牌位和畫像之前，抬起頭合上了眸子。
「皇后，朕從先帝手中接過這個國家的時候，還是四海昇平，沒想到才幾年工夫，朕已經失掉大雍半壁江山。」
說到這裡，文帝的眼淚忍不住落了下來，徐皇后心痛難忍，跟著掉淚，卻還是勸慰道：「這不是陛下一個人的錯，韃靼人身強力壯，又善騎射，我們大雍的將士哪裡是他們的對手？睿王不是說過嗎，南遷只是權宜之計，只待大雍韜光養晦，將來必定能捲土重來。」
文帝聽了這番話，只幽幽嘆了口氣，將徐皇后摟進懷中。當初南遷太過倉促，後宮眾人受了不少驚嚇，有些嬪妃到此時還沒緩過神來，徐皇后倒是一直陪在他身邊。徐皇后見文帝難得這般溫柔，便順勢將頭靠在他胸口上。
站在外頭的太監看見了，趕緊裝作什麼都不知道，此時他遠遠看見周天昊從二門口進來，便扯著嗓子喊道：「睿王殿下駕到。」
文帝摟著徐皇后的手馬上鬆開，他清了清嗓子，臉上的傷感之色瞬間少了幾分，視線則是盯著穿著華服從外面走進來的年輕男子。

「你還知道回來。」文帝語氣雖然嚴厲，卻沒幾分怒意，畢竟他已經習慣這個皇弟四處遊蕩，這次能短短幾天就回來，已經是謝天謝地了。

周天昊卻沒回話，而是直跪在蒲團上，恭恭敬敬朝大雍歷代帝王的牌位磕了三記響頭，之後接過一旁太監遞上來的香，親自插進供桌上的香爐裡。

「陛下，皇弟回來就好了，您何必動怒呢？他身上還有傷，還是先傳個太醫進來瞧瞧吧！」徐皇后往周天昊那邊掃了一眼，一想起周天昊這次不告而別的起因，有可能是她送過去的那兩個宮女，便覺得有些心虛。

文帝不過就是一時氣憤，此時見周天昊安然無恙地站在自己眼前，早已氣消了，回道：「罷了，回來就好，傳太醫進來。」

看到文帝要召太醫，周天昊道：「皇兄，太醫倒是不必了，這幾日臣弟的傷已經好了許多，只是有一件事，想請皇兄與皇嫂幫忙。」

徐皇后難得見周天昊說話這般客套，不禁覺得好笑。「皇弟有什麼話就直說，何必這麼一本正經？雖說皇室規矩多，但我們都是一家人。」

周天昊聽徐皇后這麼說，淡笑著回道：「既然皇嫂這麼說，那臣弟就不客氣了。臣弟想請皇嫂幫忙，為臣弟提個親。」

話才說完，在場包括文帝與徐皇后在內的人都傻住了，堂堂皇室哪裡有提親一說，不過就是皇上下一道聖旨的工夫，難道有人敢不從？

徐皇后臉上的笑容變得有些尷尬，她往文帝那邊遞了個眼色，說道：「這……這向人提親，都是尋常人家才會……」

「正要像尋常人家才好。」周天昊看著徐皇后，繼續道：「不然對方會覺得臣弟以權勢壓人，必定不肯答應。」

周天昊從小就被眾人溺愛慣了，而且他無心皇位，對文帝沒有半點威脅，又肯在大雍危難之時挺身而出，再加上他們兄弟之間一向和睦，因此文帝對他幾乎有求必應。

只是文帝雖然寵溺周天昊這個弟弟，對於他說出提親一事，也覺得有些驚訝。「你是堂堂的大雍睿王，誰敢不答應嫁給你？真是天大的笑話。」

周天昊自然知道若是下了聖旨，謝玉嬌確實不會不肯嫁，可是就她那個脾氣，便是嫁了，只怕是心不甘、情不願，不如他這邊姿態放低一些來得好。

「皇兄此話不假，可天底下最難得的，不是人，而是心。皇兄從小就教導臣弟，得人心者得天下，一道聖旨下去，人是有了，可心呢？與其這樣，還不如沒有。」

徐皇后身為安國公府嫡女，從小守禮尊道，如今當了這麼些年的皇后，冷不防卻要被睿王拉去當媒婆，到底有幾分不痛快；可一想到最近朝中事務繁多，不好讓文帝為睿王的終身大事苦惱，如今他既然有了心上人，不如順其自然算了。

「皇弟說了那麼多，也沒說究竟看上了哪家姑娘，婚姻這種人生大事，總要先讓本宮與陛下了解一下對方的家世才行。」

文帝聞言點了點頭，說道：「你皇嫂說得對，先了解對方的家世，朕再做定奪。」

周天昊早就知道他們會問起謝玉嬌的家世，這也是最難辦的地方，但是無論如何，他今日都要剷除所有阻礙。

「她家世平平，不過是個普通百姓，卻有一顆忠君愛國之心，為了大雍，陸陸續續安置了上千難民，在臣弟心中，再尊貴的世家閨秀，都不及她一根頭髮。」說到這裡，周天昊眼神一閃，繼續道：「她就是江寧縣謝家大小姐，謝玉嬌。」

文帝才剛到南方，哪裡聽過謝玉嬌這號人物，不過有金陵的地方官為他呈上一本名冊，上面寫著江南有名的官紳豪富、世家大族，謝家確實位列前茅。

「她是謝家的小姐？上頭……」

文帝的話還沒問完，周天昊便答道：「上頭只有一個母親，說來倒是與皇嫂有些淵源，也是出自安國公府上。」

徐皇后如今二十七、八歲，比徐氏整整小了十歲，徐氏出閣時，她還是個小姑娘。

皺眉沈思了片刻，徐皇后這才想起什麼來，說道：「曾聽我父親說過，他有一個庶出的弟弟，曾經當過江寧知縣，在當地任職時，居然把他的嫡女嫁給一個地主人家。只是我們家庶出的叔伯早就分家了，後來他們家是個什麼光景，本宮也不得而知。」

「就是她，皇嫂，說起來，您還是嬌嬌的姑母呢！」周天昊見徐皇后想起來，便順水推舟道：「皇嫂，那這件事就拜託您了。」

周天昊一向不受拘束，如今好不容易有一個喜歡的姑娘，若是以後能安頓下來，以他的聰明才智，將來必定是自己的左右手。文帝一想到這點，便清了清嗓子，開口道：「皇后，既然是你們安國公府的親戚，那妳就勉為其難答應了吧！」

文帝都開口了，徐皇后就算有什麼怨言，也不好說出來，只能點頭應下。

謝家的祠堂裡，眾人正在祭祖，由二老太爺領著族中的男女老少等人依次磕頭上香。謝玉嬌與徐氏坐在一旁的椅子上，謝玉嬌垂著眉眼，左手端著茶盞，右手輕輕扣著蓋子，雖然她一時之間動不了這群祖宗，但是可不代表她不敢動。

看見眾人依次落坐，謝玉嬌抬起眸來，合上茶盞，放在一旁的茶几上。

「趁著今日族裡的長輩都在，有些事也該說一說了。」

謝玉嬌站起來，視線往二老太爺那邊瞄了一眼，旋即掃過在座的眾人，之後才慢慢開口道：「大雍有難，匹夫有責，以前我們是天高皇帝遠，可如今也算是天子腳下的百姓，不能一味照著老規矩行事。那些難民也是人，也是大雍百姓，所以從今日起，謝家原先分給族中耕種的田地全部收回，若是叔伯們還想耕種，要麼按照五兩銀子一畝地的時價買回去當私產，要麼就和別的佃戶一樣，年底按田畝收租。」

此話一出，在座眾人紛紛交頭接耳，連平常不怎麼說話的幾位叔伯也急了起來。當年謝老爺把地給他們種時，說好永不收租，大家早已把那些地當成自己的了，哪裡知道謝玉嬌竟然會做出這種決定。

「嬌嬌，朝宗還那麼小，謝家如今都是妳一人說了算，妳怎麼還折騰起自家族中的親戚了？」

謝玉嬌昨日側面了解過，開口的這個叔叔並未參與堵倉庫事件，但是這件事在謝家宅鬧得那麼大，他必定聽說過。

思及此，謝玉嬌起身向眾人福了福身子道：「謝家不是開善堂的，這些年能幫襯族中的親友，也是因為家裡有些閒錢，又不想讓親戚們過苦日子；只是如今諸位也看到了，大雍連年征戰，朝廷的稅、撒去康大人那邊的銀子，不知道花了多少，隱龍山下如今還有上千難民，謝家雖大，卻也禁不起這般開銷。現今朝廷南遷，天子眼皮底下辦事，我更是如履薄冰，為了保得謝家這一份祖產，並不敢得罪朝廷，從今以後，也只能請各家自掃門前雪了。」

眾人聽了，也知道謝玉嬌說得有道理，謝家族中經營頗善的幾個叔伯都不吭聲了，只有二老太爺那一支的人沈著臉，一直沒開口。

二老太爺氣得不得了，認為謝玉嬌這是故意找碴，昨天他們剛得了一百兩銀子，今日就跟他們討田租；可是現在裡裡外外這麼多人在，外頭鄉親們也都瞧著，他能開口說什麼呢？要是他多說一句，害昨日的事被抖出來，大家都臉上無光啊……

止不住氣到發抖的手，二老太爺端起桌上的茶盞，猛然喝了一大口，卻還是沒能壓制住心中的怒火。

謝玉嬌垂下眸子，臉上透出幾分冷冽的笑，她撩起裙襬坐下，四下打量起祠堂，說道：「這祠堂看著有些老舊，每年撥給二叔公修祠堂的銀子也不知道花到哪去了？看來以後修葺祠堂的事，還是另外找人辦吧！」

二老太爺聞言，原本壓抑著的怒氣忽然湧了上來，他站起來指著謝玉嬌，想開口說些什麼，可一口氣沒喘過來，身子一歪就倒了下去。謝玉嬌被嚇了一跳，眾人則蜂擁而上扶起二老太爺，只見二老太爺的手雖然還指著謝玉嬌，嘴角卻不斷抽動，一個字也說不出來。

徐氏連忙起身上前拉住謝玉嬌的手，兩人看著眾人合力把二老太爺扶起來，其中有人開口道：「老爺子中風了，快請大夫。」

謝玉嬌本來只是想滅滅二老太爺的威風，並沒想到會出這種事，一時之間覺得有些懊惱，便轉身吩咐道：「去城裡請個大夫來。」

謝家眾人看見二老太爺這光景，有的幸災樂禍，有的卻是心驚膽戰。他們是同一個祖宗沒錯，可是傳了那麼多代，關係只會越來越淡，過去的確得了本家不少好處，如今也該收手了。

對於謝家這些叔伯，謝玉嬌唯一熟悉的只有二老太爺，如今他中風了，族裡的事也該有人代替他管理；只是此時若提起這件事，到底讓人不舒服，謝玉嬌思索了一下，決定保持沈默。

看見徐氏一臉擔憂，謝玉嬌便扶著她往祠堂外頭去，正要出門時，卻被一個年輕媳婦給攔住了，她指著謝玉嬌罵道：「仗著有幾個臭錢就顯擺了？老爺子要是有事，讓妳抵命。」

謝玉嬌並不認識這個人，聞言著實嚇了一跳，她雖然有手段，卻不是潑婦罵街的料；徐氏更是被嚇得臉色蒼白，連連退了幾步，捏著帕子朝謝玉嬌那邊看了一眼。

守在祠堂外的幾個下人看見了，顧不得什麼規矩，立刻闖進去按住那年輕媳婦，有個婆子開口道：「夫人和小姐快走，別理這潑婦。」

謝玉嬌讓張嬤嬤先扶著徐氏出去，自己不疾不徐地往門口走了幾步後，才回頭看著那年輕媳婦道：「錢是謝家的，我樂意給誰花就給誰花，妳管不著。」

回到了謝家，徐氏還是有些驚慌，因為徐禹行不是謝家人，所以沒跟著去祠堂，這會兒看見徐氏心神不寧地回來，上前追問，一旁的張嬤嬤就把方才祠堂裡的事說了一遍。

徐禹行聽張嬤嬤把話說完，朝謝玉嬌那邊瞧了一眼，嘆了口氣道：「嬌嬌，妳就是太倔強了，不過那老頭子確實也該得點教訓。」

謝玉嬌聞言，心中那一絲不安頓時無影無蹤，只輕哼一聲道：「現在想想確實有些虧了，給族親們種的那些地，一年也產不出多少田租，這下二叔公中風了，只怕以後為他治病的銀子還要花去不少呢！」

徐禹行無奈地搖了搖頭，開口道：「得饒人處且饒人，事情過去就過去了，今日是年節，得高興一些。」

徐氏這會兒稍稍回過神來，她想起今天到底是除夕，回道：「也是，不說這些，咱們一起回正院去，我讓張嬤嬤看看廚房的飯菜準備得如何了。」

到了下午，城裡馬家特地派人過來，說要請徐禹行過去吃年夜飯，如今徐蕙如在那邊住，徐氏不好強留徐禹行，便放他離開，只叮囑他拜訪完朋友後要回來，好好在謝家休息幾日。

晚上吃團圓飯的時候，謝家就只剩下幾個女眷和謝朝宗這麼一個小男子漢過年了。準備晚膳的時候，徐氏特地要丫鬟留了個空位，在那裡放上斟滿酒的酒杯，謝玉嬌知道，那是謝老爺的位置。

平常徐氏吃飯就不怎麼說話，大姑奶奶也是安靜慣了的人，寶珍和寶珠因為看見今日晚膳豐盛，只顧著吃自己盤中的飯菜。老姨奶奶就算想帶動一下氣氛，也覺得似乎不太恰當。

謝玉嬌飯量本來就小，一桌子的菜才動了幾口就吃不下了，她默默放下筷子，有些想念周天昊。今年皇室家宴應該熱鬧不起來吧？就憑剛剛經歷了打敗仗、遷都這種事，也不可能大肆慶祝。

徐氏見氣氛有些沈悶，便開口道：「家裡沒個男人，確實冷清得很，去年還有妳舅舅和蕙如在，今年只有我們幾個，有些沒意思。」

老姨奶奶聞言隨口道：「還不簡單，等嬌嬌招了上門女婿，男人不就來了嗎？」

說完這段話，老姨奶奶忽然想起了什麼來，問道：「外院不是住著一個客人嗎？要是實在覺得冷清，請他過來坐坐也好，反正家裡沒什麼外人。」

老姨奶奶並不知道周天昊離開的消息，只隱約聽說那人救過徐氏的命，而且模樣極好。她猜測徐氏應該有幾分想法，那就得趁這個好機會，把人喊進來一起吃頓飯啊！

徐氏一聽又嘆了口氣。「楊公子早就走了，不然是該請他進來。」

她雖然知道周天昊的真實身分，一時卻改不了口，況且若是在老姨奶奶等人眼前說出「王爺」兩個字，只怕要把她們給嚇壞。

一頓飯吃完，下人們進來收拾東西，之前出去為二老太爺請大夫的小廝也回來了，劉福根便到正院門口等著回話。

謝玉嬌直接喊劉福根進來，又讓丫鬟留下幾道方才她們沒怎麼動過的菜，拿去一旁茶房的蒸籠上熱一熱，等那些菜熱好的時間，先讓劉福根喝了口熱茶再回話。

「仁安堂的大夫來瞧過了，說二老太爺邪風入中，有陽亢之症，若想痊癒，只怕有困難，往後半邊的身子大概動不了了。」

謝玉嬌聽完就明白了，她那二叔公是氣得血壓飆升，所以中風了。這病就算擺在現代，也很難康復，發生在古代，恐怕只有等死的分。

說來說去，謝玉嬌還是有些自責，可又覺得自己做得沒錯，她內心掙扎了半天，抬起頭時，就看見徐氏抱著謝朝宗從裡間出來。

徐氏顯然聽到了劉福根回的話，便開口道：「既然這樣，明日先送一些銀子過去，以後請醫問藥的銀子也由我們家出；再不行，將來他若去了，再給他一副棺材銀子也成。」

雖然謝玉嬌嘴上厲害，可徐氏卻清楚她不是什麼狠戾的角色，就像之前蔣國勝的死一樣，也是他咎由自取，實在怨不得人。只不過他們與一老太爺終究是有血緣的親戚，徐氏怕謝玉嬌難過，索性什麼都應下來。

劉福根聞言，一個勁兒地點頭，此時丫鬟們熱的菜也送了進來，徐氏便喊張嬤嬤坐下陪劉福根吃飯。大過年的，原本就是一家團聚的日子，這個時候還讓他們為謝家的事走動，到底有些過意不去。

謝玉嬌今日沒回繡樓去住，徐蕙如搬走之後，那裡變得冷冷清清，今晚她正好陪徐氏守歲，累了母女兩人便一起睡下了。

第四十七章　登門提親

第二天一早，謝玉嬌醒來時，徐氏已經出門了。老姨奶奶說上香心要誠，所以五更天就起床，那時謝玉嬌睡得正甜，徐氏就帶著張嬤嬤，和老姨奶奶、大姑奶奶一起去隱龍山的龍王廟上香。

謝玉嬌是被謝朝宗吵醒的，謝朝宗屬雞，沒想到也和雞一樣，一大早就爬起來了。沈姨娘餵他吃過早飯，接著就自己坐在廳中做針線，讓他一個人在房裡走走逛逛。

之前因為謝朝宗要學走路，徐氏命人把房裡所有古董擺件都收了起來，就連角落裡的火爐，也都用木板圍著，謝朝宗完全碰不著。

謝朝宗在房裡玩了一圈，覺得沒什麼意思，他沒看見徐氏，以為徐氏還在睡覺，和往常一樣往裡間去了。他一雙小短腿一路走到床前的踏板下面，看見上頭睡著的居然不是徐氏，而是謝玉嬌。

謝朝宗本來就喜歡謝玉嬌，只是有時候瞧她凶巴巴的，所以有點害怕。此時見謝玉嬌睡得正熟，白皙的臉頰透著紅光，忍不住伸出手指戳了戳。

謝玉嬌輕嘆一聲，皺了皺眉，扭了扭身子繼續睡。謝朝宗格格笑了起來，又用手指戳了一下謝玉嬌的臉頰。此時謝玉嬌矇矓睜開眸子，就看見謝朝宗站在床前笑得開心，奶牙都露了出來。

此時沈姨娘在外頭聽見聲響，放下針線走進來道：「朝宗，姨娘不是和你說過了嗎？不要吵姊姊睡覺，姊姊昨日守歲呢，要多睡一會兒。」

謝玉嬌打了個哈欠，從床上爬起來，一把抱起謝朝宗，讓他坐在床沿上，對沈姨娘道：「沒關係，我也該起來了。」

說著，她在謝朝宗的臉頰上親了一口，笑嘻嘻道：「朝宗真能幹，都會叫姊姊起床了，真是乖寶寶呢！」

其實謝玉嬌很寵孩子，只是作為謝家的獨苗，謝朝宗身上的擔子確實有點重，要是只知道享福，不知道人間疾苦，將來又怎麼撐起這個家呢？

謝玉嬌逗著謝朝宗玩了一會兒，就放他自個兒下去玩，自己則起身更衣。昨日除夕，用過晚膳之後，徐氏就打發了好些家在謝家宅的丫鬟回去了，因此喜鵲與紫燕此刻都不在，雖然另外有幾個從外地買來的丫鬟，卻還沒學會貼身服侍人。沈姨娘看見外頭有奶娘看著謝朝宗，便上前親自服侍謝玉嬌穿衣服。

原本謝玉嬌就很少讓人服侍穿衣、洗漱，只有端水、梳頭才麻煩丫鬟們，此時看見沈姨娘的舉動，說道：「姨娘坐吧，我用不著人服侍，一會兒幫我梳個頭就好。」

謝玉嬌來到這裡算久了，卻還是沒學會梳頭這項工作，若是照她的意思，直接紮個馬尾就算了事了。

沈姨娘規規矩矩地應了，讓外頭丫鬟送洗臉水進來，她見謝玉嬌不說話，便也坐在一旁不開口。

不久前她娘來找她的時候，說起了她大哥沈石虎的事，話語中依稀透露了他的心意。沈姨娘想起沈石虎平常對謝玉嬌那麼上心，也知道她娘說得沒錯；可如今家裡來了一個楊公子，人長得俊俏不說，家世又極好，這樣的人和沈石虎比起來，簡直是一個天、一個地。想到這裡，沈姨娘不禁覺得沈石虎心大，可他是自己的親大哥，如今在外頭打仗，終究讓人心疼，忍不住嘆了口氣。

謝玉嬌看見沈姨娘的模樣，大約知道她在想些什麼，便故意道：「聽說下個月妳二弟和三弟又要考秀才，這回若是中了，我就請康大人替他們寫舉薦信，讓他們去棲霞書院念書。」

說真的，謝玉嬌很感激沈石虎對自己那麼忠誠，但這和愛情是兩碼子事，她一直覺得自己無法愛上在這個時代生長的男人，因為他們腦子裡塞了太多禮教思想，所以在遇上周天昊之前，她對婚姻從沒有過期待。那種近乎於隨便找一個伴，將就著過日子的感覺，其實很不好。

「哪能去那種地方念書呢，要不少銀子吧？」沈姨娘心裡雖然很期待，但是一想到束脩必定不便宜，就不敢再往下想了。

謝玉嬌卻不這麼認為，就算徐禹行與大姑奶奶將來有所出，很難說會比朝宗小幾歲，將來能直接幫襯謝朝宗、扶持他成長的，就只有沈家這幾個兄弟了，再怎麼說，他們都是謝朝宗的親舅舅。

「束脩不是問題，只要能念下去，還怕賺不回這些銀子嗎？」謝玉嬌說著，從鏡中看見為自己梳頭的沈姨娘笑了笑，便知道她也很樂意。

「其實我娘和我說過，石楠已經十六了，若是這次還不能考中秀才，只怕不是讀書的料子，倒不如讓他去城裡的鋪子當個學徒，也能有個一技之長。至於石舟，他年紀還小，還可以再看看。」

謝玉嬌並不太懂這些，也不知道幾歲中秀才才算正常，況且就算中了秀才，也不能馬上中舉人，還是得一步一步來。當然，也有考了一輩子都只是秀才的人，例如魯迅筆下，那個大名鼎鼎的孔乙己。

沈姨娘幫謝玉嬌梳好頭，拿著鏡子給她看，謝玉嬌看了一眼，心道果然好手藝。雖說她對古人納妾這件事實在看不過去，可如今有沈姨娘這樣的人陪在徐氏身邊，多少讓她比較放心。

用過早膳，謝玉嬌又逗著謝朝宗玩了半天，沒多久徐氏和老姨奶奶她們就回來了。因為去得早，上香的人還不多，因此就回來得早一些。

謝玉嬌差丫鬟準備幾樣素點心端過來，她猜想徐氏她們一早就出門，必定沒吃什麼東西。

只見徐氏帶回好些供奉過菩薩的水果、點心，要沈姨娘收起來，說一會兒讓謝玉嬌和謝朝宗吃幾口，可以保佑人身體健康。說著，徐氏又吩咐道：「長生果可以放一些時日，妳用瓷罐收好了，到時候我還要用它招待人。」

這種菩薩跟前拿回來的小東西，要招待什麼人呢？謝玉嬌有些疑惑地看著徐氏，聽老姨奶奶笑著說道：「人家京城的公子哥兒沒準兒不信這個，不肯吃呢，就妳拿來當寶貝。」

謝玉嬌一聽頓時明白這長生果用處為何，只聽徐氏淡笑著回道：「廟祝說了，這東西能讓身體快些康復，我就隨便抓了一把回來。」

瞧那長生果裝了滿滿半袋子，謝玉嬌心道：這還叫隨便抓一把回來？肯定是我們家捐的香火銀子多，所以人家廟祝才沒說什麼。

一夥人正聊得高興，忽然有個婆子跑進來，她見了眾人，開口道：「夫人快出門去瞧瞧，外頭有好些穿靴戴帽的人，長長一個車隊往這邊來，領頭的已經到門口了。」

徐氏聞言微微一愣，不禁轉頭往謝玉嬌那邊看了一眼。此時第二波報信的人也來了，劉福根跑了進來，上氣不接下氣道：「夫……夫人……外……外面……」

平常劉福根可謂舌粲蓮花，可今日不知道怎麼了，竟然結結巴巴半天，都沒說出個所以然來，徐氏在一旁聽了直皺眉頭，卻拿他沒辦法。

「劉二管家，你倒是慢慢說，別著急。」謝玉嬌開口道。

劉福根喘了口粗氣，伸手拍了拍自己的胸口，這才穩住了情緒。「夫人，那領頭的人說，後面的馬車裡坐著的是皇后娘娘……」

好些婆子和丫鬟不明白「皇后娘娘」是什麼，還有人好奇地問：「皇后娘娘是個什麼東西？」

有人懂得比較多，急忙道：「皇后娘娘不是個東西……」

這話讓謝玉嬌聽了哭笑不得，又暗暗好奇，皇后娘娘跑到謝家來做什麼？難不成是來認親戚的？

以前似乎聽徐氏提起過，當今皇后娘娘出身安國公府，的確和徐氏有點關係；只是……那麼久沒聯繫了，這會兒來做什麼？

想了想，謝玉嬌忽然茅塞頓開，難道皇后娘娘專程跑這麼一趟，是想逼自己離周天昊遠一點？前世謝玉嬌看過很多戲劇和小說，婆婆要是不滿意未來的兒媳婦，都會用錢狠狠砸在她臉上，趾高氣揚地說：「想要多少錢，妳說，只要能離開我兒子就行。」

謝玉嬌不禁開始想像，要是皇后娘娘也要她開個價，那該開多少呢？認真說起來，全大雍只怕找不到她第二個老鄉，要她就這樣放手，確實有那麼點捨不得；但若是價格開得高一些，大概也能成交吧……

就在謝玉嬌一廂情願地幻想從天上掉下什麼金山、銀山時，劉福根已經不喘了，他先是往謝玉嬌那邊看了一眼，又對徐氏道：「那人還說……皇后娘娘是替睿王殿下，向咱們小姐提親來的。」

謝玉嬌聽到這句話，下巴都要掉下來了。

雖然她早就知道周天昊不是個按牌理出牌的人，可是這也太胡鬧了……讓皇后娘娘上他們這個鳥不生蛋的地方來提親？虧他想得出來。謝玉嬌這會兒都能想到皇后的臉必定拉得比馬還長，只怕之後的妯娌之路不好走了。

劉福根把話說完過了很久，徐氏還有些摸不著頭緒，傻傻地問道：「劉二管家，你……你沒聽錯吧？皇后娘娘親自來提親？這……這……」

張嬤嬤瞧徐氏一時之間沒了主意的樣子，連忙說道：「夫人還愣著做什麼，趕緊去門口迎接啊！這是天大的喜事，咱們謝家要出一個王妃啦！」

謝玉嬌雖然也被這齣戲弄得有點頭大，可一聽張嬤嬤說起什麼王妃的，才猛然醒悟過來，自己正是那戲中人啊！可是提親這麼大的事，周天昊居然半句也沒透露，簡直就是個混蛋……

「對……我這就親自去迎接。張嬤嬤，快吩咐下去，讓家裡的奴才都別亂跑，看見有人進來就跪下，千萬別衝撞了貴人。」徐氏一邊吩咐，一邊又道：「接駕的規矩很多，我也不懂，該如何是好呢？」

謝玉嬌方才臉紅了一陣子，這會兒已經平靜下來，她拉著徐氏的手道：「娘別怕，既然說是來提親的，那就把她當提親的人好了。」

「妳這孩子……」徐氏見謝玉嬌還紅著臉，也知道她此時必定怕羞，便吩咐道：「張嬤嬤，妳先帶小姐進去好好打扮一番，這樣也太素淨了些。」

謝玉嬌哭笑不得地回道：「娘，家裡還守著孝呢，怎麼能不素淨些？」

徐氏也是慌了，又看見謝玉嬌出落得窈窕清麗，比以前更成熟穩重，便笑著道：「罷了，就這樣和我一起去接駕吧，免得耽擱了，惹來皇后娘娘怪罪。」

徐皇后坐在華麗高貴的馬車中，四周鋪著柔軟的雲錦墊子，幾個宮女正規規矩矩地在一旁服侍。她側著身子，單手支著下巴，想著昨日安國公夫人進宮時說的那些話。

安國公家如今沒有適齡的姑娘能嫁睿王，可永昌侯府、誠國公府、安靖侯府、晉陽侯府，每家都有合適的人選。睿王妃之位空了許久，若這些人家中有姑娘嫁進去了，對安國公府沒什麼好處。如今他們既然冒出一個名不見經傳的親戚，倒不如給了這個面子，讓她嫁入皇家，將來也好拿捏。皇上的兄弟本就不多，睿王又是最得寵的那一個，與睿王妃打好關係，身為皇后的她也有好處。

徐皇后原本實在不願放下身段做媒婆，可聽了安國公夫人這一席話，只好打起精神出發。好在行宮儲存的東西頗為豐富，因此派人打點了一個下午，提親需要的物品就備全了。

想到這裡，徐皇后忍不住苦笑，攤上這樣一個小叔，她也算是倒了八輩子的楣；可是……又能怎麼樣呢？連她丈夫這個皇位，都是小叔不肯要，選擇讓出來的，自己能有什麼怨言？

進了謝家宅，馬車漸漸放慢速度，好在謝家是大戶人家，門前的路也修得極好，不然像她這種規格的馬車，只怕駛不進來。

太監站在馬車外，回稟道：「回皇后娘娘，謝府到了，奴才已經傳過話，謝家上下一眾人等，已在門口跪迎。」

徐皇后點了點頭，自從經歷城破、南遷這些事之後，她對禮節方面的事看淡了不少，面臨生死關頭時，無論是高高在上的皇族，還是匍匐在自己足下的芸芸眾生，都是平等的。

微微吸了口氣，徐皇后正想開口，那太監又道：「周圍來了很多看熱鬧的百姓，皇后娘娘是否要驅趕？」

徐皇后擺了擺手道：「罷了，不必驅趕，讓侍衛擋在前頭，防止動亂就好。」

太監領命而去，對著人群喊道：「皇后娘娘特准爾等瞻仰鳳顏，爾等跪安勿擾，違者格殺勿論。」

看熱鬧的百姓哪裡聽得懂前頭那些話，但是後面那句「格殺勿論」卻聽得真真切切，只是他們看見徐氏領著謝家一家老小跪在門口，心道這必定是不得了的人物，便跟著跪下。

只見朱紅色雕漆馬車前的明黃色帷帳閃了一下，接著便出現一個十五、六歲的妙齡姑娘，眾人都以為她就是皇后，急急忙忙把頭壓下去，待看清了，才發現不過就是一個容貌出挑的宮女。

謝玉嬌抬起眸子淡淡掃了一眼，那宮女確實長相出眾，鵝蛋臉，嘴角帶笑，一雙杏眼顧盼生輝，行事中又帶著幾分果敢，一看就是皇后娘娘身邊體面的宮女。

在場的人一時之間都壓低了腦門不敢抬頭，只聽那宮女脆生生道：「皇后娘娘，到了。」

此話一出，大夥兒不約而同地稍稍抬起眼來，視線往馬車那邊集中，只見一隻白皙纖細、戴著護甲的手，從簾中伸了出來。

眾人屏息以待，謝玉嬌則垂下眸子，低下頭去。緊接著車簾一閃，徐皇后身穿一襲正紅金銀絲百鳥朝鳳繡紋長袍，款款地從馬車上下來。

不知道是誰在人群中起了個頭，眾人就跟著他朝徐皇后跪拜，接著此起彼落、有些結巴地喊道：「皇后娘娘千歲。」

謝玉嬌聽著這一點都不整齊的聲音，不禁覺得有些好笑，這個景象想必讓皇后娘娘此生難忘。

徐皇后果然有些不好意思，原本以為這些百姓們目不識丁，可能會衝撞自己，沒想到謝家宅的人居然如此淳樸有禮，一個個跪著磕頭請安，還有人甚至嚇得連頭都不敢抬。

這麼一想，徐皇后開口道：「福安，拿些銅錢賞他們。」

領頭的太監聽了，恭恭敬敬吩咐了下去，不一會兒就有人從後面跟著的幾輛馬車中，抬了一籮筐銅錢出來，由幾個宮女將錢撒出去。一開始眾人還不敢撿，後來有人忍不住往地上抓了一把，大夥兒這才一邊謝恩，一邊撿銅錢。

徐皇后見狀，笑著說道：「這是今年製作的新銅錢，你們拿幾個回去，就當添些喜慶之氣吧！」

徐氏抬起頭往徐皇后那邊看了一眼，隱隱瞧出她有幾分安國公的影子，並不敢貿然上前請安，還帶著眾人跪在門口。徐皇后打發了百姓們，這才看見謝家一家老小都跪著，還有婆子抱著一個一歲開外的奶娃，沒看見一個當家的男子。

「都起來吧！」徐皇后開口道，聲音中透著幾分威嚴。

徐氏這才領著謝家的人謝恩起身，開口道：「皇后娘娘裡面請。」

說起來，徐氏年幼時在安國公府長大，曾見過不少豪門貴婦，基本的應對進退是沒問題的，只是她多年不曾認真和人打過交道，如今卻一下子就撞上一個皇后，不禁有些緊張，說話的聲音都微微顫抖。

徐皇后似乎看出了徐氏的拘謹，不過她臉上依舊帶著淡淡的笑意，跟著徐氏進了謝家。

第四十八章　成婚條件

此時此刻，前院大廳裡已經擺好了茶盞和點心。謝家雖然是鄉村財主，可在當地的確是富貴之門，徐皇后瞧著眼前氣派的庭院和建築，略略點了點頭。她之前就聽說謝家是江寧第一大地主，果真名不虛傳，能有這樣的排場，確實不容易。

徐氏請徐皇后在主位落坐，自己卻不敢坐下，廳中眾人也都站著。徐皇后掃了眾人一眼，臉上又添了幾分笑意，對徐氏說道：「按理，本宮還要喊妳一聲堂姊。」

聞言，徐氏連忙擺手道：「皇后娘娘快別這麼說，民婦不敢當。」

再怎麼說，自己都是來提親的，讓人一直站著也不好，徐皇后便道：「都坐吧，坐下來才好談事情。」

徐氏見徐皇后吩咐，便在她下首的位置上坐了下來，謝玉嬌則是直挺挺地站在徐氏身後。

徐皇后抬起頭看著謝玉嬌，只見她雖然打扮素淨，但還是光彩照人。臉蛋白皙，雙眸透露出靈氣，一雙眉眼生得極好，態度不卑不亢，光是站在那裡，就有一種特殊的吸引力，比起京城裡的閨秀，竟是毫不遜色。有這般品貌，怪不得能讓睿王神魂顛倒。

收回審視的目光，徐皇后嘴角微微一勾，心想睿王平常桀驁不馴慣了，如今居然找了個看上去相當厲害的媳婦，也不知道將來服不服管？

徐氏瞧徐皇后臉上一直含著笑，一顆心稍稍安定下來，開口道：「皇后娘娘先喝口茶吧，這是我們自家茶園產的，外頭買不到，也不知道合不合您的口味。」

徐皇后笑著點了點頭，端起茶盞抿了一口，自是香甜爽口，滿意地抿了抿唇，徐皇后也不囉嗦，直接切入正題。「本宮那個皇弟調皮慣了，什麼事都不按規矩，可唯獨這一件，他千叮嚀、萬囑咐，一定要本宮親自過來，皇上又心疼他身上有傷，不讓他跟著，因此本宮少不得得跑這一趟。」

徐氏一聽，就知道徐皇后果然是來提親的……她不禁覺得自己有些坐不住了，可惜徐禹行還沒回來，不然他好歹還能幫自己出一點主意。

低頭沈思了一會兒，徐氏才回道：「既然是睿王殿下的意思，民婦自然沒什麼異議。」

謝玉嬌站在徐氏身後，聽了這話，頓時無奈地嘆出一口氣來。這可是人家來提親求娶啊，怎麼反倒像她嫁不出去一樣，急急忙忙就答應了呢？

徐皇后早就料到徐氏會爽快答應，一國之母親自來提親還敢不同意，是不要命了嗎？

正當徐皇后鬆了口氣，想接著往下說時，謝玉嬌卻站出來，對徐皇后行了個禮，開口道：「皇后娘娘肯紆尊降貴來為睿王殿下提親，民女很是感動，只是民女有一席話不得不說，若是殿下與皇后娘娘肯答應，民女才願意出嫁。」

徐氏一顆惶惶不安的心還沒跳穩呢，沒想到謝玉嬌居然開口說話了，根本來不及攔，她急忙站起來，對著徐皇后下跪。

「民婦教女無方，還請皇后娘娘不要怪罪嬌嬌，她不懂這些。」

徐皇后揮了揮手讓徐氏起來，也不生氣。聽謝玉嬌說完這番話，她反而覺得有點意思，原本覺得這姑娘不過是相貌出眾，沒想到還有這般膽識。

現在徐皇后對謝玉嬌的要求好奇得不得了，便問道：「謝小姐請說，若是合理，本宮自當答應。」

謝玉嬌略略思量片刻後才抬起頭來，眼神堅決，似是打定了主意。「皇后娘娘也看見了，謝家如今雖然有男丁，卻是一個奶娃，民女身為謝家長女，有義務守住家業，確保這一方百姓能安居無憂。因此民女有一個不情之請，希望成婚之後，能繼續留在謝家，若是殿下肯答應這個條件，民女就嫁；若是殿下不肯答應，民女便終身不嫁。」

徐皇后哪能料到謝玉嬌竟然要求讓堂堂的大雍王爺住到謝家？這……皇室的臉面還要不要了？

此刻徐皇后臉上已經隱隱有了怒意，不過她畢竟是經歷過大風大浪的人，立刻換上和顏悅色的表情，嘴角微微擠出一絲笑道：「這個問題嘛……本宮倒是不能替睿王殿下答應妳。」

謝玉嬌也知道她提出這個要求，必定會惹惱徐皇后，只是有些事若不一開始就說明白，等將來再生什麼變故，反倒麻煩。如今謝家還沒穩定下來，她必定不能離開，且不說謝朝宗還小，光看徐氏與家中眾人溺愛他的程度，就讓人頭疼。辛辛苦苦懷胎，好不容易才生下來的遺腹子，若是最後被徐氏教成了個敗家子，只怕謝老爺會死不瞑目。

「皇后娘娘，民女也知道這個條件有些強人所難，只是民女身為人女，不得不這麼做，還請皇后娘娘明鑑。」

謝玉嬌說完的時候，徐氏忍不住落下淚來，拉著她的手道：「嬌嬌，不要管我們了，好好做妳的王妃去，娘一定帶好妳弟弟，不為妳添亂，成不？」

抬起手拍了拍徐氏的手背，謝玉嬌淡淡道：「娘若真的能撐起這個家，興許就不會有今日的謝玉嬌了。」

徐氏一時沒聽懂其中的意思，只是她自己也很清楚，憑她根本就扛不起謝家，但是若因此毀了謝玉嬌與睿王殿下這段金玉良緣，她於心不忍。

在一旁站著的謝家人聽了謝玉嬌這番話，無不感動落淚，徐皇后淡淡掃了他們一眼，忽然想起當年她進端王府時的情景。

那時當今聖上還是端王，府中早已有了一個王妃，但是因為王妃病弱，一直無所出，才又另納了側妃。身為安國公府的嫡女，她對這樁婚事自然反感，可當時的安國公府，卻也面臨沒落的困境。老安國公年邁，上一輩的族親中並沒有身居高位者，而年輕的後輩中，也沒有天資聰穎之人，安國公府眾人唯一的希望，就只有她了……

當時徐皇后嫁給端王做側妃，是為了家族著想，如今謝玉嬌不肯離開謝家，又何嘗不是同樣的處境？徐皇后淡淡嘆了口氣道：「罷了，一會兒本宮擺駕回宮，替妳問睿王一句，他若允了，本宮便擇黃道吉日頒下懿旨，到時妳若還有什麼不滿，本宮必定不輕饒妳。」

謝玉嬌聞言，跪下來畢恭畢敬地朝徐皇后磕了一個響頭，低聲道：「多謝皇后娘娘成全。」

徐皇后並未在謝家多做停留，因為謝玉嬌提出那個要求，以至於原本帶著的聘禮都沒留下。徐氏送走了徐皇后之後，拉著謝玉嬌在正院房間裡說話。

「嬌嬌……妳……讓娘說妳什麼好呢？」徐氏想起方才那個場面，還覺得後背大汗涔涔，若是徐皇后震怒，她真的不知道該怎麼辦才好。

「娘不知道說什麼，那就別說了。」謝玉嬌淡淡地垂下眸子，從張嬤嬤手中接過謝朝宗，他剛剛才吃過奶，這會兒正昏昏欲睡。

謝玉嬌一邊拍著謝朝宗，一邊往炕上靠了靠，繼續道：「雖然婚姻大事講究父母之命、媒妁之言，但我既然與睿王殿下私下相識，對彼此的情形必定有所了解，他應該明白，我若是在這個時候離開謝家，就是不孝。」

徐氏聽謝玉嬌這麼說，不禁嘆了口氣，皺起眉頭道：「妳離開謝家是不孝，但妳可曾想過，他是大雍的王爺，妳讓他待在我們這裡，可是不忠啊！」

謝玉嬌低下頭，心想——我可沒要他不忠，不過就是住在男方家還是女方家的問題嘛……只是，若周天昊真的住進謝家，要上早朝的時候，豈不是三更就要啟程了？

這麼一思量，徐氏這話也有點道理，只是無論如何，她都不可能在這個時候離開謝家的。

徐皇后坐在馬車裡閉目養神，一旁的宮女替她蓋好了身上的錦衾，小聲道：「皇后娘娘真的要替那謝小姐帶話嗎？那些話奴婢聽了都想笑，哪裡有讓堂堂王爺住在一介村姑家的？難道王爺要當他們家上門女婿不成？」

其實徐皇后也正在為此事發愁，但是皇上把這件事交給自己辦，若達不到目的，到底也有負聖心；可是那樣的要求……當真讓她問不出口。

徐皇后冷笑一聲，略略揉了揉太陽穴，開口道：「陛下很是器重睿王，這次若不是睿王的計策，京城只怕更早就被韃靼攻破，我們這些人都要死在那裡，更別說還能南遷了。」

回想起那幾天馬不停蹄地往南邊飛奔，徐皇后至今還嚇得打冷顫，那些她珍愛的古董器物，因為沒有足夠的時間攜帶，就這樣沒了。

城外到處是殺戮聲，那樣繁華瑰麗的京城，瞬間成了可怖的修羅地獄。皇上說他們終究會回去，可是……到底要怎麼樣才能辦到這一點呢？

徐皇后想不出來，也不願意繼續想。

金陵整座行宮，比起她以前住的鳳儀宮大不了多少，落魄的皇室，很難維持原有的尊嚴。

「罷了，今時不同往日，只要睿王同意，本宮不過就是一個傳話的。」徐皇后幽幽說完這些話，就閉上眼睛休息，不再多言。

周天昊原本要跟著一起去，但昨日幾位太醫進宮瞧過，一致認為傷口恢復得有些緩慢，再不好好調養，將來必定會有後遺症，周天昊只好安心待在行宮等徐皇后的消息。

雲松的屁股好得很快，一早就奉命到徐皇后的寢宮打探消息，到了晌午時，他才看見徐皇后的鑾駕從行宮正門進來。雲松看見雨景也在隨侍的人裡頭，悄悄招了招手要他過來。雨景發現了，便放慢腳步，悄悄從人群中溜出來，貓著腰往雲松躲著的漢白玉欄杆下走去。

「快說、快說，成了沒有？」雲松掏了一塊碎銀子遞給雨景，睜大了眼睛等他回答。

雨景拿碎銀子往嘴裡咬了一口，在胸前擦了擦道：「成什麼成啊，八成要完。」

「這是啥意思？」雲松有些不明所以。

「啥意思？睿王殿下喜歡的姑娘也太厲害了，說要讓殿下去當上門女婿，問他願不願意，皇后娘娘聽了臉都綠了。」

雲松聞言，頓時也驚得張大了嘴巴，有些結巴地說：「謝……謝小姐當真這麼說？」

「當然是真的，我就站在門邊，還能聽錯？」雨景說著，點了點頭道：「這事八成要完……」

雲松皺了皺眉，一巴掌拍在雨景的腦門上，接著弓著腰往周天昊住的院子而去。

徐皇后從謝家回來之後，沒直接去找周天昊，反而去了文帝的勤政殿。周天昊是大雍唯一一個尚未成婚的王爺，他的婚事，如何能讓他一個人說了算？

文帝雖然仁厚，可聽了這話，卻也忍不住震怒，謝玉嬌這一席話，顯然衝撞了皇室的尊嚴。

「謝家小姐未免異想天開，堂堂大雍王爺，怎麼可能去他們一個地主人家當上門女婿呢？簡直荒謬。」文帝猛灌了一口茶，將茶盞重重摔在茶几上。

徐皇后急忙勸慰道：「陛下不要動怒，皇弟未必會同意這個條件，依臣妾看來，這事興許就這麼算了。皇弟的心性一向放蕩不羈，從來沒什麼事能真正牽絆他，更何況這麼一個小小的村姑？說不定他只是一時興起，過幾天就拋到腦後去了。」

「皇嫂此言差矣，臣弟此生非謝玉嬌不娶。」徐皇后話音剛落，周天昊便出現在勤政殿門口，神色肅然。「不說嬌嬌只是讓臣弟在謝家住著，便是真的要臣弟當謝家的上門女婿，臣弟也願意。」

「你……」文帝聞言，頓時火冒三丈，指著周天昊道：「平常你特立獨行也就罷了，但是婚姻大事豈能如此輕率，讓皇室的臉面往哪裡擱？」

周天昊皺著眉頭想了想，開口道：「皇兄要是覺得臉面重要，大可出一通訃告，就說睿王已在京城保衛戰時傷重身亡，臣弟即刻離開行宮，從今以後，與大雍皇室再無瓜葛。」

「你……」文帝不可思議地看著周天昊道：「你從小到大都不屑皇族的身分，甚至連皇帝也不願當，究竟是為什麼？」

周天昊垂眸思索片刻，忽然撩起袍子，跪了下來。「皇兄，在臣弟心裡，有些東西比帝王之位更重要，例如……與皇兄的手足之情，還有和嬌嬌的感情。臣弟不願為了帝王之位，放棄這些。」

文帝看了跪在地上的周天昊一眼，側過頭暗暗合上眸子。其實他早知道自己留不住他，皇家的富貴與權柄，並不是周天昊想要的，他的心一直在外飄蕩。

「大雍需要你，朕也需要你。」文帝說出這句話的時候，聲音微微有些顫抖，他起身將周天昊扶了起來，眼中忽然湧起熱氣，問道：「如果朕讓你回來，你還會回來嗎？」

「皇兄這問題問得好，待臣弟問問嬌嬌，她若是願意，那臣弟就回來。」

徐皇后站在文帝身邊，有那麼一瞬間，她羨慕那個叫謝玉嬌的姑娘，這樣的深情，只怕她一輩子都不可能從文帝這邊得到。

「陛下，有句話說『鹵水點豆腐，一物降一物』，只怕皇弟如今已被降伏了。這麼多年來，他好不容易看上一個姑娘，臣妾都不忍心拆散他們了。」

周天昊沒料到徐皇后居然為自己說情，他感激地看了她一眼，低頭道：「多謝皇嫂成全。」

文帝一時之間覺得有些撐不住，雙腳往後退了幾步，坐向身後的靠背椅，開口道：「既然你心意已決，那朕就成全你，只是朕要收回你睿王的身分，畢竟大雍皇室不能出這麼大的笑話……你明白嗎？」

周天昊聞言，再次撩袍跪下，抱拳道：「未能守住大雍京城，讓韃靼兵臨城下，臣弟不才，請皇兄降罪。」

文帝看著周天昊挺得筆直的脊背，無力道：「罷了，你居然連請辭的罪名都想好了……」

周天昊沒回話，只是將頭壓得更低。

當天傍晚，金陵行宮後角門口，一輛裝飾樸素的桐油頂馬車漸漸走遠。雲松回頭看了漆黑的宮闕一眼，又將腦袋縮了回去，帶著幾分不甘問道：「殿下，您真的要去謝家當上門女婿嗎？」

周天昊合眼靠在車廂上，聞言只略略抬了抬眉。「少廢話。」

雲松終究有些捨不得，又道：「殿下平常雖然也常到處遊歷，可總有回來的時候，如今卻說走就走……」

周天昊不等雲松說完，清了清嗓子道：「廢話太多，再說下去，就讓謝小姐把你的嘴巴縫起來。」

此話一出，雲松驚恐地搖了搖頭，老老實實在前頭趕起馬車來，不再囉嗦。

謝家正院裡，徐氏、謝玉嬌還有徐禹行正圍在一起用晚膳。徐禹行回來的時候，徐氏就把徐皇后來過的事說了一遍。

其實今早徐禹行離開金陵城的時候，倒是遇上了那批人馬，當時眾人各自迴避，因此他的馬車也在路邊停了很久，直到他回來，才曉得原來徐皇后竟是親自拜訪謝家。

「說出去的話，自然不能收回，姊姊不用太擔心了，皇后娘娘必定會把這話帶到。」徐禹行勸慰道。

徐氏聞言，嘆了口氣道：「我不怕她不幫嬌嬌帶口信，而是怕……」

說穿了，徐氏害怕的，就是周天昊不肯答應。雖說謝玉嬌並未明著說讓周天昊當上門女婿，只是都要住在女方家了，那和上門女婿有什麼差別呢？

再說，就算真的要當上門女婿，身家必定窮苦，連條件好一點的人都不見得願意了，更何況是大雍的王爺？

想到這裡，徐氏又鬱悶了幾分，搖頭道：「罷了，這大概是命吧！」

謝玉嬌一直低著頭沒說話，她知道自己的要求很過分，可是她相信周天昊必定能理解她的心情，若是他不肯，他們終究無法走到一起。

徐禹行抬起頭，看見謝玉嬌有些出神，問她。「嬌嬌，今天的菜不合胃口嗎？」

謝玉嬌聽了，立刻往嘴裡撥了兩口飯，接著便放下筷子道：「我吃飽了，去找朝宗玩。」

徐氏看著謝玉嬌離去的背影，不僅僅是鬱悶，心頭還苦澀了幾分，滿桌的菜都沒動幾樣。

外頭下起雪來，徐禹行想再勸徐氏兩句，可是思來想去也就只有那麼幾句話，便不多說。一旁的丫鬟為徐禹行斟滿了一杯酒，他猛然灌了下去，從喉嚨一直辣到了胸口。

「喝慢一些。」徐氏唸了一句，又道：「若這件事真的不成，等過了今年清明，就為嬌嬌張羅上門女婿的事吧！」

徐禹行點了點頭，其實他也有心事，因為馬家老夫人又向他提起徐蕙如的婚事，可徐禹行對馬家的二少爺實在有意見，一時便沒應下，惹得老夫人不痛快。

想了想，徐禹行開口道：「我想替蕙如尋一門婚事，姊姊這邊若是有合適的人選，也替我留意。是不是官家倒無妨，就算比不過謝家富貴，只要門風好，便是小康也可以。」

徐氏聽了，不禁有些好奇。「怎麼？你不中意你岳家的二少爺？」

徐禹行回道：「他從小被寵溺慣了，行事難免有些荒唐，如今才十六、七歲，已經有兩個通房了。」

論起教養，徐禹行畢竟出身安國公府，對這些事忌諱得很。

徐氏聞言略微沈思，又道：「通房也不算什麼大問題，只要他疼愛蕙如，那倒無妨，但若是拎不清，倒是不成，只是我瞧蕙如似乎挺喜歡他的。」

「這正是讓我心煩之處，小小年紀就油嘴滑舌，家裡的丫鬟們沒幾個沒被他占過便宜，當真是讓人頭疼，還不如他那個庶出的兄長。」馬夫人到了三十歲才得到這麼一個兒子，自然是當寶貝一樣養在掌心。

徐氏聽了連連皺眉，如今謝玉嬌的婚事夠她頭疼的，又多出徐蕙如的事，不禁覺得難以招架。

由於實在苦悶，徐禹行自行斟滿一杯酒，正想灌下去，就被徐氏攔了下來。「喝酒解決不了問題，我幫你物色吧！」

徐禹行微微點頭，還是喝下杯中的酒，又道：「我岳母請妳和嬌嬌初五時去他們家玩一趟，我瞧年節裡也沒什麼事，就替妳應了下來。」

自從徐氏嫁到謝家當媳婦以後，已經和原本的親戚沒了聯繫，謝家的親戚又都在謝家宅，平常只有別人上門請安的分，根本用不著徐氏出門，因此她一向深居簡出。按理說，如今北邊的親戚來了南邊，是該聯絡一下，只是那些鐘鼎高門，一時之間只怕放不下身段與謝家這樣的土財主結交吧！

不過馬家來金陵時，他們家包括宅子在內，上上下下都是徐禹行安置的，又得了劉福根的幫助，因此請徐氏和謝玉嬌過去做客，也算是禮數。

這麼一想，徐氏就沒什麼意見了。

馬車走到一半的時候，天已經全黑了。周天昊身上的傷還沒好，遇上天氣欠佳的時候，便疼得比較厲害，他們主僕兩人離開行宮的時候太急了，只帶了幾身衣服，連個手爐都沒有，這個時候馬車裡冷得不得了，周天昊的臉色也越來越難看。

雲松裹得跟團子一樣，他一邊趕馬車，一邊朝馬車裡看，對周天昊道：「什麼鬼天氣，好端端的又下起雪來。」

周天昊透過車簾，也看見外面的雪，不過他倒是感激雪襯得天空有些灰黃，不然沒有月亮的晚上，連路都看不見，更別說趕路了。劉嬤嬤方才勸周天昊第二天再走，可他已經迫不及待想把這個好消息告訴謝玉嬌了。對他來說，皇室的身分一直是道枷鎖，讓他整整被禁錮了超過二十年，他更渴望的是愛情與自由。

「這雪下得好，還能照著前頭的路。」周天昊啞著嗓子低聲道。

雲松聽了，笑著說道：「殿下說得是，要不是這一場雪，奴才還真看不見路了。」

周天昊點頭笑了笑，有些疲累地合上了眸子，過不了多久，他就能看見謝玉嬌，毫無顧忌地把她擁入懷中了。

徐禹行喝得有點多，徐氏吩咐丫鬟送他去外院後，獨自坐在廳中嘆息。這一天對於徐氏來說，實在太過漫長了。她之前才許下心願，希望周天昊能早日向謝玉嬌提親，誰知道她猜到了開始，卻沒猜中結果。

謝朝宗玩累了，謝玉嬌抱著他送去沈姨娘那裡，自己則理了理衣襟，走到廳裡。

徐氏看見謝玉嬌出來，眼中浮現幾分不捨，謝玉嬌一坐下來，丫鬟立刻奉上熱茶，可兩人一時之間無語，整個廳裡靜得彷彿連一根針掉在地上都能聽見。

謝玉嬌抿了一口茶，才開口道：「我方才聽見娘和舅舅說的話，娘大可不必為我招婿。」

徐氏聞言，抬起頭定定地看著謝玉嬌道：「妳……這是什麼意思？」

謝玉嬌低下頭，輕叩著手中的茶盞蓋子，低聲道：「我喜歡睿王殿下，若他不肯依我住到謝家來，我便終生不嫁。」

徐氏一聽就愣住了，不知道該說什麼好，過了半晌，才含著淚道：「我……我怎麼生出了妳這麼執拗的一個閨女呢？」

謝玉嬌心想，在這方面她或許真的固執了些，可是對於古人那種盲婚啞嫁的方式，她真的接受不了。之前為了謝家，她姑且能試試看招婿，可如今既然有了個周天昊，只怕再怎麼找，也不會有什麼人能入自己的眼，不如不嫁。

這廂謝玉嬌還在想要怎麼回徐氏呢，外頭忽然有婆子急急忙忙跑了進來，喊道：「小姐、夫人，楊公子來了，正在門口呢！」

謝玉嬌眼神一閃，手上的茶盞晃了晃，她趕緊把東西往茶几上一擱，連斗篷都顧不得披上，便往外頭走去。

大晚上的，他這個時候過來，到底是為了什麼？謝玉嬌心中有太多不確定，但她就是想見他，想快點見到他。

雪下了大半個時辰，在地上積了薄薄一層，踏在上頭有些滑，可謝玉嬌全然顧不上這些，只是穿過一側夾道，一進一進往外頭去。當她走到前院門口時，就看見雲松扶著周天昊，從影壁後現身。

就在這一瞬間，謝玉嬌忽然停下腳步，彷彿已經猜到了答案。周天昊看著她，一向帶著幾分不羈的眼神，難得流露出溫柔。

「嬌嬌，從今以後，我便是謝家的上門女婿了。」周天昊看著她，嘴角淡淡吐出這一句話來。「不再是大雍的睿王，周天昊。」

謝玉嬌覺得心頭一暖，眼淚落了下來，她捂著嘴巴哭泣，身子在雪地裡微微顫抖。

周天昊走過去，伸手將謝玉嬌摟進懷中。少女身上有著獨特的馨香，周天昊閉上眼睛輕輕嗅了嗅，笑著道：「我以為妳會高興得大笑呢，沒想到居然哭得這麼傷心。」

猛然聽見這番話，謝玉嬌頓時哭笑不得，也沒在意周天昊身上的傷，握著拳頭就捶了上去。

周天昊悶哼一聲，疼得皺起眉頭，忍痛握住謝玉嬌的小手道：「怎麼，才上門就想謀殺親夫了？」

謝玉嬌被周天昊說得臉紅，她想要掙脫他的箝制，稍稍扭動了一下身子，卻忽然抬起頭來問道：「你的掌心怎麼那麼燙？」

周天昊臉色蒼白，卻捨不得鬆開謝玉嬌，只笑著道：「不打緊，天氣有些冷，傷口疼得厲害。」

謝玉嬌頓時變了臉色，她伸出手在他額頭上探了一下，嗔怒道：「你要是想死，何苦過來，還要讓我們謝家貼棺材銀子。」

說完，謝玉嬌的淚又落了下來，她默默擦了擦，便親自扶著周天昊往他原先住的地方去了。

第四十九章　跨越界線

外頭的雪下得更大了，周天昊躺在床上，燒得厲害，神志有些昏昏沈沈。謝玉嬌絞了一方帕子放在他的額頭上，坐在床沿聽雲松說話。

「殿下一聽，就去找陛下，也不知道說了些什麼，回來就收拾行李，從行宮出來了。」其餘的話，雲松不敢多說，但他可是聽說皇上氣得都摔茶盞了。

謝玉嬌聽到這裡，伸手握住周天昊的掌心，笑著道：「出來就出來吧，難道我謝家還養不起你們這兩個閒人？」

雲松不知道該用什麼心情面對這番話，只知道謝玉嬌當真是個厲害角色，說出這種話也不臉紅，睿王殿下可是大雍的王爺，瞧得上謝家那些銀子嗎？只是如今……他們確實沒其他去處了。

謝玉嬌方才看見雲松走路的姿勢有些不自然，料想他身上必定有傷，便讓丫鬟找了個小廝過來服侍他，還要他早點去休息，自己則陪在周天昊身邊。

周天昊睡了一會兒，稍微清醒了些，他伸手揉了揉太陽穴，卻瞄見謝玉嬌趴在自己的床前睡著了，一截白皙的手腕從袖子裡露了出來。

原本周天昊覺得有些餓了，可這個時候卻不忍心吵醒謝玉嬌，便握著她的手腕，輕輕揉捏了幾下，只可惜謝玉嬌睡得很沈，連周天昊這麼做都沒醒過來，他只好無奈地閉上眼睛，繼續休息。

謝玉嬌這一覺睡醒的時候，已經是五更天了。因為下了一夜的雪，外頭白茫茫的一片，她睜開眼睛時，看見自己身上披著一件大氅，紫燕則是靠在椅子上打瞌睡。

伸手探了探周天昊的額頭，謝玉嬌發現他燒退了，正打算轉身親自出去換一盆熱水進來，就聽見「咕嚕、咕嚕」的聲音。這聲音來得突然，謝玉嬌忍不住低頭看了自己的肚子一眼，沒察覺動靜，正感到疑惑時，又傳來了一陣聲音。

順著聲音的來源，謝玉嬌轉過頭去，看向還在熟睡的周天昊……餓成這樣還睡得著，真是……謝玉嬌微微一笑，自己披上大氅，往廚房走了一趟。

這時候天色微亮，廚房剛生了火，正準備燒熱水，燒火的婆子看見謝玉嬌來了，急忙迎過來道：「小姐怎麼親自來了，今日早膳要換些花樣嗎？」

謝玉嬌平常只顧著吃喝，如今看見廚房的人天沒亮就開始幹活，確實辛苦，便開口道：「其他的等夫人那邊吩咐了再準備，先幫我熬一碗豬肝粥，送到外院舅老爺那裡最右邊的房間。」

那婆子聞言應了一聲，開始淘米，謝玉嬌又道：「選最好的米熬，要熬得夠爛，豬肝切成小丁，不能太大。」

婆子心裡嘀咕著，這麼仔細，難不成是為少爺做的？可是少爺啥時去外院住了？

謝玉嬌吩咐完了以後，就回去自己住的繡樓，洗漱過後，讓喜鵲幫她梳頭，接著又在妝奩裡頭翻了半天，這才找出當初被周天昊摸過的那支和闐玉髮釵。謝玉嬌用帕子輕輕將它擦了擦，接著自己把髮釵插在頭上。

喜鵲見了，偷偷掩嘴笑了笑。

謝玉嬌過去周天昊那邊的時候，廚房熬的豬肝粥已經送到了，她一眼就看見周天昊坐在紅木圓桌旁，正一勺一勺地吃著粥。

「你先吃碗粥墊一墊，這會兒還太早，廚房裡沒準備別的東西。」謝玉嬌踏雪而來，繡花鞋尖上還沾著好些雪花，房間裡熱呼呼的，雪便立刻化開，讓她的鞋濕了半邊。

周天昊見了，恨不得將謝玉嬌的腳捧在手中暖著，他心疼道：「外頭冷嗎？我剛從被窩裡出來，裡面還是熱呼呼的，妳要不要進去躺？」

「你這個……」謝玉嬌狠狠地瞪了周天昊一眼，正想罵人，丫鬟就送了熱茶進來。

謝玉嬌接過了茶，繼續道：「好好吃你的粥吧，吃過以後把藥喝了，再好好睡一覺，今天我要和我娘出門走動，你就在家待著，不准亂跑。」

「嘖嘖……」周天昊有東西吃，就來了精神。「我頭一天入贅，妳就管這麼緊了？」

謝玉嬌也不理他，只坐在他對面的圓椅上，看著他一勺一勺吃著粥，直到那粥碗見底，她才心滿意足地離開。

大年初二黎少夫人家辦酒宴，原來之前黎老爺與兒子一同進京趕考，可惜黎老爺這次又落榜了，不過黎少爺倒是考上進士，年前就已經返家，正在等待吏部通知。原本還以為要去京城候職，可如今江寧已在天子腳下，倒是不用跑那麼遠了。去年年底由於戰事忙亂，黎家沒心思好好慶祝這樁喜事，不過照目前這局勢看來，大雍尚能偏安一隅，因此他們便趁著年節，請客人過來一同歡慶。

徐氏平常就只和那麼幾戶人家走動，如今黎家人邀請，自然不得不備禮前去，而謝玉嬌和黎少夫人還算不錯，便一起去了。

江寧縣雖然人文薈萃，但是最近幾年考上進士的人卻不多，黎家原本算不上什麼頂尖的大戶人家，現在倒是不能小看，就連平常不怎麼理會這些俗事的康廣壽，也前來道賀。

謝玉嬌隨徐氏在外頭和幾個熟悉的夫人們打過招呼後，便去後院找黎少夫人。除了徐蕙如，謝玉嬌並沒有什麼閨中密友，不過黎少夫人為人謙和，她們兩人還能說上幾句話。按理說這樣的日子，黎少夫人必定要在外迎客，可方才謝玉嬌卻只看見黎夫人，所以就自己進去找她。

才剛走到房門口，謝玉嬌就聽見有個丫鬟在裡面勸道：「奴婢知道少夫人心裡不痛快，可今日這是喜事，不能擺譜兒，夫人正在外頭忙呢，一會兒要是知道，又要找少夫人的晦氣了；就是有天大的不滿，也得先過了今日再說。」
謝玉嬌正猜測到底發生了什麼事，就聽見黎少夫人開口道：「我實在笑不出來，若是在外人面前被瞧出異樣，娘也會罵，不如說我身子不舒服，不出去見客罷了。」
那丫鬟見黎少夫人勸不聽，搖了搖頭轉身出門，卻看見謝玉嬌人在外面，便往裡頭通傳了一聲道：「少夫人，謝家小姐來了。」
黎少夫人聞言，開口道：「快請她進來。」
謝玉嬌擺了擺手讓那丫鬟先走，自己挽了簾子進去，結果就看見黎少夫人坐在臨窗的大炕前頭，眉頭皺得死緊，她見到謝玉嬌，只輕輕嘆了口氣，沒多說什麼。
其實早些日子其他夫人找徐氏閒聊的時候，謝玉嬌也曾聽過一些關於黎家的家務事。黎少夫人的娘家是淳化那邊的大地主，當時嫁給黎家這戶最多只出了舉人的人家，算不上高攀；可如今卻不同，黎家少爺考上了進士，一家人身價頓時水漲船高，黎少夫人的家世就成了被詬病的對象。其實黎家人無非就是瞧黎少夫人的肚子沒個動靜，所以想為自己的兒子納個妾而已。
不過說真的，黎少夫人嫁進門這幾年，黎少爺一直在外求學，一年中小倆口能見上個把月就不錯了，要是她能懷上，那才奇怪呢！
黎少夫人強自鎮定，試圖讓自己的臉色好看一些，她正要起身招呼，卻被謝玉嬌給按回座位道：「妳什麼都不用說，遇上這種事，沒幾個人心裡痛快。如今我不知應當如何勸妳，但若是黎家人太過分了，好歹告訴我一聲，總能找個出氣的法子。」

自從整治過蔣國勝之後，謝玉嬌簡直稱得上是聲名遠播，可黎少夫人聽了這話，卻鬱悶道：「不至於到那一步，我相公還好說，就是我那婆婆實在讓人……」

謝玉嬌自然明白，別說是婆婆，便是自己的親娘，遇上這種事也會變得不可理喻。前陣子徐氏對謝玉嬌也是逼得很緊，如今她瞧周天昊「進門」了，這件事才算落幕。

「妳這樣躲著也不是辦法，一弄不好還會落人口實，不如聽剛才那丫鬟的勸，到前頭去。現在中了進士的人是妳相公，將來他要接觸的人、打點的事，必定由妳出面，這些都拿捏好了，妳婆婆又能奈妳何？」

謝玉嬌聽說黎夫人是黎老爺的表妹，按道理說，身分差了黎少夫人一截，如今敢這麼做，無非是仗著「婆婆」這個頭銜，不過她再怎麼折騰，將來都插手不了黎少爺在官場上的種種。

黎少夫人聽了這番話，覺得有道理，這才強打起精神，跟著謝玉嬌去了外頭。

康廣壽正在與新科進士說話，他見謝玉嬌出來，只靜靜眨了眨眼。周天昊離宮出走的事尚未傳出來，不過他倒是知道之前周天昊去謝家住了幾日，也不曉得目前他們兩個人進展如何？

雖然康廣壽清楚謝玉嬌的個性並不忸怩，不過直接拿這件事去問她，多少有些唐突。

謝玉嬌看見康廣壽遞來一個眼神，急忙對黎少夫人說她有事，迅速躲開了。她心想，康廣壽若是找自己，肯定沒什麼好事，反正去年的稅都交齊了，暫時還是別和他說話比較好。

康廣壽才眨了個眼，謝玉嬌就不見人影，看樣子他只能老實一點，乖乖當個觀眾就是。

黎少夫人走到黎少爺跟前，看見他身上穿著的圓領長袍衣襟有些亂了，便伸手替他捋平，開口道：「你大喜的日子，我不該鬧彆扭。」

黎少爺正感到鬱悶不已，看見妻子出來向自己道歉，胸口不禁一暖，他顧不得堂前人多，柔聲對她說道：「放心，將來無論如何，妳的誥命，我必定替妳掙上。」

黎少夫人聽了這番話，就算心中有再多委屈，也全都化盡了。

後院的廳堂裡，徐氏正陪著幾個夫人們說話，她看見謝玉嬌從前頭進來，便喊她過來向人請安，很湊巧，何夫人也在場。

何家自從住進城裡，就不怎麼聯絡鄉下的窮親戚，原本黎家這樣的人邀請，她未必肯來，只是如今黎少爺考上進士，將來可是要做官的，基於這個原因，何夫人才帶著丫鬟和婆子一起過來。

謝玉嬌曾聽說何家有位姑娘，從小嬌生慣養，只比自己小一歲，按道理也快要出閣了，但凡這個年紀的姑娘，多半都會和自己的母親出席這類社交場合，拓展一下人脈，將來也好找婆家，可是何家這位姑娘，謝玉嬌卻一次都沒見過。

何夫人的視線在謝玉嬌身上來回打量了幾番，又生出幾分念頭來。原來何家之前為何文海娶的那個媳婦，年前病死了，現在何文海年紀輕輕就已經是寡夫，因此何夫人便開始為他物色起繼室。她冷眼看了一圈，覺得謝玉嬌人漂亮，身家也雄厚，便又把主意打到她身上。

「嬌嬌真是越發出落得好了。」何夫人一邊看著謝玉嬌，一邊說道。

本來徐氏就不怎麼看得上何文海，現在又有周天昊這麼一個上門女婿，對於這類讚美根本不放在心上，只是身為一個母親，她對有人打女兒主意的事還是很敏銳，聽何夫人這麼說，便笑著說道：「是啊，如今嬌嬌的親事訂了下來，我也不煩心了。」

謝玉嬌還沒做好公布這件事的心理準備，沒想到徐氏倒是很直接，這麼一宣揚，那日後謝玉嬌不嫁周天昊都不成了。謝玉嬌認定徐氏必定是故意的，可她就不擔心萬一周天昊反悔，又該怎麼辦？

何夫人一聽這話，頓時挑了挑眉，問道：「嬌嬌都有人家了？怎麼以前沒聽妳提起過？」

徐氏一提起周天昊，連作夢都會笑醒，這會兒見何夫人這樣問她，雖然有些不好意思，但還是笑著道：「也就是過年時才訂下來的，如今我們家還沒出孝，自然要等除服之後才辦婚事，到時定然會向各位下帖子。」

何夫人瞧徐氏一臉高興，不禁納悶起來，心道：謝玉嬌的名聲都這麼糟了，還能找到什麼好人家？我讓我們家文海娶妳女兒，不過就是瞧謝家還有幾個銀子罷了，難不成真有人願意娶隻母老虎回家？

「妳就快和我們說說，到底是誰家的公子，家裡有幾畝地？幾間房？上頭都有哪些長輩們？」何夫人追問道。

其實昨日徐皇后到謝家提親一事，有些夫人已經知道了，所以她們看見何夫人一心想讓徐氏下不了臺時，都在心裡偷笑起來。謝玉嬌這次要嫁的人不一般，何夫人可要等著被打臉了。

謝玉嬌本來就不喜歡何夫人，因為她瞧自己的時候，就像在看商品一樣，每回被她多看幾眼，謝玉嬌都要動氣，如今見何夫人這般盤問，謝玉嬌並不想與她囉嗦，便隨口道：「娘快別說了，八字都還沒一撇的事，說出來反倒讓人笑話。」

偏偏何夫人這種人，你越是不說，她越是來勁。「這有什麼不好意思的？若是不成，妳娘也不會當著大夥兒的面提起啊！既是成了，這會兒說給我們聽聽，也沒什麼大不了，等帖子一來，我們照樣能知道，不過就是新鮮些罷了。」

家裡難得有這種喜事，徐氏正恨不得分享給大家，況且如今周天昊隻身一人來謝家，除了個貼身的小廝，竟連衣服都沒帶幾件，一看就是上門女婿的架勢，徐氏這一生沒什麼值得驕傲的地方，可這件事，足夠她自豪後半輩子了。

「我也不知道他家裡有多少房子、幾畝地，只知道他對嬌嬌好，將來與嬌嬌成婚之後，願意住在我們家，光憑這一點，我就高興得不得了。」徐氏笑著說道。

何夫人一聽，心想——原來是看上了謝家的銀子，主動來當上門女婿的，那能是什麼好東西？她臉上頓時帶了幾分不屑，回道：「你們家如今有了朝宗，讓嬌嬌出閣也無所謂，怎麼還招上門女婿呢？上門女婿能有幾個好的，不過就是圖你們家的銀子罷了，我勸妳還是想清楚比較好，否則他們到時候坑你們謝家怎麼辦？」

徐氏聽了，覺得有些莫名其妙，她愣了片刻才答道：「這……雖說打了幾年仗，但是皇上陛下和皇后娘娘也不至於會瞧上我們謝家這點銀子吧？」

何夫人見徐氏把皇上和皇后都搬了出來，一時之間沒反應過來，只哈哈大笑道：「皇上陛下和皇后娘娘瞧上謝家的銀子？這話說出去真是要笑死人了，你們謝家再有錢，也不會讓他們惦記吧！」

說完這番話以後，何夫人才覺得有些不對勁，她正暗自心驚時，就見徐氏蹙眉道：「妳說得也有道理，想來他們看不上這些銀子，不然睿王殿下也不會自己一個人跑過來；只是……雖說我們謝家沒多少錢，但總能備得起一份像樣的嫁妝，少說也有這個數目。」

徐氏說完，伸出兩根手指比了比。在場的人都知道謝家富有，兩萬兩肯定說不過去，這豈不是表明了，若是謝玉嬌出閣，陪嫁的銀子會有二十萬兩之多？

眾人頓時被嚇得不敢吭聲，何夫人愣了半晌，才結結巴巴問道：「妳……妳說……嬌嬌的上門女婿是……」

徐氏平常就看何夫人不順眼，這會兒見她又來打謝玉嬌的主意，便覺得乘機刺激她一下也好。

眼看戲演得差不多了，徐氏便道：「對啊，要娶我們家嬌嬌的，正是睿王殿下。」說完這段話，她頓時痛快得不得了。

謝玉嬌見這件事已經被捅了出來，再藏著也沒意思了，索性道：「娘說錯了，他如今只是一介平民，再不是睿王殿下了。」

在場的人當中，已經知道這個消息的，看到何夫人一臉吃癟的模樣，都樂不可支；原先不知道的人，此時再看向謝玉嬌，只覺得她光彩照人，讓人不可直視……

用過了午膳，徐氏和謝玉嬌就回去了，回程的路上，徐氏還絮絮叨叨地說：「那個何夫人也真是的，說起來她是妳的長輩，竟敢動歪腦筋，何文海死了妻子，就又想到妳了，心也太大了一些。」

徐氏以往總是小心謹慎，可如今謝玉嬌找到這麼好的歸宿，她就覺得自己有了強力的靠山，做起事來反倒大氣了幾分。今日她甚至為了這件事掃了何夫人的面子，當真進步不少。

謝玉嬌雖然覺得徐氏把她和周天昊的事說出去，讓她有些彆扭，可看見徐氏那滿臉舒坦的笑容，也就隨她去了。

徐氏見謝玉嬌不生氣，便又問道：「妳今日派人去請江老太醫了嗎？昊兒的病沒事吧？」

謝玉嬌聽徐氏喊周天昊一聲「昊兒」，全身都起了雞皮疙瘩，若是周天昊也在這裡，一定會嚇得吐血。

「已經派劉二管家去請仁安堂的大夫了，江老太醫年事已高，總是讓人家這樣來回跑動並不好，況且正逢年節，誰家沒個親戚走動呢？」謝玉嬌回道。

徐氏聽謝玉嬌說得有道理，便不多說什麼。她們兩個人回去的時候正巧遇上仁安堂的大夫，謝玉嬌便親自請他進去為周天昊診治。

其實包紮傷口什麼的，謝玉嬌多做幾回也就會了，就是怕又起了炎症，延緩復原的時間。

大夫替周天昊看過之後，只說之前開的方子已經擬得非常好，目前就先靜養，只要傷口沒有劇烈碰撞，沒碰著水，過一陣子就能好得差不多了。

謝玉嬌替周天昊換好藥，就讓丫鬟們端了要丟棄的布條出門，自己則去洗手。她從淨室出來的時候，看見周天昊披著一件外袍坐在床沿，從旁邊看過去，他那側臉俊秀挺拔，看著越發讓人心動。

腦子裡一冒出這個想法，謝玉嬌就感到奇怪，怎麼自己之前都不覺得他這麼好看呢？難不成真的是情人眼裡出西施？

周天昊轉過頭來，發現謝玉嬌正看著自己，表情還微微有些失神，便笑著道：「怎麼？

越看越喜歡了？」

謝玉嬌被說中了心思，又羞又急，忍不住握著拳頭，連嘴都噘了起來，正想頂回去，卻在轉瞬間被周天昊拉入懷中。

周天昊握住謝玉嬌那雙纖細的手腕，一把固定在她身後，欺身吻了上去。謝玉嬌嬌小的身子如何抵擋得住周天昊結實魁梧的身軀，她兩腿一軟，就被壓倒在床上。

眼看機不可失，周天昊順勢跟著往床上倒，兩人頓時胸口抵著胸口，鼻尖貼著鼻尖，溫熱的呼吸撲面而來，謝玉嬌還能聞到周天昊身上那金創藥膏的味道。

緊貼的雙唇糾纏了一陣子，好不容易才分開，嘴巴一獲得自由，謝玉嬌就皺起眉頭瞪著周天昊道：「你……不要亂動。」

「妳不動，我也不動。」周天昊看著謝玉嬌，玩味地笑了起來。

「我……」謝玉嬌原本想說「我也不動」，可她若是這麼說了，豈不就是任他宰割的意思？這麼一想，她便又扭著手臂動了一下，可是她的力氣實在太小，撼動不了周天昊一絲一毫。

就在此時，周天昊微微皺起了眉，鬱悶道：「說過讓妳別亂動了。」

謝玉嬌以為撞到了他的傷處，果然不敢再亂動，周天昊便乘機低下頭，下巴隔著她的衣襟蹭了蹭，只覺得那敏感的小點似乎動了一下。謝玉嬌被他蹭得難受，咬著牙逸出一聲呻吟，待她察覺那是自己發出的聲音，頓時羞得恨不得找個地洞鑽進去。

在這曖昧的氣氛當中，謝玉嬌恨恨地想，若是找個土生土長的男人，必定老實得很，不到洞房花燭夜，不敢踰越，可自己偏偏遇上周天昊這個魔星，這麼會吃人豆腐，真是要死了。

就在謝玉嬌巴不得賞周天昊幾個巴掌時，猛然發現她胸口的衣襟被一層一層咬開了，雖然房裡放著暖爐，但謝玉嬌還是覺得有些冷。她緊張到除了大口呼吸之外，幾乎不知道要做什麼……這麼一恍神，在謝玉嬌打起精神，鼓起勇氣低下頭去時，正好就看見周天昊那靈活的舌尖，將自己那個地方含了進去。

「唔……嗯……」謝玉嬌身子一軟，眼眶泛紅，帶著幾分哭腔道：「你……你說過了，不能……」

此時周天昊吻得忘情，他的舌尖調戲著謝玉嬌小巧的櫻桃，像蝴蝶吸取蜜汁一樣，久久不肯鬆開。

謝玉嬌被弄得全身癱軟時，發現自己的手腕被鬆開了，她不禁伸手攀上他的肩膀，但是卻不知道是要推開他，還是抱住他。

忽然間，胸口傳來一陣酥麻的鈍痛，謝玉嬌身子微微一顫，只覺得褻褲似乎潮了一片，她攀在周天昊身上的手握成拳頭，用了幾分力氣想要推開他。

周天昊雖然全心挑逗著謝玉嬌，可到底沒忽視她的反應，如今見她死命要推開自己，便用下身隔著她的褻褲微微磨蹭了幾下，感覺那地方像是透出水來，就鬆開謝玉嬌，在她的唇瓣上親了一口，起身笑著道：「我說過的話，何時食言了？說好了會等到那一天。」只是在這之前，先練習、練習也好，免得到了那一天驚慌失措。

當然，下半段話周天昊只能在心裡講，不敢讓謝玉嬌聽見，不然他這一身傷只怕永遠別想好了。

謝玉嬌拉上衣襟，臉頰緋紅，她起身半靠著床榻，看見周天昊嬉皮笑臉的模樣，狠下心道：「你……你若是再敢碰我一下，休怪我把你掃地出門。」

說完，謝玉嬌就站起來，頭也不回地跑了。

周天昊不禁著急起來，這下他可是真的玩過火，惹惱嬌嬌了。

第五十章　攏絡人心

謝玉嬌出了門，被冷風一吹，很快就清醒過來，也不怎麼生氣了。就是因為在古代，周天昊這做法才顯得激進，要是在現代，有些臉皮厚的，在公共場合親熱都不算什麼。

伸手摸了摸自己燒得通紅的臉頰，謝玉嬌正巧看見喜鵲過來為周天昊送藥。喜鵲看謝玉嬌滿臉通紅的樣子，只當她是病了，急忙問道：「小姐這是怎麼了？是不是今日太早出門，著了風寒？」

謝玉嬌擺了擺手，看著喜鵲端著的藥碗，開口道：「不過就是送藥這種小事，妳也親自過來，隨便讓個小丫鬟處理就成了。」

喜鵲聞言，笑著回道：「夫人說了，要我們好好服侍楊……哦，是睿王殿下。」

如今謝家上下都知道家裡來了個王爺，徐氏也沒什麼好隱瞞的了，只吩咐大夥兒好好服侍他，少嚼舌根就成。

謝玉嬌點了點頭，讓喜鵲送藥過去，自己則往繡樓去了。

方才她的胸口被周天昊又啃又親，覺得黏答答的，索性喊了婆子將澡堂裡的水燒熱，趁著天還沒黑時泡個澡。

澡堂霧氣氤氳，謝玉嬌一層層脫去身上的衣服，她解開抹胸的帶子，低頭的時候，看見被周天昊蹂躪過的胸口，原本白皙滑膩的地方染上粉嫩的顏色，平常貼合在抹胸上的櫻桃微微挺立著。謝玉嬌有些羞赧地彎腰解開自己的褲子，卻發現褻褲上有一灘透明的蜜液。

謝玉嬌坐進水池中泡著，手指滑向私處，用汗巾一下一下清洗著。平常她洗那個地方的時候似乎沒什麼感覺，可是今天這麼一碰觸，竟然有一種很奇怪的痠脹感。

少女的身體，已經慢慢成熟了起來。

洗過澡，謝玉嬌換上一件半新不舊的豆綠色妝花褙子，又命丫鬟重新為她梳了一回頭，這才往正院去。

還未到擺晚膳的時辰，謝朝宗又剛剛睡醒，喝了一回奶，正是要找人玩的時候。如今謝朝宗大了一些，晚上鬧覺的時候也少了，沈姨娘就搬出止房，住進東廂房去了。

謝玉嬌瞧謝朝宗穿著虎頭鞋在房裡蹦來蹦去，小臉蛋雪白圓滾，一雙眼珠子像葡萄一樣晶瑩閃亮，實在是可愛極了。

見謝朝宗伸著小手往自己這邊過來，謝玉嬌就知道他要討抱，便笑著將他擁入懷中，在他臉頰上狠狠親了一口，開口道：「朝宗今日乖不乖？有沒有吵著娘歇午覺了？」

徐氏聞言，笑著回道：「他今天可乖了，姨娘說他中午吃了一大碗雞蛋羹拌飯，我回來的時候就睡了，剛剛才醒過來。」

說著，徐氏發現謝玉嬌換上了家常服，便問道：「大過年的，妳怎麼反倒穿起舊衣服來了？」

謝玉嬌想起方才洗澡的原因，還覺得有些面紅耳赤，答道：「嗯，穿家常服比較舒服，反正今日又不出門，無所謂。」

徐氏不太會管事，但是在夫妻相處方面，還是有些研究，她上下打量了一下謝玉嬌，小聲說道：「這樣可不行，就是在家也不能這麼隨便，得漂漂亮亮地見人才成。」

謝玉嬌聽了便嘀咕道：「見什麼人呢，有什麼人可見的？」

結果這話才剛說完，就聽見外頭丫鬟稟報道：「夫人，殿下來了。」

徐氏趕緊走過去親自迎接，只見丫鬟已經挽了簾子，要讓周天昊進來。

周天昊矮著身子進門，就看見謝玉嬌穿著家常服，綰著一個鬆鬆的髮髻，懷中抱著眼珠子滴溜溜轉來轉去的謝朝宗，定定地看著自己進來的方向。

謝玉嬌見到周天昊進來，故意偏過頭，放下謝朝宗，想讓丫鬟領著他去玩。

誰知道謝朝宗卻一點兒都不認生，反而牽著謝玉嬌的手不放，一雙眼睛緊緊盯著周天昊。

周天昊平常不怎麼喜歡小孩子，尤其是那些大臣家的長孫、嫡子之類的，一個個寶貝得和什麼一樣，比溫室的花朵還嬌氣，見了像他這樣帶著幾分英氣的男人，就只知道哭鼻子，難道他臉上寫著「我是夜叉」嗎？

可謝朝宗卻不同，這個小傢伙看他的眼神沒有一絲畏懼，有的只是滿滿的好奇心。為什麼這個人長得這麼高？為什麼他比舅舅好看？為什麼他老盯著姊姊瞧？這些疑問一直在謝朝宗的腦子裡轉來轉去。

周天昊被謝朝宗看得有些不自在，索性走上前去，半蹲下來，伸出食指戳了戳他的臉頰。

謝朝宗看見周天昊戳自己的臉頰，只盯著他的手，沒有半點害怕的樣子。

徐氏看了，也覺得奇怪。謝朝宗沒出過門，見過最多次的男人就是徐禹行，他和徐禹行特別親，因為徐禹行每次都會買些有意思的玩具回來給他，像是木馬、竹蜻蜓，還有彈珠之類的。

除了徐禹行，謝朝宗初次見到謝家其他男人時都有點防備，如今謝朝宗碰上周天昊，竟一點也不怕生，這讓徐氏欣喜不已，她臉上帶著笑道：「朝宗，快喊一聲……」

喊……喊什麼呢？徐氏不禁有些遲疑。還沒婚嫁，總不能現在就喊姊夫吧？可要是喊哥哥吧……人家可是王爺……想來想去，還是讓他跟著大夥兒一起喊「殿下」比較妥當，可是這樣一來，又顯不出親近。

正當徐氏萬分為難的時候，周天昊就笑呵呵地開口道：「喊一聲姊夫，我讓你姊給你糖吃。」

徐氏看周天昊逗弄起謝朝宗，加上丫鬟們剛好進來布菜，便過去幫忙，留他們三個人相處。

謝朝宗一聽有糖吃，眼珠子頓時發亮，脆生生地喊了一聲「姊夫」，喊過了之後，謝朝宗便轉過身，伸出手和謝玉嬌要起糖來。

「姊姊，朝宗要吃糖……」謝朝宗奶聲奶氣地說道。

看著謝朝宗就要流下口水，謝玉嬌只抬起頭冷冷地看了周天昊一眼。這個壞人，居然戲弄小孩，憑什麼喊他姊夫得要她給糖？

「誰讓你喊的，就跟誰要糖去，我這裡沒有。」謝玉嬌冷著臉，瞪著周天昊說道。

謝朝宗平常就有點怕謝玉嬌，這會兒見她這樣一本正經說話，頓時委屈起來，小嘴一癟一癟，「哇」一聲就哭了起來。

徐氏正和丫鬟們張羅桌上的菜，聽見謝朝宗的哭聲，便走過來問道：「這是怎麼了？好好地怎麼哭了？嬌嬌，妳又欺負妳弟弟了？」

天地良心……謝玉嬌聽見徐氏這麼說，只覺得冤枉得很，不過就是為了一顆糖而已，謝朝宗竟哭得那麼可憐，真是……

謝玉嬌正打算屈服，給謝朝宗一顆糖的時候，周天昊忽然抱起謝朝宗，雙手托著他的腋下，在空中左搖右晃，讓他像小鳥一樣飛了起來，嘴裡還一個勁兒地道：「飛嘍、飛嘍……咱們朝宗飛起來了……」

過去從來沒人帶著謝朝宗這麼玩，他一開始還有些害怕，可是漸漸就習慣了，還張開了雙臂，跟著周天昊一起含糊地說道：「飛嘍、飛嘍，飛起來嘍……」

不知道為什麼，謝玉嬌的眼眶瞬間紅了起來，她一想到周天昊身上的傷還沒好，便攔住他們道：「好了，朝宗快下來吧！你姊夫身上有個大窟窿還沒長好，等那窟窿長好了，姊姊讓他天天帶著你飛成不？」

周天昊聽謝玉嬌對著謝朝宗說自己是他「姊夫」，心情更好了，又抱著謝朝宗飛了兩圈，這才放他下來。

徐氏笑得合不攏嘴，她見桌上的菜備齊了，便開口道：「都坐下吃晚飯吧，一會兒菜該涼了。」

謝玉嬌這時候才明白，周天昊會過來正院，原來是因為徐氏請他吃晚飯，怪不得沈姨娘今日沒往這裡來。

張嬤嬤挾了一些菜放在小碗裡頭，帶著謝朝宗進裡間去吃，周天昊見謝朝宗不斷回頭看自己，便笑著說道：「朝宗要吃多一些，將來就能長得和姊夫一樣高了。」

謝朝宗聞言，一個勁兒地點頭，開心地往裡間走了進去。

三個人在圓桌旁坐下，謝玉嬌拿著筷子吃了起來，她見周天昊一直沒動筷子，還以為他嫌棄家裡的菜不好吃，可想了想，又覺得他不是這樣的人。待她仔細看了看，才看見他握著筷子的那隻手微微顫抖著。

「你真是……」謝玉嬌知道周天昊必定是因為方才抱著謝朝宗，所以牽動了傷口，這時候又疼得直不起膀子了。

看到周天昊這樣，謝玉嬌心裡有幾分怨氣，可就是心疼得不忍苛責他，挾了幾樣菜到他的碗裡，小聲道：「這會兒又沒有外人，你換一隻手吃就是了，沒什麼大不了的。」

周天昊聽了，便換了一隻手拿筷子。他去年受傷的時候，也有一陣子膀子不能動，因此用左手拿筷子不是什麼大問題，只是在別人家這麼做總歸失禮；不過如今既然謝玉嬌說沒關係，他也就不在意了。

徐氏瞧他們兩個人有說有笑的，只吃了幾口，便去裡間餵謝朝宗了。謝玉嬌撥著飯，一邊吃，一邊悄悄抬起頭看著周天昊。

他長得很英俊，如果在現代，絕對是一個可以靠臉吃飯的人，只是神色太過放鬆，因此讓人覺得帶著幾分輕佻。看慣了古人老氣橫秋的樣子，身邊忽然冒出這樣一個人，一下子確實讓人難以接受。

幸好他是穿越到了皇室，若是在一般的公侯之家，而且是不受寵的庶子，只怕夠他受的，在祠堂罰跪都還算好，可能動不動就要挨一頓板子呢……想到這裡，謝玉嬌忍不住笑了出來。

周天昊抬起頭，就看見謝玉嬌水汪汪的眼睛掃過來，她見自己回望她，才悄悄移開眼神。嗯哼，這不是暗送秋波又是什麼？周天昊心裡得意，臉上卻假裝正經道：「你們家沒有食不言，寢不語的規矩嗎？」

謝玉嬌隨口答道：「謝家是鄉下的土財主，哪裡比得上殿下待的皇室，吃頓飯那麼多規矩，我們是怎麼舒服，就怎麼來。」

這會兒謝玉嬌吃得差不多了，便放下筷子打算離開，誰知周天昊一把拉住她的手，又讓她坐回原位。

謝玉嬌瞪了他一眼，從他掌中把手抽回來，小聲道：「你幹什麼？」

周天昊一臉無賴地說道：「話不是妳說的嗎？怎麼舒服怎麼來，妳坐在旁邊陪我，幫我挾菜。」

「還越來越帶勁了？」謝玉嬌的表情滿是嗤之以鼻加不屑，可是手卻不聽使喚地拿起筷子，挾起一塊清蒸魚，將上面的魚刺都剔除了，才放到周天昊面前的碟子裡。

周天昊馬上挾起來，一口吃掉那塊魚，謝玉嬌見狀，就又挾了一筷子給他，他也津津有味地吃下肚。

一頓飯總算吃完了，徐氏瞧謝玉嬌和周天昊兩個人都離席了，這才讓丫鬟進來收拾東西。用過了晚膳，徐氏習慣喝一杯普洱茶消食，由於謝玉嬌和周天昊並未馬上離開正院，丫鬟也送茶給他們。謝玉嬌緩緩喝了一口茶，當她抬起頭時，卻看見周天昊和平常似乎有些不一樣。

盯著周天昊看了半天，謝玉嬌忽然間恍然大悟，她眨了眨水汪汪的眸子，湊到周天昊耳邊小聲說道：「你的嘴唇怎麼腫了？」

周天昊聞言，先是愣了一下，隨即鬱悶地遮住嘴，往謝玉嬌那邊看了一眼，低聲道：「我以為好了，怎麼還是這樣……」

見謝玉嬌瞪著自己不放，周天昊這才老實說道：「我不大能吃魚，吃了會過敏。」

謝玉嬌聞言，噗哧笑了出來。方才她橫一筷子、豎一筷子地送魚過去，也沒聽他說不吃，如今算是自作自受。

「誰教你不說的，活該。」謝玉嬌端著茶盞抿了一口，想了想，又不是很放心，便道：「要去請個大夫嗎？」

周天昊笑著回道：「不用請什麼大夫，別人若是問起來，我就說是被妳親腫了的。」

謝玉嬌一聽，整張臉脹得通紅，她把手上的茶盞往茶几上一擱，作勢就要打他，又想到這裡是徐氏的地盤，到底不好意思鬧起來，便作罷了。

兩人喝過茶就起身告辭，徐氏讓謝玉嬌送周天昊回外院去，謝玉嬌卻不太願意。如今他不老實得很，身上的傷口又沒痊癒，她還是躲遠一點比較好。

瞧他們都走了，徐氏放下簾子，命丫鬟將大廳裡的燭火熄了幾盞。丫鬟抱著謝朝宗在裡間說笑，徐氏卻獨自一人去了另一側的書房，那邊靠牆的地方，掛著謝老爺的畫像，燭光昏暗，看起來就像謝老爺在那個地方一樣。

徐氏在一旁的繡墩上坐了下來，抬起頭看著畫像，眉梢透出幾分笑意道：「老爺，嬌嬌有福氣，如今有了這麼好的一個人疼她，我也放心了，連朝宗都喜歡他呢！」

說著，徐氏的眼神漸漸模糊起來，她又繼續道：「說起來，他們兩個能遇上，真是多虧了老爺。還記得當初嬌嬌過生辰，你送她的那一面菱花鏡嗎？她這個糊塗蟲，竟然把那面鏡子落到棉襖裡頭，正巧那件棉襖讓睿王殿下穿上了，還因此救了他一命。這些，大約都是老爺在天之靈保佑的吧……」

張嬤嬤剛把謝朝宗送去沈姨娘那邊睡，就看見徐氏一個人在書房裡對著謝老爺的畫像絮叨叨的，便進去勸慰道：「夫人，時候不早了，您早些睡吧，明日齊夫人她們說要過來拜訪，可不能起晚了。」

徐氏見張嬤嬤催促自己，才站起來回道：「我這就出去，妳又囉嗦。」

張嬤嬤跟在徐氏身邊那麼久了，知道徐氏這是心有所感，並不在乎她口氣有些衝，反而淡淡一笑，陪著她回房休息了。

第二天早上辰時不到，徐氏就派人喊謝玉嬌起床。平常徐氏不會這麼做，但是今日齊夫人她們幾個說要過來拜訪，因此徐氏便讓謝玉嬌早些起來梳妝打扮。

謝玉嬌和徐氏才用過早膳，齊夫人和韋夫人就來了。齊夫人帶著自家剛過門的兒媳婦，韋夫人則領著自己十歲的小女兒，她們兩個人昨日都出席了黎家的酒宴，因為聽了徐氏那番話，今日特地過來想要瞧瞧周天昊。

江寧縣雖然出了幾個當官的，可大多數人都沒見過什麼世面，就算家裡殷實，但是根本比不過京城裡那些歷史悠久的世家大族；更何況，謝家的上門女婿可是王爺，大夥兒都想來看一眼。

徐氏當然明白她們的心思，就像當年，她一個安國公府的小姐嫁到謝家，頭幾天來拜訪的親戚也多得不得了，個個都往自己的跟前擠，就想看看她這個京城來的姑娘，與他們本地的姑娘有什麼不一樣。

謝玉嬌覺得有些好笑，看樣子周天昊這回有得受了，這裡的人都把他當成動物園裡的鎮園之寶，一個個對他充滿了興趣，現在只是一些鄉紳夫人，只怕再過一陣子，謝家宅的男女老少都要出動了。

其實徐氏昨天就是一時衝動說出口，並沒預料到有人第二天就急著來看人。雖然周天昊為人客氣，可萬一他不喜歡這樣，賭氣走人，倒是難辦了。

不過人都來了，總不能連個佛面也見不著，這樣反而更不好，這些夫人們哪個嘴巴不厲害，若是見不著人，只當她是胡說的，將來還不知道怎麼出去編派呢！

看著齊夫人與韋夫人一臉期盼的模樣，徐氏想了想，打算讓張嬤嬤親自去請周天昊過來，謝玉嬌見狀，便起身道：「我去請吧！」

眾人見謝玉嬌不避嫌，料定這件事必然已經定了下來，也就不覺得奇怪了。

徐禹行後來又回城裡拜訪親友，因此小院裡只有周天昊一個人住著。謝玉嬌去的時候，他已經用過了早膳，見謝玉嬌來了，便想抱著她溫存一番。

只見謝玉嬌推著他的胸口道：「別鬧了，家裡來了兩個世交的夫人，都想見見你呢！先說好，她們要是有什麼不懂規矩的地方，你可不能生氣，誰讓你現在出名得很，賴在我家不肯走，大夥兒都知道了。」

周天昊聽謝玉嬌這麼說，皺了皺眉頭，低頭咬著她的耳朵道：「要我怎麼表現，妳說說，我都聽妳的。」

謝玉嬌見周天昊的嘴唇已經消腫了，便笑著道：「幸虧不腫了，不然出去夠丟人的。」

周天昊聽了，便低著頭一路尋到了謝玉嬌的唇邊，綿密地親了起來，等到周天昊吻夠了，這才鬆開她道：「我的唇腫了一晚上，也該換妳腫了。」

謝玉嬌來不及回嘴，就看見周天昊飛快離開現場，她用帕子擦了擦，果然覺得唇瓣熱辣辣的，微微有些發腫。

這廝……簡直是……無法無天。

第五十一章　臉上有光

齊夫人與韋夫人自從昨日聽說謝家的上門女婿是個王爺，就好奇得晚上都睡不著覺，心心念念要上謝家來，好好瞧他一眼。

平常她們看見縣太爺康廣壽這等貨色，就已經兩眼發光了，縣太爺夫人過世不過七個多月，就有人暗地想為康廣壽介紹續弦的對象。只是她們雖然有這個念頭，但是康家可是帝師之家，就算康大人如今不過是個小小的知縣，可將來的前途仍舊不可限量，怎麼可能娶一個地方土財主的閨女呢？因此大家也就只是想想，倒沒人真的敢開這個口。

然而就在大夥兒覺得他們這個地方的人，完全不可能攀上京城高門的時候，居然有個王爺看中了謝家小姐，這可是天大的消息啊！在江寧縣這群有頭有臉的夫人之間，誰不知道謝玉嬌？模樣好倒還是其次，主要是她做的那些事，真是讓人又敬又畏；即便娶了這樣一個能幹的姑娘進門，只怕家裡也不會一切順遂，反而可能吵吵鬧鬧，如今竟有人願意上她家倒插門，而且還是個王爺……

這個王爺……該不會有什麼隱疾吧？

齊夫人和韋夫人一邊喝茶，一邊各懷心事，不過徐氏倒是一點也不緊張。周天昊人長得英俊，身材高大挺拔，比起南方相同年紀的男人，不知道要魁梧多少；況且他又上過戰場，雖然平常都擺出一張笑臉，但是嚴肅起來，還頗有武將風範呢！

徐氏見齊夫人與韋夫人都喝了茶，臉上便含著笑道：「如今我們家還在孝中，要等過了今年清明才除服，親事大約要耽誤一些時日，不過到時必定會請兩位夫人過來。」

齊夫人聽了這話，便道：「也是，一眨眼，謝老爺都過去這麼久了，想當初每逢年節，我們家老爺都要到你們家走動、走動，和謝老爺一起喝幾回酒的。」

徐氏也有些感嘆，轉眼之間，謝玉嬌就從一個黃毛丫頭，出落成嬌美可人的姑娘家，若是謝老爺還在，只怕她早就有婆家了。

這廂徐氏還在嘆息，忽然間，外頭簾子一閃，周天昊就矮著身子進來了。兩個夫人見了，連忙放下手中的茶盞站了起來，一時之間顯得有些局促。

平日她們見縣太爺時都要行大禮，這會兒見的可是王爺，到底要不要下跪呢？齊夫人向韋夫人使一個眼色，韋夫人又往徐氏那邊看了一眼。

徐氏見狀便站了起來，正要迎到周天昊面前，卻見他一個轉身，親手將身後的簾子撩開，只見謝玉嬌正上了臺階，要往裡面來。

謝玉嬌看見周天昊親自為自己撩簾子，火氣才稍減了一些，她抬眼睨了他一眼，進去的時候，就看見齊夫人與韋夫人正手足無措地站在那裡。

為了化解尷尬的場面，謝玉嬌臉上含笑向兩人介紹道：「這位就是……當今的睿王殿下。」

話一出口，謝玉嬌倒是有一點疑惑。也不知道皇上有沒有削了周天昊的爵位，萬一他現在不是王爺了，那該怎麼辦？不過……他好歹是當過王爺的人，這麼介紹應該沒什麼關係吧？

齊夫人和韋夫人看周天昊的眼神充滿了崇拜，就連坐在一旁的齊少夫人，也用帕子半掩著面，悄悄看了周天昊一眼；倒是韋夫人的閨女才十歲，並不覺得周天昊和平常的男人相比有什麼特別的。

周天昊向她們兩人拱了拱手道：「兩位夫人請坐。」

齊夫人和韋夫人這時早就忘了行禮這回事，聽周天昊喊她們坐，便坐了下來，而周天昊也順勢在廳裡右下首的靠背椅上坐下。

謝玉嬌在周天昊旁邊落坐，用眼尾瞄了他一下，見他不卑不亢，像是見慣了這種場面一樣，不禁覺得有些好笑。想必他從小到大，經常碰到這種被人當猴看的事。

來謝家本來就是為了看人，如今她們也確實看見了，齊夫人與韋夫人忍不住在心中嘆息——果然是人比人，氣死人啊！

原先她們覺得黎少爺人長得一般，學問也沒特別出挑，可一眨眼，他就考上了進士，黎夫人頓時成了進士的娘，昨天和她們幾個人說話時，還隱隱有幾分高高在上的感覺。可如今見到周天昊，才知道什麼叫人品、樣貌、家世樣樣頂尖，有這樣的女婿，底氣自然足得很。看看徐氏，平常為人最是謙和，昨日也刺了何夫人一番，眼看她就要成為王爺的丈母娘，看來這馬屁得早些拍好才行。

「果然是一表人才，人中龍鳳。你們家嬌嬌可真不是一般人啊，居然能找到這般樣樣都好的對象，真是飛上枝頭變鳳凰了。」韋夫人笑著說道。

謝玉嬌正好在喝茶，冷不防聽了這話，差點嗆岔了氣，周天昊在一旁見了急忙遞上帕子，又拍著她的背安撫道：「喝茶都能嗆著，當心點。」

聞言，謝玉嬌一個勁兒地向他使眼色，還往齊夫人那邊瞥了瞥，彷彿在說：你沒聽見她們在說什麼嗎？

周天昊倒不像沒聽見的樣子，可是他臉上依舊帶著笑，見到謝玉嬌唇瓣沾著茶水，還微微有些腫脹，顯得鮮嫩欲滴，只覺得喉頭一陣躁熱；若不是這裡有這麼多人，他真想再嚐一嚐她的滋味。

謝玉嬌發現周天昊看她的眼神複雜中帶了些曖昧，忍不住狠狠地瞪了他一眼，撇過頭去。

周天昊也不在意，繼續說道：「說起來還真是讓人見笑，我過去雖是睿王，可如今卻身無分文，全靠嬌嬌養我了。」

謝玉嬌聽了，臉頰紅得像火燒，真是不要臉，連這話都敢說，儘管如此，她卻覺得心口暖暖的，眼眶也熱呼呼的。

齊夫人與韋夫人聽了這話並沒什麼反應，不過齊少夫人是剛過門的新媳婦，想起丈夫對自己有些冷淡，又聽到周天昊這麼說，不禁覺得酸楚萬分。她暗暗恨起自己命不好，遇不到這麼貼心的男人，鼻頭一酸，竟低頭落下淚來，可又覺得不合時宜，急忙悄悄擦乾淚抬起頭，臉上帶著幾分笑。

徐氏聽了這番話，感觸也非常深刻，這麼好的上門女婿，真是打著燈籠也找不到呢……

周天昊看見徐氏的笑意又加深了，心想今日肯定為丈母娘賺足了面子，看樣子他將來的日子好過了。

齊夫人與韋夫人沒用午膳就走了，畢竟年節裡當家的夫人都有事要忙，不太可能一直待在別人家裡。

謝玉嬌與徐氏親自送她們到門口，留周天昊在正房裡坐著，忽然間，周天昊看見外頭的簾子閃了一下，卻沒有人進來。他放下茶盞，朝簾子看了兩眼，只見外頭一個小小的身影動來動去的，便笑著道：「朝宗快進來，姊夫已經看見你了。」

外面的小人兒聽見這句話，遲疑了一下，脖子從簾子後伸了進來。他看見周天昊之後，一雙大眼睛笑得瞇成了彎彎的月牙，隨即賣力地跨過門檻，伸著兩節藕段一樣的手，一邊往周天昊那邊走，一邊道：「姊夫，抱抱。」

周天昊伸出左手，一把將謝朝宗抱在膝蓋上，用鬍碴蹭了蹭他嫩嫩的小臉。

謝朝宗眨眨眼珠子看了周天昊一眼，伸出手指在周天昊的胸口輕輕戳來戳去，一臉好奇地問道：「姊夫，大窟窿，哪裡？不碰，看看。」

周天昊笑著問道：「朝宗喜歡看大窟窿嗎？」

謝朝宗想了想，搖頭道：「不喜歡。」

「不喜歡為什麼還要看呢？」周天昊又問道。

這個問題對於謝朝宗來說似乎有點難，他努力地皺著眉頭想了想，開口道：「沒窟窿，抱朝宗。」

周天昊忍俊不禁，他清了清嗓子，一本正經地對謝朝宗道：「朝宗剛剛不是才說，你不碰，就看看而已嗎？」

謝朝宗的小伎倆被周天昊識破，小孩子又沒心眼，頓時覺得委屈萬分，眼眶含淚，忽然間「哇」一聲就哭了起來，模樣好不傷心。

周天昊此時也頭大了，這個小娃誆人在先，難道該哭的不是自己？怎麼反倒他先哭了起來？這下他是跳進黃河也洗不清了。

「朝宗不哭，乖，不哭，姊夫身上就算有窟窿，也能天天抱著朝宗，讓朝宗當飛機好不好？」

謝朝宗一聽，立刻破涕為笑，臉上掛著淚珠問：「不騙人？」

周天昊有些無語，這孩子和人精一樣，一看就是謝玉嬌的弟弟。他無奈地伸出小指，笑著道：「來來來，咱們拉勾，一百年不許變。」

謝朝宗伸出手和周天昊打了勾勾，周天昊又急急忙忙道：「不過，你可不能告訴你姊姊，明白嗎？」

露出乖巧的微笑，謝朝宗應了一聲，點了點頭。

中午用午膳時，周天昊的右手又直不起來，他自然地用左手吃飯。謝玉嬌見周天昊臉上還帶著幾分笑，心道這人也真奇怪，白白被人當成猴子看了一個早上，還笑得出來。

雖然謝玉嬌有滿肚子的話想吐槽周天昊，不過看他行動還是不太方便，便親自為他添了一碗老母雞湯。徐氏特地讓人在裡面加了人參，雖然吃起來味道不如原先那般純粹，但勝在能滋補身子。

周天昊喝了幾口雞湯，看見謝玉嬌為她自己盛湯的時候，還另外把雞湯上的浮油撇去。其實廚房送來雞湯的時候，上頭都已經去掉一層油了，如今不過是有幾個油斑而已，壓根兒不需要撈掉。周天昊忍不住撇了撇嘴，湊過去道：「妳那麼瘦，怕什麼？」

謝玉嬌朝周天昊翻了個白眼，拿起勺子喝了口湯，不理會他。周天昊便湊得更近，說道：「胖一點好，我喜歡……」

謝玉嬌聽了這話，頓時臊得面紅耳赤，惡狠狠地瞪過去，周天昊便縮回頭，乖乖喝起自己碗裡的湯。

徐氏見了，笑著道：「天昊說得對，不趁著天氣還冷，多保養、保養，等將來入了夏，吃不進東西，又要瘦了。這整個冬天亂折騰的，沒看見妳長幾斤肉出來。」

想來想去，徐氏最後決定直接稱呼周天昊的名字，反正如今他幾乎算是以女婿的身分住在謝家，而且她又是長輩，這樣叫既親切又合理。

其實謝玉嬌是骨架小，認真說起來，還是有些肉的。如今她已經是十六、七歲的大姑娘，身子比之前長開了不少，雖說不能和那些前凸後翹的人相比，但該有料的地方並不缺肉。

「娘又操心這些，我什麼時候不好好吃東西了，只是吃不下而已。」謝玉嬌嘟著嘴道。

徐氏笑著說：「妳別不承認，去年入夏的時候剛胖那麼幾兩肉，妳就說衣服變小、不好穿了，結果沒幾日就病了一場，反倒更瘦了。如今妳可不能再說這種話，也是時候調養身子了。」

明明只是吃頓飯，忽然就討論起調養身子的事，謝玉嬌急得咳了幾聲，臉上熱辣辣地紅了起來。雖然古代十六、七歲考慮這些問題再正常不過，但她真的不想早婚、早育啊！

周天昊聽了這話卻高興得很，點點頭道：「伯母說得是，的確該調養、調養，我瞧嬌嬌瘦得很，一隻手都能抱起來。」

謝玉嬌沒好氣地瞪了周天昊一眼，又想起他現在等於半個殘廢，便挑釁道：「那你倒是抱抱看啊？」

周天昊知道謝玉嬌在挑釁自己，還真的伸出手來就要抱她，嚇得謝玉嬌急忙躲了一下。

就在這個時候，謝朝宗在裡間吃過飯出來，一下子就爬到周天昊膝上，指著桌上一盤清炒蘆蒿道：「姊夫，吃。」

謝朝宗才長幾顆門牙，其他牙都還沒長出來，徐氏便道：「朝宗乖，那個不能吃，咬不動。」

聽了這話，謝朝宗噘著嘴巴，委屈地抬起頭看了周天昊一眼。

周天昊笑著挾了一根蘆蒿，放進謝朝宗口中，笑著說道：「那朝宗吃吃看，要是嚼爛了就吃，嚼不爛就吐出來。」

謝朝宗一個勁兒地點頭，努力地嚼了半天，最後發現果然嚼不爛，就吐了出來。

周天昊道：「伯母不用擔心，朝宗他懂事得很，知道嚼不爛就會吐出來，有我們大人看著，不會有事。男子漢大丈夫，什麼事都要自己親自嘗試，這樣才行。」

謝玉嬌難得見到周天昊這副模樣，還真的有幾分姊夫的慈愛，不禁有些欣喜，又站起身為他添了一碗湯，淺笑道：「再賞你一碗。」

周天昊一手抱著謝朝宗，一手端起謝玉嬌推過來的湯碗，笑著道：「謝嬌嬌賞賜。」

語畢，他一仰頭，把一碗雞湯喝了下去。

大年初四下午，徐禹行從城裡回來了。

如今京城的官員們都遷到金陵來，要打探消息也容易許多，徐禹行從自己的岳家那邊得到一則「內幕消息」，據說睿王殿下傷勢太重，皇上已經將他送到別處的行宮休養，應該要很久才會痊癒了。

徐禹行聽到的時候，心想原來謝家如今已是「別處的行宮」了，這麼說來，他也是住過行宮的人了……

周天昊得知這個消息，倒是沒什麼反應。他是先帝幼子，從小養尊處優，況且先帝總共就那麼幾個兒子，兄弟之間的情感也稱得上深厚。他這樣隨便離開行宮，縱然讓文帝氣得說要摘掉他的王爺身分，但並不至於真的把他逐出皇室，讓他當個平民百姓。

不過謝玉嬌反倒希望皇上狠一些，最好讓周天昊真的一無所有，這樣她就能牢牢霸著他，讓他在謝家長住。只是這樣的小心思，她可不敢當著周天昊的面透露出來，便笑著道：「沒想到皇上還挺講人情的，知道為你遮羞來著。」

「我是父皇的老來子，他們禮讓我也成習慣了，過去父皇在時，便是與他們談論公務，也總是抱著我，陪他坐在龍椅上。」周天昊雖然是穿越過來的，但是對先帝卻印象深刻，那樣的疼愛確實是世間少有，可最後周天昊卻還是傷了他老人家的心，沒肯接下這江山。

謝玉嬌見周天昊神色淡淡的，還以為他對如今的處境有些傷感，便故意道：「怎麼？後悔了嗎？要後悔你明日就走，反正皇上說你在養傷，沒準兒明天傷就好了呢！」

周天昊聞言，一本正經地回道：「我要是後悔了，妳就在我胸口再開一個洞。」

謝玉嬌噗哧一聲笑了出來，見丫鬟送茶進來，親自起身端給徐禹行，隨口道：「表妹什麼時候回來，倒是有些想她了。」

徐禹行回道：「她外婆留著她過元宵節，元宵節之後就回來了，明日妳去馬家時也能看見她。」

雖然徐禹行性格沈穩，但他與徐氏畢竟是親姊弟，個性方面有一處很相似，就是有什麼不高興的事，全都寫在臉上，比如這會兒他雖然這麼說，可表情看起來卻不大樂意。

謝玉嬌當然看出了不對勁，便問他。「舅舅有什麼心事嗎？」

徐禹行低頭嘆了口氣，見徐氏從裡間出來，說道：「她外婆又提起她和她表哥的親事，我有些擔心。」

徐家雖然是安國公府庶出又沒落的三房，但這些年徐禹行走南闖北，銀子倒是沒少賺，因此將來徐蕙如若是出閣，嫁妝必定非常可觀。況且目前徐家人丁稀少，徐禹行也還沒正式續弦，將來能不能再有孩子都難說，說不定到時候全部的家產都是徐蕙如的，因此若是想找個讓人滿意的婆家，並不是難事。可是現在馬家一直想讓徐蕙如嫁進去，倒是讓徐禹行很為難。

「她表哥又怎麼了？」徐氏上次就聽說她那表哥不靠譜，這回又聽徐禹行說起，便問了一聲。

「我也是這幾日才聽說的，她表哥年前將他房裡一個丫鬟的肚子弄大了，他娘原本想留下，結果被我岳母知道了，賞了她一碗落胎藥，發賣了出去。」

這件事要不是因為朝廷南遷，家裡的下人在忙亂之中閒磕牙，人多嘴雜透露了出來，徐禹行壓根兒不可能知道，如今細細一想，便覺得有些噁心。

且不說馬家二少爺行事混帳，就憑他鬧出事還讓一個丫鬟承擔，就不算個男人。

「蕙如知道這件事嗎？」徐氏聞言急忙問道。徐蕙如是個心思重的姑娘，若是讓她知道了，不知道會傷心成什麼樣子呢！

「大概不知道吧，這件事我岳母不讓人說，我也是從幾個平常和我比較要好的跑腿下人那裡打探來的。」徐禹行蹙了蹙眉，繼續道：「明日我岳母請妳們過去時，應該會提起他們的親事，到時候不光是我，姊姊也不要應；若她老人家問起別的，就說我如今已在為蕙如張羅親事，打算在本地找個安安分分的人嫁了。」

徐氏點了點頭，抬起頭看了徐禹行一眼，又道：「只怕老夫人要不開心了。」

謝玉嬌聽了，開口道：「說句誅心的話，老夫人再不開心，還能活幾個年頭？若是蕙如真的嫁給了那孬種，那可是一輩子的事。」

說完，謝玉嬌往周天昊那邊遞了一個眼神，問道：「喂，你有沒有什麼家世良好、長相俊俏，家人又不嫌貧愛富的朋友，為我表妹介紹幾個？」

周天昊皺著眉頭想了半天，到他這年紀還沒娶親的朋友……似乎找不著，不過倒是有幾個已經死了老婆，要續弦的。

想來想去，周天昊心裡已經有了計較，謝玉嬌的表妹，比謝玉嬌還小一些，讓人家小小年紀的去當續弦，似乎不大好吧？

「和我差不多大的，孩子都滿地跑了，就剩我一個，可如今……我也有伴了。」周天昊含笑朝謝玉嬌遞了個眼神過去。

謝玉嬌聞言噗哧笑了起來，紅著臉頰道：「好吧，不為難你了。」

說起徐禹行的岳家馬家，過去也曾有過爵位，只可惜後頭的子嗣並沒有出什麼位高權重的臣子，因爵位五世而斬，如今不過就是家裡有人當個小官的小康之家，還有一些世家豪族的底蘊罷了。

當初徐禹行與馬家千金結親的時候，馬家已沒了爵位，徐家卻還是安國公府未分出來的三房，身分上的高低非常明顯。到了如今，馬老爺雖然在兵部做堂官，但兒子卻連個功名也無，即使徐蕙如沒了安國公府這棵大樹，配上馬家的兒子，還是綽綽有餘。

因為今日要去馬家做客，所以謝玉嬌特地打扮了一番。家中尚未除服，她不能穿什麼過於鮮豔的衣服，不過去年年底時，大姑奶奶為她做的蜜合色折枝花卉風毛圓領褙子，襯托得她那瓜子臉更加精緻，所以就決定穿上了。

角門上幾個婆子見到她們來了，趕緊迎了出來，簇擁著謝玉嬌與徐氏進門。才進了門，還沒來得及轉彎，就看見有人從拐彎的小門內出來了，原來是在馬家老夫人身邊服侍的尤嬤嬤。

尤嬤嬤見到徐氏，笑著迎上來道：「老夫人剛說方才院子裡的喜鵲叫了好幾聲，必定是親家姑奶奶來了，急忙命我迎出來，可巧，就趕上了。」

徐氏聞言，只是淡淡笑了一聲。自從她嫁入謝家之後，不知多少年沒與京城的親戚聯繫過，對於這種裝熟的下人，她實在不知道該如何應對。

謝玉嬌聽了，在心裡嘀咕起來。好幾日前就已訂好大年初五要過來，若真這麼看重她們，早就在門口候著了，偏偏這個時候才出來，還裝得這般熱絡，當她們是傻子呢！

「這位嬤嬤客氣了，像您這樣的大忙人，必定在老夫人跟前服侍，讓您親自過來迎接我們，真是不敢當，方才門上那幾個婆子就熱絡得很，又會說話，很有禮數。」

尤嬤嬤一聽，臉色頓時微微一變。謝玉嬌誇那幾個看門婆子有禮數，這不是明擺著說她無禮嗎？原本她沒想過要自己來迎接，只想打發一個丫鬟迎客便是，可是老夫人不肯，她才親自出馬，誰知道還是遲了，讓這小姑娘給說了一頓，她這老臉往哪兒擱？

可是……謝玉嬌說的這番話，還真是讓她沒有半句能反駁的地方。

這時候徐禹行正好從外頭打點好了車馬進來，見尤嬤嬤站在夾道，有些尷尬的模樣，開口道：「怎麼了？快進去吧，妳表妹還等著妳們呢！」

謝玉嬌見徐禹行來了，就不再計較，笑著對徐氏道：「娘，我們走吧！」

幾個人一邊走，一邊閒聊起來，謝玉嬌看見尤嬤嬤一臉高傲的樣子，就覺得不舒服得很，便故意對徐氏說道：「娘，這宅子當初是舅舅看上的，後來我也來瞧過了，雖然比起我們家在白鷺洲和莫愁湖的宅子差了一些，但也還說得過去。這裡面有一個院子，我當初過來看的時候，還開著荷花，只可惜這個時候看不到。」

尤嬤嬤聽了這話，心頭便冒起酸水。平常老夫人總說謝家是江寧縣最大的地主，如今看來所言不假，光是比這個還好的宅子就有好幾處，那得多有錢呢？真是……

徐氏聽了，笑著回道：「以前妳爹在的時候，因為夏天白鷺洲的院子荷花開得好，我們也常過去住，這兩年倒是沒去，今年若是有空，妳就帶著天昊去住住，那邊清靜，風景又好。」

自從得了周天昊這個好女婿，徐氏恨不得把他當佛供著，連謝玉嬌該得的關愛都少了許多。

謝玉嬌聞言，故意笑著道：「娘真是的，他那樣的出身，能沒見過一個好宅子嗎？全天下最好的宅子啊，都是他們家的……」

徐氏不禁啞然失笑。可不是……這世上有什麼地方，能比京城的皇宮還好呢？只是如今卻被韃子給占去了，著實可惜。

「他為了妳，如今都做到這個分上了，妳還要說這種風涼話，我可不答應。」

謝玉嬌見徐氏偏心偏到了胳肢窩去，也不和她理論，兩人一路笑著進了二門，往馬老夫人的院子去了。

第五十二章　美夢破滅

才過了垂花門口，就看見正廳的簾子一閃，徐蕙如從裡面鑽了出來，提著裙子往謝玉嬌這邊跑，還離著一段距離呢，她口中已經「表姊、姑母」的喊了起來。

徐氏瞧徐蕙如臉上帶著笑，雙頰通紅，就知道她在這裡過得很好，看樣子她外婆還是非常疼愛她。

「妳在這裡住得還習慣嗎？」謝玉嬌問徐蕙如。

「習慣啊，就是挺想妳們的，況且這個地方在城裡，實在不方便出門。」徐蕙如答道。

徐蕙如在謝家時，謝玉嬌會帶著她在謝家宅四處走走，雖然瞧不見什麼新奇的玩意兒，但是對於一直被困在閨閣的姑娘家來說，能呼吸一下外面的空氣，也很新鮮。

「外頭沒什麼好的，走到哪都是不認識的人，不如待在家裡好。」徐氏拉著徐蕙如的手道。

徐蕙如點了點頭，引著她們進去。一進廳裡，謝玉嬌就看見紅木靠背椅上，坐著一個約莫六十出頭的老太太，應該就是馬老夫人，她的下首坐著一位四十出頭的婦人，濃妝豔抹的，有幾分世家媳婦的氣勢，想來就是馬夫人，而她身後還站著一個看上去與她年紀相仿的婦人，態度倒是很不相同，低首下心的。

馬老夫人見到徐氏和謝玉嬌進來，急忙招手要徐蕙如領著謝玉嬌往她跟前去。她拉著謝玉嬌的手上下打量，眉眼中透著濃濃的笑意，開口道：「我常聽蕙如提起妳，說妳是這世上最厲害的人，我心裡還估算著，這麼厲害的姑娘到底是什麼模樣，如今一見，竟是這般嬌滴滴，哪裡厲害了？一眼就知道妳懂事又識大體。」

謝玉嬌恭恭敬敬地向馬老夫人行了禮，馬老夫人向尤嬤嬤使了個眼色，尤嬤嬤會意，從袖中拿了個荷包出來，遞到謝玉嬌面前。

原先尤嬤嬤還覺得馬老夫人不過就是為晚輩準備見面禮，放幾個金錁子意思、意思就成了，誰知她居然放了一個實心的金元寶。其實尤嬤嬤方才聽了謝玉嬌說的那些話以後，覺得即便是金元寶，只怕也入不了她的眼。

謝玉嬌接過荷包，謝過了馬老夫人，接著又向下首的馬夫人請安，馬夫人也讓身邊的人賞了她一個荷包。

都見過禮以後，謝玉嬌與徐氏這才坐下。丫鬟奉茶上來，謝玉嬌端起茶盞喝了一口，碰巧看見那個站在馬夫人身後的婦人，一直偷偷盯著自己看。

謝玉嬌略略垂眸，正有些狐疑，卻聽馬老夫人開口道：「宋姨娘，去把榮兒喊進來，讓他也見見謝家的表妹。」

被稱作宋姨娘的婦人聞言點了點頭，正要離去，忽然又轉身問道：「今日豪兒也在家裡，要不要一起請他過來？」

馬老夫人聞言，皺了皺眉頭，開口道：「豪兒年紀大了，不方便，把榮兒喊來就成了。」

宋姨娘聞言，微微有些失落，但仍舊規規矩矩地回道：「好……婢妾這就去。」

謝玉嬌聽徐禹行說過這馬家的事，原來馬夫人早年生過一個兒子，後來不幸夭折了，所以如今馬家的大少爺不是嫡子，而是庶子。按照她的推測，方才這位宋姨娘，應該就是馬家大少爺的生母；至於那個「榮兒」，謝玉嬌倒是知道，就是徐蕙如的二表哥。

馬夫人長子夭折，後來又得了這麼一個兒子，自然是捧在手掌心寵愛，不讓他受半點委屈，因此這孩子從小做起事來就非常沒分寸。說真的，他到底有多荒唐，謝玉嬌一點也不清楚，但是光聽徐禹行透露的那些訊息，就知道他並不是個值得託付終身的好男人。

只是徐蕙如是千金小姐，從小就被灌輸一些古代固有的思維，總覺得男人三妻四妾並沒什麼不妥，畢竟那些丫鬟算不上什麼，不過就是幫襯自己、照顧夫君罷了；就算生了一男半女，正室的地位也不容撼動，因此徐蕙如雖然對她這個表哥有些怨言，也從來沒明著表現出來。

想到這裡，謝玉嬌微微抬起眼來，看見徐蕙如低著頭，手不停地絞動著帕子——平常她緊張不安的時候，就會變成這副模樣。

謝玉嬌又想起徐蕙如平常在家裡做的那些荷包，也不知道她送出去了沒，只是如今舅舅不同意這門親事，只怕她要空歡喜了。

大約過了一盞茶的時間，謝玉嬌聽見外頭傳來嘰嘰喳喳的聲響，夾雜著年輕男子的聲音。她放下茶盞抬起頭，只見簾子一閃，從外頭走進一個長相白淨清秀的年輕人。

謝玉嬌玩味地看了他一眼，便垂下頭去，輕輕瞥了徐蕙如一眼，只見她低著頭，雙頰微紅。

徐蕙如平常就安靜內斂，並不擅長和男性相處，除了和自己的爹徐禹行親近之外，若見著其他外男，只消一眼，就能羞紅了臉，況且她又對這個表哥有幾分情意，自然顯得羞澀難當了。

馬家二少爺進了門，眼神先掃過一眾人等，接著又朝徐蕙如那邊瞄了謝玉嬌一眼，才開口道：「表妹，這就是妳口中說的表姊嗎？她果真和妳說得一樣好看，竟比我平常見過的那些官家小姐還漂亮……」

話還沒說完，馬夫人立刻打斷他道：「胡鬧，你見過幾個官家小姐，竟這樣胡說八道？再說了，姑娘家的容貌，豈容你這般品頭論足？」

謝玉嬌聽了，只是冷冷一笑。馬夫人這話雖然說得有幾分道理，可瞧她看馬書榮的眼神，分明沒有半點怪罪的意思，不過就是把她與徐氏當小孩子哄呢！

「榮表哥說笑了，我自然比不上官家小姐，我們不過就是鄉下來的暴發戶，哪能上得了檯面呢？況且家裡沒什麼底蘊，不過就是有幾畝地、幾兩銀子罷了。」謝玉嬌帶著淡淡的笑容說道。

馬家一到金陵，便想著要在郊外買個莊子，因此之前用來買宅子的銀子就不夠了。徐禹行告知謝玉嬌這件事，她心想既然是徐禹行的岳家要買宅子，那就先幫他們墊墊錢，反正他們不急著要這些銀子開鍋。

馬夫人當然也知道這件事，聽了這段話，覺得微微有些刺耳，又想到徐蕙如常說她表姊厲害，如今這麼一瞧，這個謝玉嬌果真非等閒之輩，也不知道自己婆婆心裡想的事能不能成。

原來馬老夫人除了想讓徐蕙如當自己的孫媳婦之外，還打起了謝玉嬌的主意。如今朝廷南遷，就算將來真的能回去北邊的京城，也不知道是什麼時候的事了。馬家在南方沒有根基，臨走時在京城的一些田地和鋪子也沒能來得及折成現銀，因此財務上有些捉襟見肘，便想著能不能找個家境殷實一點的媳婦，好度過眼前的難關。

馬老夫人知道謝家有錢，又沒聽說謝玉嬌許配了人家，就動起這份心思，想將她配給自己的大孫子，這樣一來自家兩個孫子娶了人家的表姊妹，當真是一樁美事呢！

這會兒馬老夫人聽謝玉嬌這麼說，也略略有些尷尬，笑著道：「當官的有什麼好，韃子一打過來，還不得跟著跑嗎？說到底，我們的日子沒有你們舒服，天高皇帝遠的，祖上又積累了家底，過得舒服又滋潤呢！」

說完，馬老夫人看了徐氏一眼，問道：「親家姑奶奶，妳家嬌嬌如今可許配人家了？這般好的姑娘，可不能輕易就許了人啊！」

徐氏正處於有了上門女婿的興奮期，聽馬老夫人問起，便滿臉笑容地說道：「其實原先並沒許人家，誰知道嬌嬌命裡有造化，之前因為一些事，得了樁好姻緣，如今等我們家除服，就能辦一辦了。」

馬老夫人從頭到尾沒聽人提過這件事，頓時好奇起來，轉頭問徐蕙如道：「妳之前不是說妳表姊還沒許人家嗎？怎麼如今又有了呢？」

徐蕙如哪裡能聽出這番話中淡淡的失落與責怪之意，只記掛著徐氏說謝玉嬌有人家，忍不住高興地問道：「表姊訂親了嗎？是哪家的公子，我認得嗎？」

因為之前周天昊在謝家住過一陣子，徐蕙如知道有這個人，徐氏便笑著道：「妳也認識，就是上回在隱龍山救了我的楊公子。」說著，徐氏怕她誤會，又繼續道：「原來是他當初沒說清楚，他本不姓楊。」

謝玉嬌如今算是了解徐氏了，平常她看起來挺低調的一個人，如今得了周天昊這個女婿，恨不得用擴音器大喊，希望每個人都知道才好呢！不過謝玉嬌不攔著她了，反正如今周天昊住在謝家，還怕他跑了不成？

馬老夫人聽說謝玉嬌已經有對象，頓時沒了興致，有些意興闌珊地說道：「那……那真是恭喜親家姑奶奶了。」

徐氏見馬老夫人忽然不問這件事了，便不再多說，只端著茶盞喝了起來。

一旁的馬夫人抬了抬眼皮，站在她身後的宋姨娘就把頭壓得更低了。

原先馬老夫人起了這個心思時，馬夫人並不依，只因為她聽說謝玉嬌非常能幹，而她兒子要娶的徐蕙如卻沒有半點當家夫人的樣子，將來若是讓她這個嫡子的媳婦比庶子的媳婦矮一個頭，她也不願意。

「那真是可惜了……」馬夫人臉上帶著淡淡的笑，裝出不甚在意的樣子說道：「原本我這裡有個合適的人選，想和親家姑奶奶提一提，如今瞧著倒是多餘了。」說完，馬夫人又笑著對馬老夫人道：「還是不說這些，就說說這兩個孩子的事吧！」

馬夫人說著，看了徐蕙如與馬書榮一眼，徐蕙如便靜靜地低下頭去。

徐氏聽馬夫人話中的意思，倒真有幾分把徐蕙如當媳婦看的樣子，臉上的笑頓時尷尬了幾分。臨行前徐禹行千叮嚀、萬交代的話，她都還記得，只是她一時之間不知道該怎麼說才好。

謝玉嬌明白這會兒徐氏臉皮又薄了起來，索性先開口道：「表妹，初三時齊夫人上我們家玩，還問起了妳，說是下回要妳跟著她一起去弘覺寺上香，她家小兒子去年中了秀才呢！」

馬老夫人聞言，微微抖了抖眼皮，問徐氏道：「怎麼，禹行沒告訴妳如丫頭的事嗎？」

方才經謝玉嬌這麼一提點，徐氏頓時找到了裝傻的施力處，回道：「怎麼沒提？他一直要我物色對象呢，這不，過年的時候，就請了齊夫人和韋夫人她們過來，只是蕙如不在家罷了。」

馬老夫人一聽這番話，臉都綠了，敢情這件事是他們馬家剃頭擔子一頭熱？此時正巧徐禹行和前頭的爺們打過了招呼，剛好往正廳這邊來，才一進門，就看見自己的岳母紅著一張老臉。

一見到徐禹行，馬老夫人便問道：「我說女婿，如丫頭也不小了，早些年就想讓你決定這件事，你偏不肯，如今當著親家姑奶奶的面，我就提一下，什麼時候訂下如丫頭和榮兒的親事？」

說到底，這馬書榮就是個混球，沾了家裡幾個丫鬟不說，現在他覺得謝玉嬌的模樣生得好，心想這樣的姑娘要是也能在自己房裡，那該多好？他看見自己的祖母向徐禹行提親，便湊到她耳邊說道：「奶奶，我覺得蕙如表妹的表姊比她好看，我能不能不娶表妹，娶她表姊？」

馬老夫人聽了，神色立刻一變，只怪她這孫子被媳婦慣得無法無天，居然提出這等荒謬的主意來。馬老夫人瞪了他一眼，壓低聲音道：「你沒聽見她已經有人家了嗎？不然我還想為了你哥哥求娶她呢！」

他們兩人說話的聲音很低，謝玉嬌聽不太到，只是看見他們的眼神朝自己這邊瞟來瞟去，就覺得渾身不自在，只能一直垂眸喝茶，裝作若無其事的模樣。

此時聽徐禹行開口道：「岳母雖然是一片好意，可女婿卻不敢高攀，如今我們安國公府三房早已經敗落，岳母也知道小婿如今不過是個滿身銅臭的商賈，蕙如這些年跟著小婿，大家閨秀的禮儀有所生疏，實在不配當馬府的媳婦。」

一直低著頭的徐蕙如在聽到這些話之後抬起了頭，原本含羞帶怯的臉上掛著大大的不解，手中的帕子被扯得變了形狀，眼淚忍不住落了下來。她沒問為什麼，捂著臉跑了出去。

謝玉嬌見徐蕙如跑走了，急忙追了上去，只聽見身後傳來馬老夫人大罵的聲音。「馬家不嫌棄你們也就算了，還輪到你們嫌棄我們？當初若不是看在你們是安國公府的三房，我會將女兒嫁給你？你簡直……太不識抬舉了。」

徐蕙如一溜煙跑出了垂花門口，看見幾個丫鬟迎面而來，趕忙擦了擦眼淚，放慢腳步。

謝玉嬌追了上來，見丫鬟們已經走遠，便問她。「蕙如，妳真的喜歡妳表哥嗎？」

徐蕙如擦了擦眼淚，看了謝玉嬌一眼，只聽見謝玉嬌繼續道：「妳只顧著難過，怎麼就不問問為什麼舅舅不肯讓妳嫁給妳表哥？」

其實徐蕙如知道馬書榮與丫鬟們有些不正經，可是徐蕙如認識那些丫鬟，看起來都挺老實的，因此沒怎麼放在心上，如今見謝玉嬌這樣一本正經地問自己，反倒不知道該怎麼回答才好，只低著頭不說話。

謝玉嬌見徐蕙如眼眶泛紅，臉頰上還掛著幾滴淚珠，便伸手替她擦了擦眼淚，說道：「妳與妳表哥從小一起長大，也算得上是青梅竹馬，他那些習性，妳難道不知道嗎？」

徐蕙如聞言，頭垂得更低了。她怎麼可能不知道她表哥那些習性，只是他每回都哄自己，說將來娶了她就不會這樣，而且還會什麼都聽她的。

想起馬書榮說這些話的模樣，徐蕙如臉頰不禁有些發紅，只擰著帕子不說話。

此時馬書榮從廳裡跟了出來，他見謝玉嬌正站在徐蕙如旁邊，便稍稍拱了拱手。

謝玉嬌轉過頭不看他，卻聽馬書榮開口對徐蕙如道：「妳爹不讓妳嫁我，可妳自己是怎麼想的？」

徐蕙如聽見這番話，眼眶又浮起了幾分水霧，謝玉嬌見她心軟了，擋在她跟前道：「婚姻大事，素來都是父母之命、媒妁之言，既然我舅舅不同意，那你們兩個的婚事自然作罷，馬二少爺還是自重得好。」

謝玉嬌方才還喊他一聲「榮表哥」，這會兒卻稱呼他「馬二少爺」，馬書榮聽了，頓時不高興起來。其實他對徐蕙如並沒有幾分真心，不過就是看在小時候一起長大的情分，加上自己的祖母一再堅持，他才順了馬夫人的意思，急忙出來勸慰。

如今看見謝玉嬌這般厲害的角色堵在自己跟前，馬書榮不禁煩躁起來，開口道：「不嫁就不嫁，妳不嫁我，難道我就娶不了媳婦嗎？我也沒這份閒工夫和妳耗著。」

馬書榮把話說完，就頭也不回地走了，他這個態度，讓徐蕙如震驚得半句話都說不出來。

雖說徐蕙如從小就沒了母親，可是卻被當成小姐一樣養大，謝家上上下下沒半個人敢對這位表小姐不敬，沒想到這姓馬的小子居然敢這樣給徐蕙如臉色?!謝玉嬌滿腔怒火頓時熊熊燃燒起來。

「你這個孬種，除了和丫鬟廝混，給她們撒種，你還會什麼？把丫鬟的肚子弄大了就丟開，我還沒見過你這種不要臉的男人呢！」謝玉嬌大聲嘲諷道。

徐蕙如還處於馬書榮那番話帶給她的驚嚇當中，這會兒又聽謝玉嬌說這些，整個人瞬間傻住，連反應都做不了。正在往前走的馬書榮聽到這些話以後回過頭來，帶著幾分心虛的神色看著徐蕙如。

謝玉嬌不等馬書榮說話，拉著徐蕙如的手道：「走，帶我去妳住的地方，咱們收拾東西，這就回謝家去。」

當周天昊聽到謝玉嬌他們回來，高高興興地去開門時，卻看見幾個人都陰著臉進來。此時已經過了用午膳的時辰，從城裡回來也要一、兩個時辰的車程，這麼看來，他們倒像是沒吃飯就回來了。

正當周天昊狐疑的時候，謝玉嬌吩咐迎上來的張嬤嬤道：「張嬤嬤，妳吩咐廚房炒幾道菜送到正院裡頭，再盛四碗飯過來。」

張嬤嬤一個勁兒地點頭稱是，可細細一想才覺得不對勁，問道：「這是怎麼了？不是去馬家串親戚，難道他們連一頓午飯都沒留？」

徐氏這會兒也板著臉，不知道說什麼才好。雖然場面弄得不好看，可人家倒是留了飯，只可惜謝玉嬌這小祖宗不肯吃，非拉著徐蕙如回來不可。

想了想，徐氏嘆了口氣道：「張嬤嬤妳就別問了，先去弄些飯來吧！」

好在這幾日是年節，周天昊又住在這裡，因此廚房裡的材料也齊全，沒多久就做了三盤菜和排骨湯來。徐蕙如一路上都在落淚，此時坐在桌邊，一口飯也吃不下去，只端著飯碗咬了半天的唇，接著就放下碗筷哭了起來。

徐禹行看見女兒落淚，終究心疼，道：「蕙如妳放心，爹一定會幫妳尋一戶好人家，尋一個比妳表哥好千百倍的人。」

說真的，徐蕙如已經想通了，以前她只當馬書榮貪玩，並沒想到他和丫鬟是那種關係。馬書榮平常極其喜歡與她親近，也有牽牽小手或摸摸小臉的舉動，她便以為他和那些丫鬟之間也是一樣；可今日聽謝玉嬌說起那些事，真是讓人嚇了一大跳，她萬萬沒想到，馬書榮與那些丫鬟竟是……

徐蕙如抬起頭，看見徐禹行緊蹙的眉頭，忍不住撲向他懷中，哭著道：「爹……」

徐禹行見徐蕙如哭了出來，幽幽嘆了口氣，又聽見徐蕙如小聲道：「女兒不嫁人了，以後就留在家裡孝順爹，哪兒也不去了……」

徐氏見徐蕙如撒起嬌來，一顆心倒是放下了一些，笑著道：「說什麼傻話，妳爹這麼做，只是想讓妳嫁得好一些，又不是不讓妳嫁人，不然妳爹要什麼時候才能抱到外孫呢？」

謝玉嬌真是服了徐氏，不管話題是什麼，總能牽扯到「下一代」，這還真是一個實用的萬年老眼啊……

徐蕙如聽了，果然紅了臉頰，低頭道：「反正我不想嫁，我年紀小，要也是表姊先嫁。」

謝玉嬌見徐蕙如終於不哭了，遞過帕子讓她擦淚，又朝她碗裡挾了一些菜，看著她吃起來，才低頭吃自己碗裡的飯。

鬧了這麼久，徐蕙如也乏了，用過午膳後便回繡樓休息。謝玉嬌平常沒什麼歇午覺的習慣，又想起這幾日都沒去書房，也不知道她養的那些多肉植物怎麼樣了，索性帶著喜鵲往外院去。

這日陽光露臉，地上的積雪都已經化了，青石板磚上濕漉漉的，謝玉嬌從夾道過了小門，往書房前進，才進了書房的小院子，就看見周天昊負手站在書房通往他所住小院的門口，真是妥妥的一個門神。

大概是聽見了謝玉嬌的腳步聲，周天昊回過頭來，對著謝玉嬌笑了笑。

謝玉嬌身後的喜鵲見了，噗哧笑出來，低聲道：「小姐慢走，奴婢為小姐和姑爺沏茶去。」

謝玉嬌瞋了她一眼，小聲道：「就沏武夷岩茶來，我今天想喝那個。」

喜鵲最清楚謝玉嬌的喜好，她除了晚上吃多了會喝一盞普洱茶之外，平常從來都不喝其他種茶，這會兒忽然說要沏武夷岩茶，莫不是姑爺喜歡喝？

會意地點了點頭，喜鵲正打算要走呢，又被謝玉嬌喊住道：「罷了，那茶要三澆之後才出味道，光沏一盞也品不出好壞，妳就把茶房裡喝功夫茶的那套用具洗乾淨送過來，在門口廊下生個小火爐，燒一壺熱水就好。」

喜鵲一聽，發現謝玉嬌似乎是要自己沏茶。平常她們小姐可沒有這種閒情逸致，那套沏功夫茶的東西，放在茶房都落灰了，上次還是舅老爺請兩位大管家來的時候用的，幾個人坐在一起喝茶，一眨眼也有兩個月沒動過了。

雖然拿那套器具挺麻煩的，但是想到自家小姐好不容易風雅這麼一回，總要大力支持，因此喜鵲便乖乖去茶房準備東西了。

謝玉嬌見周天昊還站在那邊不動，噘嘴往他那邊遞了個眼神，見他還看著自己傻笑呢，便開口道：「站在那裡做門神啊？難道不知道穿堂風最冷了，這才正月呢，你倒是精神得很，一會兒傷口又疼了，看你怎麼辦。」

周天昊就等著謝玉嬌喊自己呢，聞言便笑著往她這邊走來，兩人在廊下相會。他倚著柱子看了謝玉嬌一眼，勾了勾嘴角道：「怎麼，誰惹我們家嬌嬌生氣了？看我不去打殘了他。」

謝玉嬌一聽這話，頓時笑了出來。她剛從外頭走過來，這時候一雙手凍得冰涼，便把手往周天昊臉頰上一貼，笑著道：「等你去打殘人家，我都要被欺負死了，自己出手就搞定啦！」

明明謝玉嬌的手那麼冰涼，可貼在周天昊的臉上，卻讓人覺得心口發熱。他伸出手覆蓋住她的手背為她取暖，說道：「我就知道我家嬌嬌所向無敵，所以我不遠萬里，都要來拜倒在妳的石榴裙下。」

雖然謝玉嬌骨子裡已經是個大人了，可聽到這樣的甜言蜜語，心裡還是覺得喜孜孜的，索性踮起腳尖，抬起頭閉上眼湊到周天昊面前，小聲道：「別說話，吻我。」

這是謝玉嬌第一次這樣主動開口，一向習慣吃她豆腐的周天昊反倒有些緊張起來。原來女孩子採取攻勢的時候會這樣讓人心潮澎湃，恨不得即刻將她按向胸口狠狠地疼愛。

周天昊帶著幾分膜拜的心情閉上了眼睛，低下頭吻住謝玉嬌那嬌嫩欲滴的唇瓣。

此時太陽曬得院子裡明晃晃的，喜鵲抱著茶具從茶房出來，就看見謝玉嬌正在與周天昊……喜鵲再也邁不開步子，急忙回身，挽起簾子就往茶房裡躲了起來。

小姐做事，怎麼一直這樣……膽大包天的呢？喜鵲雖然這麼想，可心裡卻對謝玉嬌崇拜得很，就連她做出這種對他們來說簡直算得上悖德的事，也覺得佩服得緊。平常她看見長順的時候，那傢伙除了遠遠地望著她眨兩下眼皮，連靠近一點的膽量都沒有。

想到這裡，喜鵲反倒覺得好笑起來。她偷偷挽起簾子，往外頭看了一眼，見謝玉嬌和周天昊兩個人不見了，這才拿著東西送去給婆子們清洗。

第五十三章 童言無忌

周天昊暖著謝玉嬌的手，往書房裡去。因為這幾天謝玉嬌沒來書房，所以房裡沒生暖爐，打開門的時候讓人覺得有些陰冷，好在靠南邊的一扇窗子打開之後，太陽就從外頭曬進來，明晃晃的，照得人暖和。

窗子底下放著一個長條几，上面養著好些多肉植物，形態各異，這些東西謝玉嬌也叫不出名字，不過對於她這樣的懶人，養這些比起養名貴的植物要容易多了。

這個書房很大，一排三間，中間是議事廳，平常謝玉嬌會在靠右邊的裡間看書，書桌後面放著三個大書架，上面擺滿各種古籍，謝玉嬌平常只看帳本那一格，其他的則沒動過。

書架最上頭一層，放著一排封面都已經破舊不堪的古籍，雖然平常有婆子打掃，不曾落了灰，但按照謝玉嬌的身高來看，她怎麼樣都搆不到。

周天昊有些好奇，便隨手拿下一本書打算翻閱，只聽他驚訝道：「這……這是《八陣圖》啊！」

謝玉嬌正翻看著帳本，聽周天昊說起這書名，抬起頭道：「《八陣圖》……好像是部電視劇，誰演的？」

周天昊這時候還沒從驚訝中回過神來，聽謝玉嬌這麼說，恨不得伸手去戳她的小腦袋瓜，他瞪了她一眼道：「妳的歷史是體育老師教的嗎？《八陣圖》是諸葛亮創造的一種強大陣法，打仗能用的。」

謝玉嬌原本歷史就不太好，況且來了這裡兩年，她根本不認為自己讀過這個朝代，便有些暈乎乎地問道：「你說的諸葛亮，是三國那個諸葛亮嗎？」

周天昊一聽，又瞪了謝玉嬌一眼。謝玉嬌簡直是他見過的最迷糊的穿越者，居然連自己穿到什麼朝代也不知道，就這樣安安穩穩過到了今天。

「我看過這裡的史書，從夏、商、周到三國、魏晉南北朝都有，只是從那個時候開始，就沒了後面的唐朝，而是陳朝，也就是說，我們所讀的歷史是大隋滅了南陳，而這裡的歷史卻是南陳滅了北周，最後有了陳朝。陳朝大約維持三百多年，之後經歷了類似五代十國這樣的戰亂，才有了如今的大雍，所以按照歷史軌跡來看，這時候應該相當於我們那時讀的北宋。」

謝玉嬌聽到這裡，忍不住笑了出來。「還北宋呢！都失掉半壁江山了，該是南宋。」

周天昊聽了這話，不以為然地回道：「呿……總有一天，我們會打回去的，尤其是有了這本《八陣圖》之後。」

謝玉嬌見周天昊一副興致勃勃的樣子，也不多說什麼，只湊過去看了一眼，見上頭的字都是「自己不認識它，它認識自己」的類型，便笑著道：「你在現代專攻什麼呢？打仗還要靠古人的知識？」

周天昊沈默片刻，嘆了口氣，最後輕撫了一下額頭，萬般不情願地說出了兩個英文字母。「IT……」

謝玉嬌狂笑出聲，她捧著肚子，笑得眼淚都要落下來了，過了片刻，她才艱難地忍住笑，抬起頭看著周天昊道：「你怎麼不學農學或中醫之類的呢……」

周天昊見謝玉嬌笑成這樣，一時之間有些鬱悶，便開口問道：「那妳呢？念什麼系？」

謝玉嬌皺眉想了想，她在現代是學人力資源的，似乎……沒比周天昊多占什麼優勢，便笑著道：「不告訴你，反正比你強一些。」說完，她頓了頓，繼續道：「人家都說IT男很悶騷，你怎麼是個異類？」

「因為妳運氣好嘍！」周天昊打趣道。

外頭陽光正暖，周天昊看見謝玉嬌的臉蛋被曬得有點發紅，忍不住低下頭去，品嚐起謝玉嬌的唇瓣。

這個時候喜鵲正好拿著茶具往書房送過來，她的身後還跟著一個提火爐的婆子。雖然那婆子走在後面，可書房的窗戶開著，她一抬頭就看見謝玉嬌正在和周天昊玩親親，急忙喊住喜鵲道：「喜鵲，慢點、慢點……」

喜鵲抱著東西埋頭往前走，聽見後面的婆子喚她，便回過頭去，看見那婆子朝她努了努嘴。喜鵲就著陽光瞇起眼睛往婆子暗示的方向看了一眼，頓時窘迫起來。方才外頭沒看見他們，原來是親到裡面去了……可這都幾盞茶的時間了，再親下去，她們小姐的嘴又要腫了。

喜鵲忍不住擔心起來，心想姑爺這樣欺負小姐可不行，將來等兩個人成婚，還不得讓小姐累壞？

謝玉嬌被周天昊吻了片刻，待她微微睜開眸子的時候，就看見站在外頭、端著東西的喜鵲，她連忙推開周天昊，拿帕子擦了擦嘴角。此時周天昊也看見了外面的人，鬆開謝玉嬌，假裝自己要看書去了。

喜鵲送了茶具進來，又說外頭小火爐上熱著要泡茶的開水，謝玉嬌這邊一時用不著她，便先讓她離開了。

正院的房間裡，徐氏留徐禹行下來喝茶，此刻謝朝宗剛好睡醒了，他看見徐禹行在，便跑過來要他抱抱。

徐禹行一把他抱起來，謝朝宗就張開兩個小膀子，像鳥兒揮動翅膀一樣拍打著，嘴裡還嘰哩咕嚕道：「飛，飛，小飛機……」

這話讓徐禹行聽得一愣一愣的，他放下謝朝宗，問他。「小飛機是什麼東西？」

謝朝宗笑著回道：「姊夫，飛機，飛，打……飛機……」

碰巧這個時候謝玉嬌與周天昊喝過了茶，兩個人一起過來看看謝朝宗，他們才走到門口，還沒來得及掀開簾子，就聽見謝朝宗在裡面說出這種話來。

謝玉嬌頓時變了臉色，她轉過身瞪著周天昊，氣得面紅耳赤，一把握起拳頭打在他的胸口上，不過這樣她還不解恨，又一腳往周天昊的膝蓋上踢，狠狠地說道：「周天昊，你以後給我離朝宗遠點。」

周天昊這時想解釋都沒機會，就見謝玉嬌簾子一掀，把他一個人丟在外頭不理了。

「朝宗，來，姊姊抱抱。」謝玉嬌抱起謝朝宗，臉上還氣得通紅。

徐氏也聽見了外頭的動靜，她走到門口掀開簾子，就看見周天昊捂著胸口，臉色煞白地站在那邊。

「這是怎麼了？好好的怎麼又發起火來啦？」徐氏萬般不解，見周天昊捂著胸口，分明就是傷口又犯疼，急忙道：「傷到哪兒了？快進來坐。」

周天昊方才被謝玉嬌捶了那麼一下，傷口還真的疼了起來，只是他自知理虧，並不敢說什麼，此時見徐氏這般殷勤，便急忙道：「沒、沒什麼……」

他這副模樣讓徐氏認定謝玉嬌肯定做了什麼過分的事，頓時有些生氣，轉身道：「嬌嬌，妳又鬧什麼脾氣，還動起手來了？」

謝玉嬌這會兒還在生氣呢！周天昊真是太可惡了，怎麼能這樣教孩子，萬一將來謝朝宗明白那是什麼意思，豈不是丟死人了？

徐禹行一時之間也沒弄明白謝玉嬌為什麼要生氣，又見周天昊臉色確實難看，索性從謝玉嬌手中把謝朝宗給抱了回來，逗弄他道：「朝宗乖，舅舅帶你一起打飛機，讓姊姊去照顧姊夫。」

謝玉嬌聽了這話，再也忍不住了，她慢慢走到門口，瞧周天昊難受的樣子不像是裝的，不禁又氣又好笑，跺腳道：「你這……你這混蛋，還不快跟我過來。」

周天昊瞧謝玉嬌不像還在生氣的樣子，急忙朝徐氏拱了拱手，跟在謝玉嬌身後離開了。

徐氏瞧著他們兩人鬧彆扭的樣子，心裡有幾分擔憂，轉頭對徐禹行道：「嬌嬌這脾氣也該改一改了，都是小時候你姊夫和我慣出來的，如今也就天昊受得了她。」

徐禹行聽徐氏「天昊」叫得那麼順口，心中只默默嘆道：姊姊，妳可真能喊得出口，人家是正經八百的王爺啊，是皇上的親弟弟呢……

謝玉嬌走在前頭，周天昊走在後面，他步伐很大，卻不敢直接追上去，生怕謝玉嬌再給他一拳。她的力氣雖然不大，可生氣的時候一揮出拳，也有幾分力道，自己胸口上這破窟窿根本敵不過。

衝著一口氣，謝玉嬌走了很遠，直到穿堂門的時候，迎面見幾個婆子走過來，這才稍微換了個臉色。待婆子們朝謝玉嬌福了福身子，往後面去了之後，她才轉過身。

看見周天昊還在後面跟著，而且單手捂著胸口，好似站都站不直的樣子，不禁想到自己那一拳確實不輕，到底有些心疼，可嘴裡卻不願鬆口，氣呼呼道：「你這就是活該。」

周天昊見謝玉嬌這副大發嬌嗔的模樣，知道她真的不氣了，笑著附和道：「對對，我是活該，嬌嬌說得太對了。」

謝玉嬌噗哧笑了出來，故意站在門口等周天昊走過去，兩人一起回到他住的地方。

解開周天昊的衣服，謝玉嬌幫他重新包紮傷口，好在她力氣算不上太大，只是讓傷口邊緣結痂的地方微微有些裂開。謝玉嬌又心疼、又氣憤，包紮時故意重手重腳，周天昊一直忍著不吭聲，等她都弄好了，這才穿起中衣，嘆了口氣道：「妳剛才那架勢，像是要謀殺親夫一樣呢！」

謝玉嬌瞪了他一眼，噘嘴道：「你算哪門子的親夫，哼！」

周天昊見謝玉嬌那小嘴紅得一副任人採擷的樣子，忍不住從身後抱住她，舔著她的耳垂，又扳過她的身子，讓她坐在自己的大腿上，低頭吻了上去。

謝玉嬌輕哼了一聲，原本想推開他，卻一時下不了手，只能用雙手抵著他的肩頭。忽然間，一隻大手握住她的小手，帶著她一路往下滑，來到某個早已叫囂起來的地方。

用力扭了扭手，謝玉嬌試圖掙脫周天昊的控制，卻被他按得更緊了。

感受到手中傳來那個地方的熱度，謝玉嬌又被吻得頭暈腦脹，一雙眼睛都迷濛起來，周天昊這才鬆開她，在她耳邊小聲道：「幫我打個飛機？」

謝玉嬌原本有些混亂的腦子，忽然間清醒了過來，她狠狠地瞪了周天昊一眼，可是手卻像被黏住了一樣移不開。她輕撫那個東西，上下揉搓了兩下，周天昊舒服地嘶叫了一聲，握住她的手加快了動作。

房裡充滿了曖昧的氣息，謝玉嬌臉紅得和蘋果一樣，她站在水盆架前，一遍又一遍地清洗著手。明明香胰子都已擦過好幾遍了，可為什麼她總感覺手上還有男人的氣息呢？謝玉嬌回頭，看見周天昊繫好了褲子，一臉滿足地朝她走過來，便故意躲遠了一點。

周天昊知道方才讓謝玉嬌憋屈了，抱著她道：「好啦，算我錯了，以後絕不會再這樣，下次換我來幫……」

「妳」字還沒說出口呢，謝玉嬌的巴掌就要招呼上去，結果她的手反而被周天昊給握住，他在她掌心親了一口道：「洗這麼多遍，早沒味了，別生氣了成嗎？」

謝玉嬌都快羞死了，也沒空和他生氣，索性道：「我睏了，要回去睡一會兒。」

「睡我這兒吧！」周天昊才開口，就看見謝玉嬌又瞪起了眼珠子，便慌忙道：「妳還是回去睡吧，我送妳。」

周天昊送謝玉嬌到繡樓門口，謝玉嬌進去的時候，就看見徐蕙如的兩個丫鬟正在廊下咬耳朵，她們看見謝玉嬌進來，趕緊道：「小姐來了，我們家小姐回來之後就一直在房裡哭呢！」

謝玉嬌能夠理解徐蕙如的心情，從小到大認定自己要嫁的人，如今忽然間說不能嫁了，難過也是正常的；再說了，古代女子一般都安分守己得很，總有那麼些從一而終的情懷，現在讓她換個人嫁，這關的確不容易過去。

進去徐蕙如房間的時候，謝玉嬌看見她靠在軟榻上，眼角還掛著幾滴淚，已經睡著了。謝玉嬌便拿了一條薄被替她蓋好，又出去吩咐丫鬟好生服侍著，等用晚膳的時候再叫醒她。

回到樓上以後，謝玉嬌懶懶地打了個哈欠，在榻上和衣睡下，誰知這一覺睡得卻不安穩，來來回回都是方才在周天昊房裡做的那些事，而且還更激烈一些。謝玉嬌只覺得自己渾身癱軟，被周天昊壓得喘不過氣，用力推著他才醒了過來，她睜開眼睛時，就看見喜鵲正在為自己蓋被。

喜鵲見謝玉嬌忽然間醒過來，以為她作了噩夢，連忙問道：「小姐可是夢魘了？」

謝玉嬌回想起夢中的場景，驚得面紅耳赤，急忙搖了搖頭，背過身子繼續躺著，手指不自覺地往下身探了探，卻發現底褲早已經濕成一片……謝玉嬌這會兒越發鬱悶了，難道女人也會夢遺不成？

一眨眼又過去了好幾日，周天昊的傷已經好得差不多了，謝家又這樣好吃好喝地供著他，竟是連臉都養白了幾分。

正院裡，徐氏瞧徐蕙如一臉不太高興的樣子，便想要讓她出去散散心。「咱們在白鷺洲那邊的宅子，有兩年沒去住過了，過幾日就是元宵節，不如今年咱們好好玩一回，去那邊住幾日，等過了元宵節再回來？」

年節還未過去，家裡的事不算多，前幾日謝玉嬌問過陶來喜和劉福根，如今那上千難民還算安置得妥當，況且這時候田裡也沒有活計，自家的佃農都閒著，確實沒什麼事需要安排，接下來要等到二月初二龍抬頭之後再做打算。

謝玉嬌算了算日子，的確可以出去住上幾日，況且謝朝宗這麼大都沒出過門，應該要讓他見識一下外面才好，不說別的，帶著他去家裡那些鋪子走動、走動，也能讓那些掌櫃和夥計們認識將來的主子。

「既然要去，住個兩、三天也沒意思，不如就住到月底好了。」謝玉嬌開口道。

白鷺洲那邊的宅子，風景最是優美，又靠著秦淮河，等到元宵節的時候，能直接在自家院子門口的碼頭坐上畫舫，欣賞兩岸的花燈。以前謝老爺在的時候，經常帶她們母女這樣玩，如今很久沒這麼過節了。

徐禹行見謝玉嬌興致高，便笑著開口道：「對了，去年中秋節的時候，城裡的柳員外家借了我們家的畫舫，還幫忙粉刷一新，等我過去瞧瞧狀況怎麼樣，若是舊了就再刷一刷，若還新，倒是能湊合著一用。」

謝玉嬌聞言，回道：「去年才粉刷過，肯定是新的。」

徐禹行又道：「原本今年他們還要跟我們借，只不過那幾天我不在家，下人沒找到我回話，所以這次沒借成。」

徐氏笑著說道：「這樣正好，如今雖然還未除服，但我們也不設宴吃喝，只是坐在上頭賞賞花燈，讓孩子們高興一回，相信老爺在天之靈不會怪罪。」

謝玉嬌聽徐氏這麼說，瞄了徐禹行一眼，開口道：「把大姑奶奶和老姨奶奶都帶上吧，人多才熱鬧，家裡讓幾個管家和下人好好看著，就無妨了。」

徐氏聞言一個勁兒地點頭，又往徐禹行那邊看了看，說道：「正該如此呢！」

眾人決定好這件事，便讓丫鬟去向大姑奶奶和老姨奶奶傳話。這時候她們兩人在小院裡剛剛用過了晚膳，老姨奶奶聽了那丫鬟的傳話，倒是心動了幾分。她去白鷺洲那邊的宅子住過，自然曉得好處，那才是正經城裡人過的日子。

老姨奶奶見大姑奶奶低著頭，看起來不像很有興致的樣子，便道：「妳和舅老爺的事既然已經訂下，又何必非要死守著規矩呢？妳的年紀不小，舅老爺也一樣，你們若是能早些有個一男半女，不光是我這老太婆，夫人必定也會放心。依我看，不如就趁著這次去城裡，悄悄地辦了，別讓這邊的人知道就好，省得他們嚼舌根。」

大姑奶奶聽了這番話，也覺得有些道理，只是當初她自己非要堅持等到出孝，如今實在開不了這個口，神色不禁尷尬了幾分。

老姨奶奶見了，嘆了口氣道：「先應下去城裡的事，到時候我再找夫人商量、商量。你們不需要大辦一場，橫豎拜過天地，喝了交杯酒，也就禮成了。」

眼看老姨奶奶把話說到了這分上，大姑奶奶也不好說什麼，只紅著臉頰道：「那就聽您的吧，也不知道什麼時候要走，今日時辰還早，我先收拾東西去。」

老姨奶奶看見自己女兒臉上淡淡的笑意，便知道方才說的話合了她的心意，懶懶地敲了敲楞杖，起身道：「我年紀大，可是要睡了，妳自個兒慢慢收拾吧！」

說完以後，老姨奶奶就招呼寶珍和寶珠到她面前，笑著道：「妳們的娘要為妳們找個新爹了，高不高興？」

寶珍年紀大一點，只點了點頭，並不敢說什麼，寶珠卻童言無忌地回道：「我知道，以後我們和蕙如姊姊一個爹了。」

大姑奶奶聽了這番話，臉蛋瞬間紅得像熟透了的番茄。

眾人商議好三日後往城裡去，徐氏仍舊不放心，事先讓劉福根與張嬤嬤帶著幾個婆子過去，好好整理一下那邊的宅子，到時候也能住得舒坦一些。

白鷺洲的宅子雖然沒人住，但看家的是謝老太爺還在時就一直待在謝家的老掌櫃。後來他年紀大了，眼睛看不見、腦袋也不清楚，就退下去看房子了。他的兒子如今在城裡管理謝家幾間首飾鋪子，聽說東家要過來住一陣，急忙打發一家老小進宅子打掃起來。

好在平日這些灑掃的工作一直都有人做，因此並沒有費太大的工夫，謝玉嬌他們過去的時候，除了床上的鋪蓋是謝家帶過去的，其他所有東西都已經準備妥當。

周天昊和徐禹行兩個人合坐一輛馬車，他們同住一個院子，如今混熟了，徐禹行就跟著徐氏「天昊」、「天昊」地喊了起來，完全忘了周天昊的身分。

經過這些日子的相處，徐禹行發現周天昊有一個很大的優點，那就是一點也沒有架子。他過去之所以不想再混跡官場，情願往商賈堆裡做營生，其實就是因為看不慣那些人的做派；沒想到周天昊這個堂堂的王爺卻這般平易近人，當真與徐氏說的一樣，是個打著燈籠都找不到的好女婿。

「天昊，我和你說，謝家除了這白鷺洲的宅子，在莫愁湖那裡還有一處，那間宅子才買下來沒多久，至今沒去住過，上回你們從北邊過來的時候，嬌嬌原本說要賣，後來又覺得那個地方實在太好，有些捨不得，所以至今還沒出手。」

如今朝廷已經正式南遷，大雍與韃靼也暫時休戰，只是一時半會兒並不可能回去，因此金陵的房價只怕還要往上升。

周天昊聽了這話，內心了然了幾分，笑著道：「這屯宅子的主意，是嬌嬌告訴您的吧？」

徐禹行點頭道：「可不是，我當時也沒想到這一點，總覺得這銀子雖然賺得輕鬆，卻有些發國難財的意思。」

周天昊一聽就笑了起來，他能明白徐禹行的想法，只是謝玉嬌這般精明能幹的人，肯定不會放棄這種商機，跑到古代來炒房地產，虧她想得出來……

馬車在路上搖搖晃晃了一、兩個時辰，一到了目的地，劉福根與張嬤嬤就從門口迎了出來。謝玉嬌扶著徐氏下車，又轉身把睡得很熟的謝朝宗從車裡抱出來，吩咐出來迎客的下人們先把東西給搬進去，才又叮囑了劉福根另外一件事。

「劉二管家，你帶上一些禮品，去江老太醫家走一趟，他若是有空，就請他走一趟我們這邊。」

劉福根聞言急忙點頭應了，如今謝家以徐氏為首到灶房裡的燒火婆子，都知道周天昊是謝家未來的姑爺，誰敢不殷勤？

「小姐一路勞頓，先去裡頭歇著吧，老奴這就去江老太醫家請人。」劉福根低頭說道。

這時候徐禹行和周天昊也從後面的馬車上下來，徐禹行聽見謝玉嬌吩咐劉福根去請江老太醫，心道：嬌嬌平常看起來有些粗枝大葉，可是疼男人倒是挺靠譜的，怪不得她再怎麼鬧脾氣，天昊都一樣被她吃得死死的。

徐禹行還在讚嘆呢，大姑奶奶就帶著兩個孩子下車了。寶珠一下馬車，就看見徐禹行站在不遠處，她知道那是自己未來的爹，便一口氣跑到他身邊，張開雙手要他抱，徐禹行見狀，笑著彎腰把她抱了起來。

徐蕙如和幾個丫鬟坐在後面的馬車上，待她們下車之後，大姑奶奶也扶著老姨奶奶下來。徐蕙如看見徐禹行抱著寶珠，又想起自己過不了幾年就要出閣，將來她爹要是能和雲姑母生個一兒半女，也算有個倚靠了。

這麼一思量，徐蕙如又想起自己原本一心想嫁的人竟是那副樣子，忍不住又傷心起來。

大姑奶奶從徐氏那邊聽說了徐蕙如的事，見她有些失落地在那邊站著，便迎了過去，讓寶珍拉著她的手，一行人一同往裡頭去了。

第五十四章　別院散心

白鷺洲宅子的下人知道主人一家要來，全都候在門口，他們一個個向謝家的人行禮，唯獨到了周天昊這裡，不知道該怎麼稱呼他。

謝玉嬌低著頭不說話，莫名有些心虛地清了清嗓子，徐氏也尷尬地笑了笑，徐禹行倒是大方地開口道：「這位是周公子，來我們家小住幾日。」

周天昊淡淡笑著，與一眾奴僕們打過招呼，心裡悶悶道：我可不是小住，這次要賴著不走了。

這麼一想，周天昊忍不住往謝玉嬌那邊看了一眼，那些下人都很會察言觀色，馬上明白過來，齊聲道：「周公子好。」

眾人進了宅子，正廳裡早已擺好了茶果，張嬤嬤說道：「廚房備好午膳了，就等著夫人發話呢！」

大夥兒坐了一、兩個時辰的馬車，這會兒身子都有些痠疼，徐氏便道：「大家先各自回自己的住處安頓一下，再過來一起用飯吧！」

丫鬟和婆子得了吩咐，便帶人過去安置。

這個宅子並不像謝家祖厝一樣是幾進的大宅院，而是一座座小院落。據說原先的主人是前朝一個家境殷實的文人，因為看不慣官場上的爾虞我詐，所以在白鷺洲旁邊建了一座宅子，就此退隱。這裡面有四、五處獨立的小院子，都取了些頗有意境的名字，有叫「清風」的，也有叫「明月」的，謝玉嬌最喜歡的一個院子叫「半日閒」，所以她與徐氏便選擇住在這裡。

丫鬟和婆子將所有的鋪蓋都打點安置好了，張嬤嬤才過來回徐氏道：「房裡的陳設還沒添置，奴婢家那口子原本說要放的，但奴婢想還是看夫人喜歡擺什麼東西，再開了庫房為各處添上。」

因為這裡許久沒人住，怕東西弄丟，所以那些值錢的古董、字畫都收了起來，如今房裡瞧著倒是有些素淨了。

雖然謝玉嬌對那些物品不感興趣，但也知道不論是什麼東西，只要能讓謝家從以前流傳到現在，必定價值千金，只是他們不過是偶爾來玩一趟，翻箱倒櫃實在沒什麼意思，便回道：「住十幾天就走，不用這麼麻煩了。」

徐氏卻想，謝家老宅房子雖然大，但畢竟不在城裡，周天昊好歹是個王爺，真的就讓他住在那裡，到底有些說不過去；因此她早就想好了，等謝玉嬌和周天昊成親，他們兩個人大可以住在這裡，既清淨，又在城裡，還是這麼體面的宅子，當得起周天昊這個王爺的身分。

「住十幾天也是住，怎麼能嫌麻煩呢？妳是越大越不講究了。」徐氏笑著說道，又吩咐張嬤嬤。「一會兒妳請舅老爺去庫房看看，讓他也挑幾樣喜歡的擺出來。」

謝玉嬌聽徐氏這麼說，一時之間有些無語，只能應了。

眾人在各處收拾好了，才回到正廳用午膳，用過午膳後，徐氏留大夥兒下來喝茶。

原來在他們過來之前，老姨奶奶就悄悄找上徐氏，想把大姑奶奶和徐禹行的事辦一辦。他們兩個一個是寡夫，一個和離，畢竟稱不上是件光彩的事，所以老姨奶奶想讓他們偷偷在城裡辦一辦。

徐氏早就盼著這一天，聽老姨奶奶這麼一提，自然願意，所以暗地和謝玉嬌說過，只等今日提出來，好趁著在城裡住的這段日子辦喜事，這樣大姑奶奶就不用回鄉下去，能直接住進徐家，免得那些鄉親們嘴碎。

「今日有件事要和各位說，咱們謝家到今年二月十九，就是老爺去的第三個年頭了，過了清明就正式除服。這兩年雖說家裡發生了不少事，但總算好事居多，謝家也緩過了勁，如今就把該辦的事辦一辦吧！」

徐氏這話才說完，大姑奶奶就忍不住低下頭去，臉上紅成一片。

謝玉嬌聽了，點頭道：「娘早該這麼做了，若是因為爹，耽誤了姑母和舅舅的好事，只怕爹的心不安呢！」

徐蕙如這幾日心情一直不好，現在聽說這件事，倒是笑了起來，她站在徐禹行身邊，拉著他的袖子道：「爹，您就快答應吧！」

徐禹行平常在商場上和人談生意，都不曾這般靦覥，他不知道該說什麼才好，尷尬地往大姑奶奶那邊看了一眼，見她頭垂得更低，只好笑著道：「一切就聽姊姊安排吧！」

眾人見此事塵埃落定，都鬆了口氣，各自回院子去。周天昊尾隨謝玉嬌往後花園去逛逛，他見謝玉嬌在前頭走得飛快，便慢慢跑上前去，拉著她的手問道：「說了半天，竟是別人的好事，那我們倆的呢？」

謝玉嬌見周天昊一臉著急的模樣，忍不住笑了起來，甩開他的手，嬌嗔道：「急什麼？我爹從小待我極好，我要為他守孝十年，你就等著吧！」

到了下午，江老太醫被劉福根請上了門。白鷺洲這邊有好幾個宅子，都是金陵城裡有名的富戶財主或是致仕的臣子所擁有的，像謝家這樣沒沒無聞的人家，城裡的人都沒怎麼聽過。

江老太醫進了門，才知道這個門庭看來低調，平日也沒什麼人進出的地方，竟然是謝家的產業，看樣子他們的身家確實雄厚得很。

謝玉嬌親自迎接江老太醫進來，見他默默觀察起周圍的景致，便笑著道：「一會兒等江老太醫看完了診，讓周公子帶著您四處逛逛，我家這個宅子比起京城的算不上大，可風景卻是數一數二。」

江老太醫點了點頭道：「早就聽說過這裡，只是一直不知道是誰家的產業，所以沒能詢問主人，好進來看看。」

說著，江老太醫捋了捋鬍子，笑著道：「說起金陵城的宅子，除了幾個靠白鷺洲這邊的，莫愁湖那裡也是一絕，那邊有個前朝王爺的宅子，也是修葺得非常大器，格局又清奇，可惜後來聽說被人買走，就沒再去過了。」

謝玉嬌一聽就知道這說的是自家在莫愁湖的宅子，便笑著道：「江老太醫喜歡，一會兒就讓劉二管家帶您去玩玩，那也是我們謝家的產業。」

江老太醫不過就是隨便說幾句罷了，怎能料到謝家財力居然這般雄厚？過去聽人說謝家乃是江寧最大地主，家中有良田千頃，可他並不怎麼放在心上，畢竟他們江家自己也有幾個莊子，那些田地的收成他心裡有數，光靠田租賺不了多少銀子，因此從沒想到謝家竟然富有到這般地步。

他一邊想，一邊暗暗道：不錯、不錯，看來睿王殿下的眼光很好，將來謝小姐若是出閣，嫁妝必定很可觀，豈不是為皇上狠狠賺一筆銀子了？怪不得殿下如今死活要住在謝家，一定是放長線釣大魚。

謝玉嬌哪能知道江老太醫心裡在想些什麼，只覺得他笑得有些賊，讓她不太舒服，此時他們正巧走到周天昊住的小院門口，周天昊一看見他們，便笑著陪謝玉嬌一起將江老太醫迎了進去，適時解除她的尷尬。

最近天氣寒冷乾燥，有利於傷口癒合，雖然周天昊上回被謝玉嬌捶了一拳，但是後來幾日他都好好養著，因此傷口已經好了七、八成。

江老太醫清了清嗓子，開口道：「嗯，雖然不如預期中好得快，但是沒有惡化，已屬萬幸。」

周天昊披著衣服起身，聽見江老太醫嘮嘮叨叨的，笑著道：「江老太醫醫術這般了得，我自然好得快。」

江老太醫睨了周天昊一眼，繼續道：「既然殿下的傷好得差不多了，那老夫斗膽問一句，您什麼時候還朝？」

此時謝玉嬌正親自從外頭端茶過來，聽他們說起這件事，索性在門口停下來，聽他們繼續談下去。

「若是皇兄讓你來問我，你就回皇兄說，臣弟這次實在傷得太重了，恐怕是要養到七老八十、兒女成群的時候，才會好一些……」

江老太醫聽了這話，鬍子都抖了起來，急忙開口道：「如果殿下要這麼說，還是親自去回陛下吧，老夫的腦袋還想在脖子上多待幾年。」

謝玉嬌聞言，噗哧一聲笑出來，把茶送進來道：「江老太醫喝口熱茶，壓壓驚吧！」

周天昊轉身看見謝玉嬌從門口進來，臉上的笑容更甚，他從她端著的盤子上拿了盞茶，抿了一口道：「妳怎麼只讓他壓驚？我也害怕得很呢！」

謝玉嬌嗔笑道：「你怕什麼？」

「我怕妳不要我了，我得去路邊討飯。」周天昊苦哈哈地說道。

看見周天昊一副油腔滑調的樣子，謝玉嬌送了茶給江老太醫，笑著道：「江老太醫評評理，這般油嘴滑舌的人，便是去路上討飯，也餓不死吧？」

可憐江老太醫都這把年紀了，還要忍受他們小倆口在這邊你儂我儂地秀恩愛，他頓時有些胸悶氣短。江老太醫順了順氣，觀察了謝玉嬌一下之後，才開口道：「謝小姐癸水來了吧，怎麼臉色這麼差？之前老夫開的方子還在用嗎？殿下若要兒女成群，小姐可要加把勁啊……」

謝玉嬌一聽，臉上的笑容瞬間僵掉。

周天昊噗哧一聲，沒能忍住笑，茶險些噴了出來，直道：「果然薑還是老的辣。」

謝玉嬌見周天昊居然沒向著自己，頓時羞得面紅耳赤，丟下盤子，袖子一甩走了。

江老太醫瞧謝玉嬌生氣地走了，倒是有些不好意思起來，老臉一紅，帶著幾分歉意道：「殿下……」

周天昊知道謝玉嬌的脾氣，不過就是要要小性子而已，擺了擺手道：「江老太醫放心好了，反正女子在癸水期間，脾氣確實是大一些。」

謝玉嬌從周天昊那邊離開，生氣地走了一小段路，又停了下來。她伸手摸了摸自己的小腹，多少還是有幾分擔心，因為江老太醫說得沒錯，她這幾天癸水來了，然而掐指算了算，這次與上次來癸水，只相隔了半個月不到。

雖然身體上似乎並未特別疲憊，但她的臉色確實難看了些，謝玉嬌很清楚，這是月經失調的一種症狀。之前吃江老太醫的藥時，的確有點效果，況且她將來必定要生兒育女，這件事當真不容耽誤。

想到這裡，謝玉嬌便又折了回去，看見他們兩個人還在廳中閒聊，往周天昊那邊看了一眼，朝他抬了抬下巴道：「你先去裡面待一會兒。」

周天昊看著謝玉嬌去而復返，不禁好奇起來，又見她把他趕去房裡，越發感到疑惑，心想她剛才該不會是真的怒了，要和江老太醫置氣吧？

謝玉嬌見周天昊坐在原地不動，便在他身邊的椅子坐下，稍稍抬了抬眉頭，小聲道：「我找江老太醫看病，你在這裡待著做什麼？」

周天昊聞言，立刻鬆了口氣，笑著道：「妳看妳的病，我坐著不說話總行吧！」

謝玉嬌見周天昊不走，也奈何不了他，伸出手腕擱在小几上，江老太醫拿起藥枕墊在她的腕下，為她診治起來。

過了片刻之後，江老太醫才鬆開手指，神色有幾分嚴肅，開口道：「謝小姐這是血熱之症，水虧火旺，血海不寧，經血因而下行，皆因勞倦過度、思慮過極，損傷了脾氣所致。」

把完了脈，江老太醫就完全了解為什麼謝玉嬌的脾氣有點大了，並不是她天生嬌慣蠻橫，而是帶著病症。先前為她看診的時候，症狀還沒這麼嚴重，看來最近必定又有讓她心煩的事了。

其實謝玉嬌並不覺得自己有什麼不適的地方，不過就是比平常懶怠一些，況且前陣子安置災民的事實在太傷腦筋，累得幾宿沒能好好睡覺罷了。

聽了這番話，周天昊不禁心疼了幾分，怪不得總覺得她臉頰越來越瘦削，原來是這個緣故。

「江老太醫快開藥吧，要養多久？」周天昊忍不住問道。

江老太醫見周天昊這般著急，便故意拿喬，道：「去年吃了我那麼多的藥，原本改善了很多，卻不知道好好保養，又害了病，不知道的人還以為我醫術不好呢！既然她無心照顧自己，殿下又何必著急？這藥老夫不開了，你們另請高明吧！」

謝玉嬌聽了，倒是不好意思起來。原先吃江老太醫的藥，她的狀況確實改善了，可是後面事情一樁接一樁來，得知「楊公子」的死訊時還病了一場，接下來又在病體未癒時張羅難民的事，哪裡有心思調養？結果當然越來越嚴重。

「你……」周天昊瞪了江老太醫一眼，沒想到他卻向自己使了個眼色，周天昊頓時恍然大悟，立刻換了一副表情，陪笑道：「江老太醫說得對，平常想請你還請不到呢，如今你努力替人家調理身子，卻遇上了拎不清的人，她確實不應該。」

周天昊一邊說，一邊用手肘頂了頂謝玉嬌，見她依舊低著頭不說話，便使勁朝她努嘴巴。

謝玉嬌想了半天，自知理虧，嘆了口氣，抬起頭看著江老太醫道：「既然江老太醫這麼說，晚輩不好強人所難，這便送江老太醫回去吧！」

江老太醫聞言，一張老臉憋得通紅。得了，這位姑娘的脾氣，大約只有殿下受得住。

周天昊無奈地看了自己未來的小嬌妻一眼，安撫地拍了拍她的手背，親自送江老太醫出去，還沒走到門口，他就又一臉為難地看著江老太醫道：「江老太醫，藥方……」

江老太醫瞪了他一眼，喊小廝揹著自己的藥箱走人，接著頭也不回地往門口走了幾步，心道殿下這「妻管嚴」的病也沒得治了。不過最後到了大門口，他還是轉身道：「一會兒老夫配好了藥，就派人送過來。」

因為大姑奶奶和徐禹行兩個人的婚事，徐氏與老姨奶奶忙得不可開交。她們翻爛了黃曆，卻發現正月裡除了十六日，最好的時間就是二十八日；可是距離正月十六只剩下兩、三天，如何來得及？最後便將日子訂在正月二十八，這樣一來不光是他們，徐家上上下下也有餘裕準備。

他們兩人都是二婚，在謝家宅自然不能聲張，但是謝家在城裡並沒有幾個熟識的人，不需要顧慮那麼多；只是徐禹行原本就有幾個聊得來的朋友，謝家在城裡的鋪子又有大、小夥計，自然還是得請一請。

這日徐氏看見徐禹行從外面回來，急急忙忙攔住他道：「前兩日要你寫的名帖好了沒？若是擬出來了，我得趕緊讓文墨先生寫帖子，一家家去請。」

雖然徐禹行仍舊有些羞澀，卻不敢怠慢這件事。說白了，城裡好些有錢有勢的爺們納妾，還要請一大票親戚朋友去湊個熱鬧，他這可是正經的續弦，若是不請人過來，將來可會被怨懟個沒完，還不如一併請了來得清靜。

「名帖已經寫好，交給劉二管家了。我家裡的人少，少不得借用劉二管家幾日，煩勞姊姊和嬌嬌說一聲。」

「這需要說什麼？你只管借去用，她這幾日正懶怠，不想管家裡的事。」

謝玉嬌因為身上不爽利，這幾日懶得動，平常都窩在房裡看書，只有周天昊或徐蕙如來找她的時候，才稍微能打起幾分精神。

徐禹行聞言，有些不好意思地點了點頭，又謝過徐氏一番，這才離去。

正月十五當天，果真和謝玉嬌想的一樣，雖然北邊打了敗仗，可是南邊的百姓還是照樣過日子，因此正月十五的元宵燈會照常舉行。徐禹行提前檢查過停在碼頭的畫舫，又雇了幾個搖船的人今晚上工，打算讓幾個孩子好好玩一玩。

用過晚膳後，只見外頭天色變暗，秦淮河上的花燈正慢慢亮起來，眾人的興致也逐漸變得高昂。徐氏原本就深居簡出，因為她不喜歡熱鬧，所以就在家陪謝朝宗，推著大姑奶奶和他們一起去玩。

大姑奶奶先是說不肯，謝玉嬌和徐蕙如便輪流請她，惹得她有些不好意思，徐禹行見狀便發話。「既然孩子們都希望妳去，那就一起去湊個熱鬧好了。」

聽了這番話，大姑奶奶的臉頰一片酡紅，她稍稍點了點頭，小聲道：「那我就跟著你們去瞧瞧。」

徐禹行笑著道：「是該瞧瞧，外頭人多熱鬧，況且以後少不得有妳應酬的時候。」

大姑奶奶見徐禹行已經把自己當成了媳婦，心中流竄著一股暖意，她將寶珠安置好之後，跟著他們幾個人一起上了畫舫。寶珍因為年紀比寶珠稍大了些，也想跟著去看花燈，徐蕙如便牽著她出門，只囑咐她不准亂跑，要在畫舫上好好待著。

此時謝家的畫舫早已停在秦淮河邊候著，畫舫四周掛上了火紅的燈籠，中廳裡面則擺著美酒佳餚，眾人依次落坐。周天昊站在船舷上望了一眼，只見兩岸已成為一片燈海，遠遠望去，映照得河面璀璨閃耀。

早些年他就聽說江南是個好地方，不但天高皇帝遠，又是魚米之鄉，金陵城的富人加起來都能買下京城，如今置身其中，越發覺得那些話說得一點都沒錯。說起來，謝家不過是當地的一個土地主，就能有這些財產，真是讓人意想不到，而那些嫌棄土財主上不了檯面的老牌功勛貴族，才真的是阮囊羞澀。

「你在外頭傻站著幹麼？還不進來，夜風可涼著呢！」謝玉嬌見周天昊站在外面，臉上還帶著幾分與他性格不符的滄桑，忍不住開口道。

周天昊轉過身來，又換上慣有的笑容。「我不過是在感嘆而已，雖然我是個王爺，卻不曾享受過這種待遇，京城碧月湖上的風光再好，可這樣一艘畫舫，卻要一夜千金，坐不起啊！」

謝玉嬌聽周天昊這麼說，捂嘴笑了起來，索性起身走到他身邊道：「你可真是……虧你還是個王爺，說這種話要笑死人啊，難道連世面都沒見過？」

其實周天昊經歷過這種場面，不過那是幾年前的事了，這兩年大雍戰亂，京城一直岌岌可危，因此他很少出席這類場合。說起來，他還真是一個挺稱職的好王爺，雖然過去常花天酒地，可國難當頭之時，還是第一時間挺身而出。

周天昊轉過身看了謝玉嬌一眼，在昏黃的花燈襯托下，她的臉龐看起來異常柔和。遠處傳來悠揚的絲竹聲，月光如水，照在秦淮河瀲灩的河面上，他忍不住感性地說道：「和嬌嬌出來見世面不也一樣嗎？這叫娶狗隨狗。」

謝玉嬌聞言，瞪了他一眼，恨恨道：「狗嘴裡吐不出象牙來。」

周天昊急忙禁聲，心中兀自納悶。明明吃了江老太醫開的藥，怎麼她脾氣還是那麼大呢？一定是藥效不夠，下次得找他改改藥方。

他們兩人正談著天，船已經出了白鷺洲，進入秦淮河，映入眼簾的畫舫也越來越多。遠處岸上傳來了鼎沸的人聲，眾人便一起從中廳裡走了出來，往岸上看去。

徐蕙如拉著寶珍，指著岸邊的人對她道：「看見那些攤子了嗎？只要猜中燈謎，花燈就是妳的了，去年我們還得了一個最大的花燈呢，今年不知道誰有這個運氣能拿到。」

周天昊聽見徐蕙如說要花燈，頓時生出討好小姨子的想法，反正只要把她們逗樂了，謝玉嬌必定高興，於是便躍躍欲試道：「妳要是喜歡，一會兒等畫舫靠岸，我去替妳猜過來，想來猜燈謎這件事難不倒我。」

此話一出，謝玉嬌瞪了周天昊一眼，心道你這牛皮吹得大，沒準兒得爆掉。古代的讀書人可不是咱們這些受現代教育的人能比的，燈謎還想猜贏他們？只怕是難了。

謝玉嬌有心看周天昊的笑話，便淡笑道：「你去試試吧，不管用什麼辦法，只要能把最大的那一盞花燈弄回來，就算你厲害；不然的話，明日就在家自己紮一個給我們玩。」

周天昊聽謝玉嬌這麼說，隱隱覺得有些不以為然。他穿越來這裡超過二十年，受這個地方的教育長大，況且教他的先生還是帝師，能差到哪裡去？

「行，妳等著，要是我弄不回來，明天就一人給妳們紮一個玩。」

寶珍聽見有花燈玩，高興得一個勁兒地拍手，謝玉嬌便喊船伕靠岸，由她、周天昊和徐蕙如一組，大姑奶奶與徐禹行帶著寶珍一組，分頭玩了起來。

第五十五章　戲點鴛鴦

周天昊有了目標，便領著謝玉嬌與徐蕙如她們兩個直接去找那個擺攤的攤主。沒想到那位攤主記性極好，竟然認出了謝玉嬌和徐蕙如。「兩位姑娘今年還要來贏我家的燈王嗎？」

謝玉嬌淺笑著回道：「今年的題目可是難一些了？若是太簡單，豈不是又便宜了我們。」

攤主聞言，點了點頭道：「這是當然的，我這攤子有個規矩，但凡猜中燈王上頭燈謎的人，必定要留下一道題目，等著來年讓別人猜，所以今年這燈王上頭的燈謎，是去年那位公子留下的。」

謝玉嬌不知道攤主竟然這麼講究，所以今年這燈謎……就是去年康廣壽留下來的嘍？康廣壽好歹是狀元之才，應該不會出太簡單的謎題才是，想到這裡，謝玉嬌便問道：「攤主，到了這個時辰，也沒見燈王被人拿走，可見這題目很難吧？」

攤主笑著答道：「姑娘去看看就知道了。」

謝玉嬌這會兒正覺得好奇，拉著徐蕙如一起去看，只見那花燈下頭掛著一條紅紙，上面寫著謎題「這半邊看去是古文，那半邊看去是古人，把中心抽掉，就變成文人」。

讀罷題目，謝玉嬌便知道這是個字謎，只是她本來就不擅長猜謎，況且古代人都使用正體字，她一時之間如何猜得出來？

謝玉嬌皺著眉頭想了半天，當她再抬起頭的時候，卻看見周天昊已經伸手去摘紅紙了，她不禁問道：「你猜出來了？」

周天昊方才看了題目，心中一喜。這題目是康太傅當年考學生的時候出的，除了他和康廣壽幾個人以外，沒人知道答案，誰知道竟被他給撿了個漏。周天昊對著謝玉嬌淡淡一笑，開口道：「等我把這燈王贏回來，再告訴妳。」

謝玉嬌見周天昊這般自負的模樣，便料定他猜中了，於是轉身問徐蕙如道：「我平常對這些燈謎和字謎本就沒什麼研究，妳倒是說說妳猜出來了沒有？」

因為徐蕙如方才人站在後面，沒看清楚紅紙上寫著什麼，聽到謝玉嬌問她，便道：「把題目拿來我看看，我也猜一猜。」

謝玉嬌便要周天昊把手中的紅紙拿出來，周天昊自然不肯，還油腔滑調地笑著對徐蕙如道：「表妹，妳喊我一聲表姊夫，我就告訴妳答案，當然，燈王也等同入了妳的手。」

徐蕙如個性本來就羞澀，平常若是周天昊在場，她總覺得有些窘迫，這會兒聽他這樣半開玩笑、半正經地說話，一張臉頓時紅了起來，趕緊躲在謝玉嬌的身後道：「表姊，妳看他……」

謝玉嬌瞪了周天昊一眼，攤開手伸到他面前道：「快拿出來，不然可別怪我……」

話還沒說完，周天昊就乖乖把紅紙拿了出來，放到謝玉嬌手心裡，徐蕙如湊過去看了起來。她一邊看，一邊用手指比劃著，反覆試了幾個字以後，她微微勾起了嘴角，笑著說道：「表姊，我猜出來了，是『做事』的『做』呢！」

一旁的周天昊聽了，忍不住在心中暗道：明明是「做愛」的「做」……

謝玉嬌聽徐蕙如說出了答案，低下頭在掌心把「做」字寫了一遍，發現果然是這個道理，便笑著對周天昊道：「怎麼樣，這回想當英雄也當不成了吧？」

說著，謝玉嬌就笑嘻嘻地陪徐蕙如拿著紅條去攤主那邊對答案，攤主見徐蕙如寫出了答案，笑著道：「沒想到姑娘也如此才思敏捷，這燈王又歸妳了。」

徐蕙如高興得不得了，她站在旁邊，等攤主把燈王取下來，而周天昊這會兒卻有些鬱悶，好不容易遇上一道能撿漏的題目，居然被別人給猜中了……他有點不甘心，跑去其他花燈下轉了轉，卻沒找到什麼能不動腦子就猜出來的題目。

攤主取下燈王，正要轉身拿給徐蕙如，卻看見一個熟悉的身影從不遠處走來。他一見那個人，頓時笑了起來，提著燈王走上前去打招呼。「這位客官，您還記得我這個花燈攤子嗎？」

來者不是別人，正是去年猜中了燈謎的康廣壽，因此攤主一眼就認出他來。如今朝廷南遷，康家也到了南方，所以康廣壽便帶著姪兒和姪女出來玩，孩子們由下人帶著在一旁賞花燈，他則打算過來猜幾個燈謎，贏兩盞燈給他們玩。

「原來是攤主，我正尋思著去年你的花燈攤子似乎也在這邊呢！」康廣壽含笑與攤主打了招呼，見他手裡提著燈王，有些驚訝地說道：「我去年出的題目，這麼快就被人猜到了？」

攤主見康廣壽問起，笑著答道：「可不是，放了一個多時辰沒人動，可是方才去年那兩位姑娘一來，兩三下就猜到了，我瞧公子和那兩位姑娘倒是有緣人，這燈王就請公子送過去吧！」

康廣壽聽攤主提起「去年那兩位姑娘」，抬起頭掃視了一周，果然看見謝玉嬌和徐蕙如正站在攤位旁邊，而那背對著自己，正抬著頭看燈謎的人，不是周天昊是誰呢？

一絲笑意爬上了康廣壽的臉龐，他從善如流地接過燈王，笑著朝他們三人走去。

此時徐蕙如和謝玉嬌等得有些無聊了，便在攤子旁邊看起燈謎來。不過她們如今得到了燈王，沒興致再去要這些小花燈，因此就算猜出答案，也沒伸手去撕紅紙。

謝玉嬌正想看看周天昊在做什麼，忽然看見康廣壽提著燈王往這邊走來，她心下一動，轉頭看了還專心致志地猜著燈謎的徐蕙如一眼，上前打算攔住康廣壽的去路。

康廣壽見謝玉嬌朝自己走來，正要打躬作揖，就被謝玉嬌攔住道：「猜出康大人燈謎的人，是我的表妹蕙如，康大人不如親手把這個燈王給她吧？」

聽見這番話，康廣壽不禁有些尷尬。這次康家舉家南遷，長輩們都很關心康廣壽續弦的事，實在讓他有些不堪其擾；可是長輩們說的話到底有幾分道理，趁著孩子還小找個繼室，將來孩子與繼母之間的感情也會比較深，若等孩子大了繼母才進門，到時候可就難養熟了。

話雖如此，康廣壽還是暫時不想給人任何遐想的空間，他正想推辭，謝玉嬌卻已經悄悄地退後幾步，拉住走到她身旁的周天昊，笑著道：「我們走……」

周天昊正在猜燈謎，看見康廣壽來了，正想上前去打個招呼，冷不防被謝玉嬌給拉走了，他還有些丈二金剛摸不著頭腦，就聽謝玉嬌靠在他身邊低聲道：「你若想讓康大人做你的表妹夫，這會兒就跟我走。」

此話一出，周天昊恍然大悟，便任由謝玉嬌拉著他擠出了人群，兩人倚著河畔的欄杆，遠遠看著徐蕙如和康廣壽。

「姓康的書呆子最沒意思，和他在一起都快悶死了，表妹不一定會喜歡他。」周天昊想起年少時與康廣壽一起念書的情形，記不清多少次了，他都是在康廣壽朗朗的讀書聲下睡去。因為他像隻皮猴一樣長大，所以看見如同機器人一般自律，而且讀書異常認真又厲害的康廣壽，總有一種「他簡直不是人」的感想。

不過這其實是周天昊誤會了，畢竟大多數京城富家子弟都挺懂得玩樂，只是康廣壽倒楣，被找去給睿王做伴讀，所以「美好的」童年就這樣被剝奪了。

「你怎麼知道表妹不喜歡書呆子呢？難道天底下只有你這種沒正經的才討人喜歡嗎？我就喜歡康大人那種的，穩重成熟又給人安全感，一看就是靠得住的好男人。」謝玉嬌不以為然地說道。

周天昊聞言清了清嗓子，換上一副「成熟」的表情，板著臉不說話。

謝玉嬌看見周天昊這副模樣，以為自己方才說的話惹他生氣了，噗哧一聲笑出來，開口道：「你這算什麼？」

周天昊冷著一張臉，努力維持住表情道：「妳不是喜歡成熟穩重那種的？這樣算嗎？」

謝玉嬌皺了皺眉頭，伸手捏住周天昊兩邊的臉頰，揉來揉去道：「你這叫苦大愁深，還成熟穩重咧，穩重你個大頭啦！」

人群中，康廣壽拿著燈王，有些尷尬地站在徐蕙如面前；徐蕙如則低著頭，半側著身子，臉頰羞紅成一片。這個時候其他人都自顧自地猜燈謎，並沒有人注意到他們，可這樣傻傻站著一句話也不說，場面到底有些冷。

徐蕙如抬起頭，朝人群外看了一眼，只見謝玉嬌與周天昊正倚在欄杆邊你儂我儂，她這個時候若是過去，似乎有些殺風景。

康廣壽順著徐蕙如的視線望了過去，明白這個小姑娘是怕羞了，想逃卻又不知道怎麼逃，真是難為她了。

「徐小姐，這裡人多，待久了也不舒服，不如我們去河邊賞賞花燈吧？」康廣壽開口道。

徐蕙如聽見康廣壽這麼說，頓時有種想要逃跑的心情，可眼前這位是江寧知縣，她不好得罪人家，否則謝玉嬌肯定會數落她。

輕輕點了點頭，徐蕙如垂下臉，先行在前面走了起來。她今天穿著鵝黃色淨面四喜如意紋妝花褙子，在花燈映照下，姿態顯得格外柔和，連康廣壽也不得不對她多看幾眼。

因為謝玉嬌與周天昊就站在河邊，所以他們兩人另外找了一處地方，眼前正好是人們放河燈的碼頭，只見一群群、一對對男女手中或捧著河燈準備放到水面上，或蹲在岸邊看著河燈漂遠。

徐蕙如小時候聽過她的娘說，只要把願望寫在紙條上放進河燈裡，在元宵之夜放在河面上讓燈漂走，願望就能成真。她從小到大沒許過什麼願望，可這時候卻特別想許一個。

康廣壽就站在徐蕙如身後不遠處，見她看著河燈發呆，心思略略一動，便拿出幾個銅板來，從旁邊的小攤買了盞河燈，遞到徐蕙如面前道：「徐小姐若是有什麼心願，可以放一個河燈試試。」

徐蕙如臉頰頓時又紅了幾分，她害羞地接過康廣壽遞過來的河燈，往一旁擺滿了紙筆、方便眾人寫心願的長几走過去。她拿起筆來，想了片刻，這才落筆——願吾愛之人皆喜樂安康。

寫下了願望，徐蕙如摺好紙，放進河燈裡，和眾人一樣，將河燈放到河中，用手指輕輕撥動水面，讓河燈漂遠。雖然河水冰冷刺骨，可她一顆心卻覺得暖烘烘的。

謝玉嬌遠遠地站在一旁看著他們，發現康廣壽的舉動，她拉著周天昊的袖子道：「你瞧瞧，康大人哪裡是書呆子，他不知道比你聰明多少，還懂得送河燈給表妹許願呢！你到現在吃我的、喝我的，也沒見你送我半個指甲大的東西啊？」

周天昊聽謝玉嬌這麼說，頓時覺得自己在這方面似乎做得很不到位，他伸手往自己的腰間摸了摸，將今日配戴在身上的東西拿了下來，遞給謝玉嬌道：「我送妳這枚玉珮意思、意思成嗎？」

謝玉嬌原本只是隨口說說，沒想過周天昊能當場變出什麼東西送給自己，如今見他當真拿了出來，笑著道：「逗你的啦，誰稀罕你一枚玉珮來著？」

還沒說完，她的視線卻被玉珮給吸引住了，那溫潤的玉質，以及上面的雙龍戲珠圖案，分明就是之前喜鵲撿到的那枚。

「這枚玉珮……」謝玉嬌抬起頭來看著周天昊，忽然有一種老天爺變著法子要把他帶到自己身邊的錯覺。

謝玉嬌笑了出來，伸手接過周天昊那枚玉珮，睨著他道：「失而復得的玉珮，說送人就送人？」

周天昊聞言，頓時愣住了。知道這枚玉珮是他失而復得的，除了康廣壽，大概就是送這玉珮回來的老廟祝，以及那個撿到玉珮的人了……

想到這裡，周天昊眼神一閃，低下頭看向謝玉嬌，只見她臉上帶著淺淺的笑意，他忍不住拉住她的手道：「我就說我們是有緣千里來相會，妳還不信。」

謝玉嬌心想，世上雖有緣分一說，但是能有幾個人像她與周天昊這樣，穿越時空相會，經歷種種巧合，最終走到了一起，真可謂是緣分使然。

帶著會心的笑容，謝玉嬌側過身子，輕輕倚靠在欄杆上，望著兩岸的花燈，輕聲道：「這次就算你說對了吧！」

周天昊一時情動，從謝玉嬌身後環住她，低下頭往她臉頰上蹭了蹭。

謝玉嬌抬起手肘推著周天昊，小聲道：「你膽子越發大了，這邊到處都是人，你……」

誰知她話還沒說完，就感覺到自己身後有一樣東西叫囂著昂起了頭來。

謝玉嬌頓時羞紅了臉頰，周天昊也很是尷尬，小聲在她耳邊說道：「妳好歹替我遮遮羞，總不能讓我支著帳篷走在人前吧？」

聽到周天昊略帶哀求的語氣，謝玉嬌忍不住笑了起來，索性緩緩靠在他懷中，抬起頭看著他稜角分明的下頷，踮起腳尖用頭往那邊頂了一下道：「你說，是不是當真留在謝家不走了？」

雖然最近謝玉嬌沒問這個問題，但心中到底有幾分擔憂。周天昊雖然和她一樣是穿越時空而來，但是這二十年來畢竟過得養尊處優，如何能讓他說放棄就放棄？如果到時候周天昊真的要離開，自己會跟他走嗎？想起這件事，謝玉嬌覺得有幾分迷茫。

「只要妳不讓我走，我自然不走。」周天昊用帶著鬍碴的下巴蹭過謝玉嬌紅潤的臉頰，輕柔地說道。

謝玉嬌聽了，一顆心安定下來，她頓了片刻，才開口道：「只要有我一口吃的，自然不會讓你走。」

不知道過了多久，周天昊身上的帳篷總算消了下去，謝玉嬌再往徐蕙如和康廣壽那邊看，只見他們早已放了一串河燈。

原來康廣壽真不是個書呆子，哄姑娘家開心的手法可是一點兒也不含糊，他看見徐蕙如喜歡河燈，乾脆付了一錠銀子，把攤子的河燈都買了下來，隨徐蕙如挑選。

是以謝玉嬌和周天昊都還沒真正走到他們兩個跟前，就看見徐蕙如招手要他們過去。「表姊快來，康大人把河燈都買下來了，妳也來放一個吧？」

謝玉嬌瞧徐蕙如這般高興，忍不住又狠狠瞪了周天昊一眼，心道：什麼書呆子？人家不知道比你強了多少倍呢！

周天昊此時也有一種被老朋友欺騙的感覺，他看見康廣壽這會兒當起了攤主，向往來的情人們發送一些小河燈，略略有些不開心。

「你說，好好的縣太爺不做，跑來推銷河燈，真是大材小用了。」周天昊故意酸道。

其實康廣壽是瞧那個賣河燈的老人年邁，得在天冷時出來賺辛苦錢，所以他才把這些河燈全買了下來，雖說也存著一些哄徐蕙如開心的心思，但說到底動機是純潔的。

「那你堂堂一個王爺躲在謝家又是怎麼一回事？難道真的準備當上門女婿？」康廣壽頂

了回去。

周天昊不樂意康廣壽提起這件事，瞪了他一眼道：「元宵賞花燈，你偏要說這些，真是掃興。」

他四處望了一圈，見沒有別人跟著康廣壽，又問道：「怎麼你興致這麼好，一個人出來賞花燈？」

「帶著姪子和姪女出來的，他們正在那邊賞花燈，有下人跟著，走不丟。」

康廣壽的話音剛落，就看見有個小姑娘從人群中竄了出來，她有一雙大眼睛，臉頰圓圓的，約莫六、七歲。那小姑娘看見康廣壽站在河燈攤前，飛快地跑了過來，嘟著小嘴問道：「二叔，這些河燈都是您買給雪兒的嗎？」

這小姑娘周天昊也見過幾回，最是招人喜愛不過，便笑著道：「對啊，是妳二叔買的，可惜不是給妳的，而是給……」

周天昊左右看了看，只見謝玉嬌和徐蕙如蹲在岸邊的臺階上放河燈，正想開口呢，卻被康廣壽攔住道：「是給雪兒的，挑一個玩去，只是妳自己不能放河燈，得要妳奶娘替妳放。」

雪兒聽了這番話，頓時興奮激動起來，她挑了半天，選了一盞喜歡的河燈，就要奶娘帶她往河邊去。

「表姊，我娘說要是把願望放進河燈裡，將來就會實現，妳要不要試試？」徐蕙如問道。

謝玉嬌自然知道這是騙小孩子的玩意兒，要是放河燈這麼靈，秦淮河還不得被河燈給淹沒了？不過今日過節，偶爾湊個熱鬧也挺不錯。謝玉嬌想了想，正打算起身去寫字條，就看見旁邊有個可愛的蘿莉睜著水汪汪的大眼睛對徐蕙如道：「這位好看的姊姊，妳能幫雪兒寫個願望嗎？」

徐蕙如本性再溫婉不過，又喜歡孩子，見這小姑娘和寶珍差不多大，便點頭道：「好啊，妳要許什麼願望，姊姊幫妳寫在字條上。」

雪兒盯著長几上放著的字條看，接著選了最大的一張，開口道：「要是能有再大一點的就好了，也不知道這張紙寫不寫得下。」

謝玉嬌聞言輕聲一笑，還真是一個惹人憐愛的蘿莉呢！

「妳先告訴我妳要許什麼願望，我再看看怎麼幫妳寫上去，好嗎？」徐蕙如拿起一旁的毛筆，蘸飽了墨水，準備聽雪兒說自己的願望。

「我要讓我家院子裡那棵桃樹快點長大，最好今年就結果，這樣夏天來了，我就可以摘桃子，分給祖父、祖母，還有爹、娘、二叔、姑母、許嬤嬤、春桃……」雪兒唸完一長串名字之後，終於說道：「讓他們都能吃到我種的桃樹結出來的桃子。」

徐蕙如握著筆愣了半天，而謝玉嬌再也忍不住，捂著肚子大笑起來，徐蕙如覺得有些窘迫，回道：「小妹妹，萬一妳家桃樹沒結這麼多的桃了，不夠分了怎麼辦呢？」

雪兒聞言，頓時瞪大了眼珠子，一臉鬱悶地皺著眉頭，顯然之前完全沒考慮過這個問題。此時康廣壽從攤子那邊走了過來，發現徐蕙如握筆的姿勢竟然與他已故的原配一模一樣，心中不覺一動，恍然抬起頭來，正巧看見徐蕙如的側顏。

徐蕙如原本就長得好看，氣質溫和沈穩，在燈影燭光映照下，越發讓人沈醉。

「雪兒，妳又為難人了。」康廣壽上前伸手摸了摸雪兒的頭頂，笑著朝謝玉嬌與徐蕙如拱了拱手道：「我這姪女被家裡的長輩慣壞了，向來沒大沒小，還請兩位包涵。」

雪兒一聽康廣壽說她「沒大沒小」，不禁噘嘴道：「二叔，我才沒有沒大沒小呢……」

徐蕙如覺得康廣壽一臉嚴肅，沒準兒嚇壞了人家小姑娘，急忙道：「康大人，令姪女乖巧可愛，我正在為她寫河燈裡的願望呢！」

康廣壽聽了蹲下來，捏了捏雪兒的圓臉，小聲道：「願望嘛，許一個最想達成的就好了，妳那些桃樹、梨樹，就算不許願，將來總會長大結果的，還是換一個吧！」

雪兒雖然有些不情願，可是看著眼前一票大人們期待的眼神，忽然有些不好意思起來，她想了片刻，才開口道：「那……那……那雪兒希望韃子趕快被打走，這樣就能回京城的家去了。」

眾人聽了這個願望，全都一陣沈默。這種家園被毀、離鄉背井的痛苦，連這麼小的孩子都有感覺，何況是他們這麼大的人呢？

從燈會回來以後，周天昊的心情就不大好，謝玉嬌何嘗不明白他的心思，必定是把方才那小姑娘說的話聽了進去。其實謝玉嬌能理解周天昊的心情，他是在戰場上浴血奮戰過的人，如今卻躲在一個安逸的角落過日子，這對他來說，或許是種逃避吧！

可是……又能怎麼辦呢？他周天昊再厲害，也只是個再尋常不過的人，成不了大雍的救世主啊……

眾人用過宵夜，已是亥時末刻了，徐氏的院子裡還替謝玉嬌留著燈。謝玉嬌走在前頭，看見周天昊在身後遠遠跟著自己，臉上多了些與平常嘻嘻哈哈的樣子不同的神色。月光下，周天昊的身形顯得頎長威武，謝玉嬌不禁停下腳步，就這樣看著他慢慢走過來，待他走到了近處，謝玉嬌才發現自己差點被撞上，看來她是恍神了。

「怎麼不走了？」周天昊帶著慣有的笑容問道。

謝玉嬌看著周天昊，見他眼底的神情依舊嚴肅，便伸出手握住他的掌心，用拇指一遍遍摸著他手上的繭，接著抬起頭對他說道：「你心裡在想什麼，我都知道，如果真到了那一天，就算你不說，我也會放你走的。」

謝玉嬌明白，這世上真正能困住一個男人的，並不是情人的哀怨與小脾氣，而是一個溫暖、讓他不得不留戀的家。

周天昊聽了微微一愣，旋即緊緊反握住謝玉嬌的手，拉著她往前走。「走吧，時候不早了。」

待謝玉嬌再看向周天昊的時候，他眸中那抹鬱色早已淡去。

兩人走到「半日閒」的門口，周天昊這才停下腳步，鬆開謝玉嬌的手道：「進去吧，好好睡一覺，明天見。」

謝玉嬌站在門口的臺階上，彎著眉眼看著周天昊，見他的神情透露出偽裝不來的成熟穩重，彷彿真的已經長大了，忍不住勾了勾唇角。

下一瞬間，謝玉嬌的身子就被擁入了溫熱的懷抱，一個鋪天蓋地的吻落了下來，將她的氣息擾得紊亂不已。謝玉嬌嚶嚀著想反抗，身子卻軟得像一汪泉水，只能任由周天昊予取予求。

「嬌嬌，我既然做了這個決定，就不會拋下妳不管，也不會……拋下謝家。」周天昊說完就鬆開謝玉嬌，轉身在黑夜中離去。

第五十六章　色膽包天

在白鷺洲的宅子裡，日子過得非常悠閒，一晃眼，隔日就是正月二十八，是今年第二個宜嫁娶的黃道吉日。

正月裡雖然不能動針線，好在之前大姑奶奶一直沒閒著，因此包括喜服在內，很多東西早就做好了。大姑奶奶穿上喜服，在房裡直立的穿衣鏡前照了照，雖然比初嫁的時候年紀大了不少，不過怎麼看都比當初更嫵媚幾分。

謝玉嬌與徐蕙如看著鏡中的大姑奶奶，兩個人的臉上都帶著笑。

姑娘家到了年紀，對嫁人這件事總是帶著幾分期許，徐蕙如看見大姑奶奶的模樣，不禁有些羨慕地小聲說道：「雲姑母這身嫁衣做得真好看，上面繡的花樣好精緻。」

謝玉嬌見徐蕙如一副羞羞答答的樣子，笑著道：「從明日開始，妳可要改口叫娘了，以後妳的嫁妝自然有人會為妳張羅。」

徐蕙如聽了這話，紅著臉道：「表姊每次都欺負我，我才不要嫁人呢！我要多陪爹幾年，也要多陪陪娘。」

聽見徐蕙如喊自己娘，大姑奶奶愣了愣，旋即紅了眼眶，拉著她的手道：「好孩子，別擔心，妳的婚事自有妳爹幫忙物色，必定能找一個人品和家世都與妳般配的。」

謝玉嬌聽大姑奶奶這麼說，又想起了康廣壽。康廣壽好是好，可畢竟是個寡夫，與徐蕙如之間年紀又差得多了一些，雖然稱不上老夫少妻，但也相差了十來歲。

撇開年齡的因素不提，其實謝玉嬌倒是很中意康廣壽，儘管他如今只是個小小的縣令，卻有一個當帝師的爹，人品又這般出眾……想到這裡，謝玉嬌覺得自己有點異想天開，這種事怎麼說都還是要靠緣分，不是她認為適合就好。

徐蕙如雖然還是有些害羞，卻少了往日那忸怩的模樣，輕聲道：「如今我也想明白了，家世和人品倒是其次，拿表姊夫來說吧，為了表姊他連王爺都不當了，可見夫妻雙方，情分才是最重要的。」

謝玉嬌沒想到徐蕙如會說出這番話來，看來這次馬家二少爺當真讓她傷透了心；若不是那人不重視他們青梅竹馬的情分，又怎麼會生出這麼多事來？

此時燈影晃了幾下，謝玉嬌知道時候不早，燈油有些不足了，便開口道：「蕙如，我們先走吧，讓姑母早些休息，明日她五更天就要起來梳妝打扮了呢！」

徐蕙如點了點頭，跟著謝玉嬌一起出了小院。外頭的風有點大，她緊了緊身上的披風，兩人一邊聊一邊往徐氏的院子那邊去，還沒走到門口，就看見那日徐蕙如得到的燈王，正掛在廊下最顯眼的地方。

謝玉嬌有心撮合她和康廣壽，便假裝隨口問道：「說也奇怪，去年元宵康大人猜中了燈謎，送了一盞燈王給我們，今年偏偏那麼巧，他出的題目讓妳給猜中了，可不真是緣分？」

徐蕙如沒有回話，黑夜裡，謝玉嬌也瞧不清徐蕙如有沒有臉紅，只覺得她似乎比方才走得更快了一些。

她們兩個人進了大廳後，張嬤嬤就迎上來道：「又起風了嗎？把表小姐的臉都凍得紅通通的。」

謝玉嬌心裡有了底，微微一笑，說道：「是啊，外頭風大得很，這一路走回來，都要凍著了。」

張嬤嬤回道：「方才夫人還說呢，明日就能看見新娘了，大晚上的特地跑一趟做什麼，就該早早梳洗歇覺，好早起去徐府看熱鬧。」

謝玉嬌聽張嬤嬤這麼說，笑著問道：「張嬤嬤，我倒是有些不明白了，明日姑母的確要從我們謝家嫁出去，可徐家如今沒個長輩，我娘到底是娘家人，還是婆家人呢？」

張嬤嬤知道年輕姑娘必定弄不清這些，回道：「夫人如今自然算是娘家人，所以夫人明日就不過去，小姐和周公子去湊湊熱鬧，早些回來就行了。」

「既然娘不去，那我也不去了，再說，他用什麼身分陪我去？我不去才好呢！」謝玉嬌滿不在乎地說道。

張嬤嬤知道謝玉嬌是在彆扭，也不說破，只笑著再次叮嚀她們早點歇下。

第二日五更天，眾人就起床了，雖然一切從簡，但大姑奶奶住著的院子裡，還是貼上了大紅色的喜字。大姑奶奶早已梳妝打扮妥當，她原本就生得好看，一穿上紅色的嫁衣，越發襯得人年輕了幾歲，比起先前從蔣家回來的時候，可謂脫胎換骨。

老姨奶奶看見徐氏和謝玉嬌都過來了，趕緊親自上前迎接，一行人在廳裡坐了下來，用了一些茶果當作早膳，接下來便等徐家的花轎過來。

謝玉嬌正算著時辰，就看見張嬤嬤臉上帶著幾分喜氣走進來道：「夫人，老姨奶奶，徐家的花轎來了。」

老姨奶奶急忙站了起來，恨不得親自出門相迎，想了想，又覺得不妥當，終究坐了回去，對大姑奶奶道：「快……快跪下給妳大嫂磕頭。」

大姑奶奶和徐氏從以前關係就好，後來她遇人不淑，多虧謝玉嬌與徐氏伸出援手，此時她心中本就異常感動，被老姨奶奶這麼一說，她馬上提著裙子要下跪。

徐氏見狀，趕緊攔住她道：「妳我姑嫂一場，這些都是我應該做的。我們老爺只有妳這麼一個親妹妹，我也只有禹行一個親弟弟，從今以後，我就把他交給妳了。」

大姑奶奶聞言紅了眼眶，含淚道：「嫂子與嬌嬌的再造之恩，雲娘沒齒難忘，往後一定會好好照顧家裡，讓嫂子少操點心。」

謝玉嬌此時也覺得鼻子酸酸的，想起當初去蔣家把大姑奶奶接出來，好不容易讓她調養好了身子，如今又要與徐禹行成婚，算是找到了一個不錯的歸宿，照道理說她該高興的，可為什麼就是有些難受呢？

正當眾人哭哭啼啼的時候，忽然聽見裡間有人笑了起來，謝玉嬌一轉頭，就看見謝朝宗頭上頂著紅蓋頭，搖搖晃晃地走出來，嘴裡含糊地咕噥道：「姊姊，朝宗，要嫁人。」

謝朝宗的身子矮，蓋著紅蓋頭看不見路，他話才剛說完，一顆小腦瓜就撞在靠背椅的扶手上，頓時「哇」的一聲哭了起來。

謝玉嬌一時之間只覺得哭笑不得，看來讓謝朝宗在徐氏她們身邊長大，後果果然堪憂……

張嬤嬤見了，急忙把謝朝宗抱起來，她揭開他頭上的紅蓋頭後，揉著他的額頭道：「小少爺不哭，姑娘家才要嫁人，咱們小少爺將來是要娶媳婦的。」

謝玉嬌見謝朝宗哭花了小臉，不禁有些心疼，便伸出手捏了捏他的小臉道：「朝宗又搗蛋，來，我們去為姑母披上紅蓋頭，好不好？」

其實方才謝朝宗撞那一下並不是很疼，不過就是裝個樣子哼哼幾聲，這會兒聽謝玉嬌這麼說，便破涕為笑，一個勁兒地點頭道：「姑母，披上。」

大姑奶奶走回裡間，坐在梳妝檯前，徐氏親手為她再添了兩朵珠花，站在一旁的寶珍開心地說道：「娘好漂亮，從今天開始，我們又有爹了。」

寶珠也興奮地點頭道：「對啊，有爹了。」

大姑奶奶轉過身，看著寶珍與寶珠道：「以後妳們要孝順爹，要和蕙如姊姊好好相處，知道嗎？」

寶珍和寶珠乖乖地點了點頭，寶珠眨巴著大眼睛，好奇地問道：「那娘會為我們生一個小弟弟嗎？」

謝玉嬌瞧寶珠就像個人精一樣，笑著道：「當然會生了，再生一個陪朝宗玩。」

寶珠一聽，皺著眉頭道：「能不能先陪我玩？」

眾人忍不住笑了起來，徐氏便假裝數落謝玉嬌道：「妳啊，就喜歡逗孩子，什麼時候輪到妳自己當娘了，看妳還敢這樣玩不？」

謝玉嬌並不在意，笑著回道：「自己的孩子逗起來更方便，不怕別人數落。」

徐氏忍不住想用手去戳謝玉嬌的腦門，胳膊都提起了一半，卻還是嘆了口氣放下。她接過紅蓋頭，想了想，又遞給了張嬤嬤道：「還是張嬤嬤妳來吧，妳是我們這當中的全福婦人。」

按理說成親這種事，若是規矩嚴一點的人家，像徐氏這樣的寡婦根本不應該出現，可謝家的長輩全都守寡，要是沒個人主持，也不像樣。幸好，還有張嬤嬤這個兒女雙全、夫妻和美的人在，總算有人能為新嫁娘披上紅蓋頭。

「既然這樣，奴婢就不客氣了。」張嬤嬤說著，接過了紅蓋頭，小心翼翼地幫大姑奶奶披上。

徐氏看見張嬤嬤完成任務，笑著說道：「將來嬌嬌的紅蓋頭，必定也是由妳親手披上。」

談話間，外頭又有丫鬟來傳話，說迎親的隊伍已經進了門，眼下就要到二門口了。大姑奶奶現在沒有兄弟姊妹能在外頭耍花招攔住新郎，也就省了這個工夫，只由張嬤嬤扶著大姑奶奶，一路往外頭去。

才到了門口，就看見徐禹行穿著一身新郎喜服，已經站在大廳裡了。張嬤嬤將紅繡球的一端遞到徐禹行手中，開口道：「行了，給老姨奶奶磕個頭，就能出門了。」

老姨奶奶聞言，急忙道：「給我磕什麼頭，向夫人磕頭才是真，我就不倚老賣老了。」

徐氏聽了，連忙回道：「妳生養了雲娘，如今她要嫁人了，向自己的生母磕頭也是應該的，禹行，你也一併行禮吧！」

徐禹行本來就極為尊重老人家，雖然之前老姨奶奶有些不厚道，可如今卻安生得很，況且她年紀這般大了，確實受得起自己這一跪。

丫鬟送了蒲團過來，兩人便一起跪下，向老姨奶奶行了磕頭大禮。老姨奶奶急忙從椅子上站起來，親手扶徐禹行起身。「我就這麼一個閨女，以前因為我的緣故，她沒少吃過苦頭，如今她跟了你，你要怎麼使喚她都成，就是別打她。」

徐禹行也知道蔣國勝是個什麼樣的人，聽見老姨奶奶這麼說，急忙回道：「老姨奶奶，我們兩個一定好好過日子，細心撫養孩子們，您就安心吧！」

徐氏一聽，覺得眼眶有些發熱，見大姑奶奶又要向自己行禮，立刻攔住她道：「如今妳出嫁，就直接在城裡住著了，以後逢年過節再往謝家宅去就行，省得聽那些閒言閒語；只要把自己的日子過好，別人怎麼說，都和我們都沒關係。」

大姑奶奶點了點頭，隔著紅蓋頭往徐禹行那邊看了一眼。徐氏見時辰不早了，便趕緊送他們出去。

謝、徐兩家沒什麼親戚，徐家那邊也沒有能迎接新娘的人，因此徐氏讓原本跟著大姑奶奶的婆子提前幾日去了徐家，好在那邊迎接新娘，省得讓人笑話。

大姑奶奶坐上花轎之後，謝玉嬌與徐蕙如也坐上了馬車，兩人抄近路先往徐家去，正好能趕在花轎未進門的時候，在裡面充當迎賓。

幸好這會兒時辰還早，徐禹行邀請的客人還沒來全，先到的幾個都是謝家店鋪的掌櫃和夥計們，他們看見謝玉嬌領著徐蕙如先來，以為迎親的隊伍也要到了，趕忙指揮樂隊，在門口吹吹打打起來。

在房裡候著的趙嬤嬤聽見外頭響起了鼓樂聲，以為是新娘到了，急忙迎了出來，待她發現是謝玉嬌與徐蕙如兩個人，便笑著問道：「花轎還沒到嗎？倒讓人著急。」

當初大姑奶奶在蔣家被打，就是這位趙嬤嬤走了一夜的路向謝家報信，她對大姑奶奶最是忠心，如今大姑奶奶二嫁，他們一家就當了陪房。

趙嬤嬤到了徐家才知道，這裡人丁簡單，正經的下人不過就一房，但是為人和氣得很，因此才沒幾天工夫，大夥兒就都混熟了。

「一會兒就到了，我們是抄近路來的，娘和老姨奶奶不方便過來，我們來湊個熱鬧。」謝玉嬌說道。

「娶親本來就要熱鬧些才好，方才看見外頭已經來了不少賓客，可奴婢完全不認識，他們就讓奴婢在裡頭候著，等新娘到了，只管把這邊安排得妥妥當當就好。」趙嬤嬤一邊說，一邊迎謝玉嬌與徐蕙如進去，讓她們喝丫鬟們奉上的茶水，在廳中等待。

外頭的樂鼓聲越發熱烈了，有丫鬟急急忙忙從門外進來，臉上帶著笑道：「迎親的隊伍已經到巷口了，趙嬤嬤這邊都準備好了嗎？」

趙嬤嬤急忙起身道：「我這裡早就準備好了，反正家裡沒長輩，拜個天地就能送入洞房了，不需要太多東西。」

謝玉嬌聞言，吩咐趙嬤嬤道：「趙嬤嬤，妳去正廳迎人吧，我們在這邊等著。」

兩人正說話，忽然外頭「砰砰砰」幾聲爆竹炸上了天，嚇了徐蕙如一跳，連忙躲到謝玉嬌身後去。

趙嬤嬤聽見爆竹聲，連忙道：「新人進門了，奴婢得過去迎接，兩位小姐先進房裡坐坐吧！」

謝玉嬌拉著徐蕙如到新房的椅子上坐下，雖然時間緊湊，但房間還是稍微布置了一下。床上鋪著大紅色鴛鴦紋樣錦被，上面撒著紅棗、花生等乾果；房中的束腰紅木圓桌上放著有小孩手臂那麼粗的龍鳳紅燭，各樣家具上都貼著紅色的喜字。

謝玉嬌見徐蕙如低著頭不說話，伸手拍了拍她的手背道：「姑母過門之後，就不回謝家住了，妳是要和他們住在城裡呢，還是和我一起回鄉下住？」

徐蕙如想了片刻，這才抬起頭來，看著謝玉嬌道：「表姊，我和妳回謝家住，爹剛成婚，我不該在這邊干擾他。」

謝玉嬌知道徐蕙如懂事，只是她也快十五歲了，說起來能和徐禹行一起住的日子所剩不多，將來出閣後更不可能，這個決定不過是她體諒自己的爹新婚罷了。

淡淡一笑，謝玉嬌又拍了拍徐蕙如的手背，她見大姑奶奶還沒進來，前頭的樂鼓聲依舊響徹雲霄，便起身道：「妳在這邊坐一會兒，我去迎接姑母。」

徐蕙如擰著帕子點了點頭，目送謝玉嬌出去。

徐家本來就沒幾個下人，加上前頭又有賓客要招呼，因此後院的正房裡空盪盪的。徐蕙如在房裡坐了片刻，聽見外面似乎有人在喊她，便站起身來察看，卻見是馬書榮從院子外走了進來。

「表哥，你……你怎麼來了？」雖然心中對馬書榮有些埋怨，可畢竟是一起長大的人，徐蕙如見到了他，還是有幾分羞澀。

「我爹要我和大哥一起過來，向姑父道喜。」馬書榮說著，盯著徐蕙如不放。不過一些日子不見，原先他覺得挺一般的姑娘，怎麼忽然間好看了許多呢？

那日謝家人一怒離去之後，他受了祖母好些數落，又有父母在他耳邊嘮叨，不斷說他這個表妹條件很好，應該趁他姑父還沒生出兒子繼承家業之前，早些將她娶進門。

馬書榮聽了這些話，便又有點心動，原本他想找個機會親自登門道歉，如今正巧在這裡遇上了人，倒是省了一番工夫。

「表妹，妳還怪我嗎？我對那些丫鬟們都是鬧著玩的，對妳肯定不一樣。」馬書榮在與姑娘家調情這方面素來有些手段，他輕聲細語地勸慰起徐蕙如來，又走到她身邊，想要牽她的小手。

徐蕙如這段時間好不容易暫時把馬書榮拋到腦後，如今見他靠過來，便急忙往後退了一步，誰知她身後正好是徐禹行夫妻的新婚之床，她後腳跟一撞，整個人就往床上倒了下去。

馬書榮平常就是個色膽包天的傢伙，如今他見房裡沒有其他人，又瞧著徐蕙如半倒在床榻，一縷青絲貼在白皙的臉頰上，加上她那一臉驚訝的模樣，越發讓人心潮澎湃起來。馬書榮只覺得腦子一熱，一下子就想到「那件事」上頭去，若自己真的得逞了，那徐蕙如除了他，還能嫁給誰？

一想到這裡，馬書榮就將徐蕙如壓在身下，湊上去低聲道：「表妹，我們從小青梅竹馬，妳不嫁我能嫁誰啊？」

徐蕙如很清楚馬書榮的習性，可他對自己不曾有過這般輕浮的舉動，平常最多就是牽牽小手罷了，如今怎麼會……

「表哥，你……你放開我……我……我……」徐蕙如的話還沒說完，下頷便被一隻強勁有力的手給捏住，眼看著馬書榮的唇瓣就要欺上來，徐蕙如只能咬著唇別過頭去，任由眼淚落下。

正當徐蕙如無計可施，讓那鹹豬手扯開自己衣襟的時候，身上的重量忽然間減輕了許多。徐蕙如連忙拉著衣襟坐起身來，卻看見周天昊單手提著馬書榮的衣領，將他整個人拎了起來，接著一拳打到門外。

馬書榮吃痛地倒在地上，他一邊用手擦著嘴角的血跡，一邊開口道：「你……你是什麼人？要你多管閒事。」

徐蕙如委屈得渾身顫抖，她抬起頭，帶著哭腔喊了周天昊一聲。「表姊夫……」

周天昊這會兒卻不敢看她，古代人都講究非禮勿視，萬一他看見什麼，那可真是說不清了，思及此，他趕緊回道：「表妹別害怕，我收拾這混帳東西，妳把自己打理整齊，別讓妳表姊看見了。」

徐蕙如被周天昊一提醒，也反應過來。謝玉嬌向來疼愛她，要是知道她吃了這麼大的虧，怎麼可能饒了這姓馬的？然而這樣的事，一旦傳出去，終究有損她的閨譽啊！

她低下頭擦了擦眼淚，縮著肩膀小聲道：「表姊夫，我知道了……你……你別把他打死，不然就糟了。」

周天昊點點頭，走上前去提起馬書榮的衣襟，一路拖著他往外走，可才剛到院子口，就看見不遠處謝玉嬌等人已簇擁著新娘往這邊來。眼見無路可走，周天昊急忙帶著馬書榮往後院去，又把他拖到旁邊一堵矮牆前，拎著他就要往外扔。

馬書榮是個文弱書生，欺負一下徐蕙如這樣的姑娘家還可以，但壓根兒不是周天昊的對手，因此一意識到自己要被扔出去，嚇得連連求饒道：「好漢饒命……饒命……您這樣把我扔出去，我非摔死不成。」

「就算摔死你，也沒人敢讓我償命，只是我沒必要這麼做罷了。」說完，周天昊不顧馬書榮求饒，拎起他就往外頭摔出去。剎那，只聽見牆的另一邊一聲悶響，緊接著就是馬書榮的一陣哀號。

此時謝玉嬌正與趙嬤嬤等人送大姑奶奶進洞房，冷不防聽見男人的哀號聲，頓時愣住了，她轉身問身邊的丫鬟道：「妳去看看，這聲音從哪裡來的？」

在那個丫鬟靠近牆邊前，周天昊就躍上了矮牆跳到院外，拎起馬書榮往外院去了。

馬書榮只覺得渾身像散了架子一樣疼痛不已，他一個勁兒地求饒道：「好漢……我死了……我死了、死了……」

丫鬟走到牆邊，並沒看見什麼人，折返回話道：「小姐大概是聽錯了，旁邊沒有什麼人。」

謝玉嬌點了點頭，一眾人一同進了新房，徐蕙如此時已經將方才被弄亂的床鋪給整理好了，見她們進門，趕緊站起身來迎接。

看大姑奶奶坐到床邊後，謝玉嬌發現徐蕙如的眼眶有些泛紅，顯得不太開心的樣子，便湊過去小聲問道：「怎麼了？」

徐蕙如哪裡敢讓謝玉嬌知道那件事，忍著淚道：「沒有，也不知道怎麼了，就是心裡有些難受。」

謝玉嬌怕大姑奶奶聽見這句話會多心，便拉著徐蕙如到廳裡，開口道：「妳既然想著和我一起回鄉下住，那咱們就回去好了。」

徐蕙如微微頷首，又低下頭抹了抹眼淚，當她抬起頭時，謝玉嬌的視線忽然一頓。只見徐蕙如原本白皙滑膩的頸子，不知道什麼時候竟然多出紅色的壓痕，一看就是被人用手指掐出來的。

就在此時，外頭一個丫鬟看見謝玉嬌在廳裡，開口道：「老爺請周公子去前頭喝酒呢，小姐看見他了沒有，方才他還說要進來找您呢！」

謝玉嬌一聽這話，想到方才徐蕙如一個人待在房裡，現在頸子上卻多了紅痕……她很清楚周天昊的個性，平時他雖然不敢做什麼壞事，卻時不時都會吃她的豆腐，徐蕙如只怕是讓他得手了。

想到這裡，謝玉嬌頓時火冒三丈，她轉身對徐蕙如道：「妳等著。」

謝玉嬌說完，提起裙子就跑了，等徐蕙如反應過來的時候，才想到可能引起了誤會。這下糟糕……她怕是要把表姊夫給害死了。

第五十七章　誤會冰釋

周天昊拎著馬書榮，好不容易躲過眾人的耳目，把人扔到大門外去，他正打算回去和徐禹行喝杯酒，誰知才走到門口，就看見謝玉嬌氣勢洶洶地站在那裡。周天昊不知道發生了什麼事，面帶笑容地迎上前去，就看見謝玉嬌迅速跑了過來。

「啪。」

響亮的一巴掌在周天昊臉上留下了鮮紅的五指印，也把匆匆趕過來的徐蕙如嚇了一跳。

「表姊，妳誤會表姊夫了。」徐蕙如一時之間不知道該說什麼才好，只能擰著帕子乾著急。

謝玉嬌這會兒確實被憤怒沖昏了理智，她聽見徐蕙如這麼說，反倒更生氣，轉過頭看著她道：「我怎麼誤會他了？難道妳是自願的，妳也喜歡他？」

徐蕙如聞言又急又氣，偏偏她不善言語，一慌就手足無措，一個字都吐不出來。

一旁的周天昊倒是聽明白了，謝玉嬌大概是誤會了他和徐蕙如吧？他一臉無辜地摸著臉頰，還顧不得可憐自己呢，反倒心疼謝玉嬌吃了一碟子的乾醋。

徐蕙如瞧謝玉嬌沒有繼續發作，才捏著帕子道：「方才……方才房裡沒人，馬家二表哥過來找我……幸好……幸好姊夫……」

講到這裡，徐蕙如已是委屈得沒辦法再往下說，只是一味掉淚。

聽到這番話，謝玉嬌愣住了片刻。方才那股火氣是下去了，可內心又生出了另一把火，她急忙上下打量起徐蕙如，低聲問道：「他……他沒把妳怎麼樣吧？」

「他……他被表姊夫打走了。」徐蕙如搖搖頭，抱歉地看了周天昊一眼。

徐蕙如想到為了這件事，謝玉嬌氣得打了周天昊一巴掌，此時她這個表姊必定又是悔恨、又是心疼，便低著頭道：「表姊，我先回房裡陪娘了，妳就和表姊夫……」

謝玉嬌不禁有些窘迫，可這事說到底不能全怪她，方才她看見徐蕙如脖子上的紅痕，又正好聽那丫鬟說周天昊來過，她就一股腦兒往那上頭想了。

都說衝動是魔鬼，這回她可真的犯錯了。

謝玉嬌抬起頭，看向周天昊臉上的紅印子，忍不住捏著帕子，輕輕在他臉上碰了碰，帶著幾分自責和哀怨道：「都打紅了，這可怎麼辦呢？」

周天昊被打的時候確實有些錯愕，可這時候他早就不計較了，他的嬌嬌發這麼大的火，吃這麼猛的醋，不就證明她如今心裡滿滿的都是他？

「不打緊，妳親一親就不疼了。」看見徐蕙如已經走遠，周天昊索性抱著謝玉嬌，往二門後頭的牆上靠過去，低下頭在她的唇瓣上輕輕觸碰了一下。

謝玉嬌起先還有些不願意，可想著自己下手到底有些重了，便半推半就，任由周天昊長驅直入地捲住自己的舌尖。

「唔……」謝玉嬌輕哼了一聲，她的身子被周天昊緊緊壓在牆邊，他胯下腫脹的地方抵住她的腿根，隔著衣料廝磨著。

謝玉嬌被吻得氣息紊亂，她眯起雙眼看向周天昊，只見他雙眸中似乎燃燒著濃濃的慾火，像是要把自己生吞活剝一般。

周天昊艱難地移開唇瓣，聲音沙啞地在謝玉嬌耳邊道：「也不知道何時才能等到妳我的洞房花燭夜？」

謝玉嬌聽了，臉頰紅得像火在燒，頓時覺得周天昊對她這般真心，她實在不忍辜負他，便回道：「過了今年清明，我們家就除服了，你若是真的著急，到時就請人來提親吧！」

周天昊聞言嚇了一跳。「還提親？這次我可請不動皇嫂了……」

謝玉嬌見周天昊一臉鬱結的模樣，忍不住笑道：「這次隨便你請什麼人來我都嫁，絕不食言。」

周天昊激動地再度吻住謝玉嬌的唇瓣，反覆蹂躪了幾回，這才鬆開道：「妳不嫁，我就用搶的。」

聽見周天昊這麼說，謝玉嬌不禁皺起眉頭推開他，瞪著眼道：「給你幾分顏色，你就開起染坊了？膽子越來越肥了呢！」

「怎麼？不讓我搶嗎？」

周天昊見謝玉嬌又要起性子，就想再抱住她好好「懲罰」一頓，嚇得謝玉嬌東躲西藏，卻逃不出周天昊的手掌心，最後還是被他圈在身前。

謝玉嬌實在是累了，輕輕拍了拍周天昊的胸口，要他鬆開後，拿起帕子往牆上一靠，喘了口氣道：「不躲了，累死我啦！」

此時客人們都在外院用午膳，這邊的夾道沒什麼人進出，謝玉嬌乾脆一屁股坐在門口的臺階上，周天昊跟著在旁邊坐下，結果她一轉過頭，又看見周天昊被她打腫了的臉頰。

謝玉嬌湊上去認真地看了看，說道：「紅得好厲害，還疼嗎？」

周天昊見謝玉嬌心疼自己的模樣，反倒攤開她的小手，仔仔細細瞧了一會兒，才道：「看看，妳的手掌也紅了，使這麼大的勁做什麼，不疼嗎？」

謝玉嬌被周天昊說得有些不好意思，縮回了自己的手道：「當時哪裡顧得上疼啊，我就……」

「就顧著生氣和吃醋了？」周天昊笑著逗她。

「誰吃醋啊！生氣倒是真的。」謝玉嬌說完，又問周天昊。「姓馬的那個臭小子呢？你把他弄到哪裡去了？我要親手教訓他。」

周天昊淡淡地說道：「早被我扔出去了，少說也要傷筋動骨一百天，保證他不敢再出來膈應人。」

謝玉嬌知道周天昊素來有些手段，便沒追問，只道：「你去陪舅舅用午膳，我回去看看表妹。」

徐蕙如受了這樣的委屈，短時間內心情自然好不起來，好在這時候新房裡沒有外人，大姑奶奶一個人在裡頭坐著，徐蕙如便在外面的廳裡待著，不過此刻門口已經有丫鬟守著了，不像方才那樣一個人都沒有。

看見謝玉嬌過來，徐蕙如有些不好意思地低下頭去，謝玉嬌便走到她身旁坐下，握住她的手道：「表妹，今天這件事雖說想起來都讓人害怕，但好在有驚無險，只是這樣一來，妳總該徹底認清妳那表哥的人品了吧？」

徐蕙如原本對馬書榮很是失望，卻還沒有到厭惡的地步，不過今天這件事，確實將她心中最後一點點不捨也打碎了。

由於大姑奶奶坐在房裡，徐蕙如不敢放聲大哭，只能默默低著頭流淚。「表姊，我真的不知道表哥是這種人……他居然想得出那種辦法，要……要毀了我的閨譽。」

謝玉嬌如何不知道「閨譽」這兩個字對古代女子的重要性，這麼一想，剛才周天昊只讓那畜生傷筋動骨，根本便宜了他。

想到這裡，謝玉嬌狠狠從鼻子裡哼了一聲，又安慰徐蕙如道：「表妹別難過了，今日是舅舅與姑母的好日子，妳就先委屈一下，過幾日，我一定去找那姓馬的給妳出氣。」

徐蕙如聞言止住了哭聲，擦了擦眼淚道：「還是算了吧，表姊夫打過他了，想來已經讓他吃足了苦頭；再說我並未真正被他欺負，只是嚇了一跳而已，若是這件事傳出去，總歸不好。」

謝玉嬌知道徐蕙如的顧忌，只好應下，好生安撫了她一會兒後，讓丫鬟和婆子送午膳過來，兩人隨便吃了一些東西墊墊肚子。

馬書榮原本就是個紈袴子弟，身上並沒有幾兩肉，落到了周天昊手中，也只能自認倒楣。周天昊那兩下，將他胸口的肋骨摔斷了兩根，下身的胯骨也受損，往後走路只怕不方便了。

不過馬書榮自知理虧，並不敢聲張，又得知周天昊是個王爺，要是被自己的老爹知道他得罪了這號人物，肯定少不了一頓打，因此只好打落牙齒和血吞，說是自己不小心在路上摔的，至於到底是怎麼樣才會摔得這麼嚴重，眾人都很好奇就是了。

用過午膳，徐禹行還在外院陪客人，周天昊雖然和那些人不熟，但還是陪著喝了幾口酒。由於他酒量實在不怎麼樣，喝了沒多少臉就紅了，因此被謝玉嬌打腫的地方反倒沒那麼明顯。

謝玉嬌墊過肚子後，在徐家後院正廳的抱廈廳裡歇了一會兒，此時正好有幾個掌櫃家的媳婦說要進來瞧瞧東家，謝玉嬌便命人將她們一行人都請了進來。

謝家在城裡的店鋪不下三、四十間，可謝玉嬌平常鮮少往城裡來，連掌櫃都沒怎麼見過她了，更何況是他們的媳婦？只是她們經常聽人提起謝家小姐非常厲害，因此想親眼瞧一瞧她。

抱廈廳本來就小，丫鬟與婆子們陸陸續續奉茶進來，要是等那些媳婦都進來，只怕要擠得水洩不通，謝玉嬌索性把會面地點改到後面的正廳，坐著等她們過來。

只見兩個年紀輕輕，如花似玉般的姑娘坐在廳中，一個豔如春花、一個靜如處子，明眼人一瞧，就能看出哪個是東家的小姐，哪個是徐老爺家的千金。

眾人行過禮之後，謝玉嬌請她們坐下，笑著道：「說句實在話，大家早該見見面的，只是我家事情多，店鋪都託給舅舅和劉二管家處理，好在妳們都念著先父的恩情，盡力幫襯著，如今我們第一次相見，我該先謝謝妳們才對。」

說著，謝玉嬌便要起身行禮，卻被站在她旁邊的一個年輕媳婦攔住了。「小姐，這可使不得，說起來是我們怠慢了，應當主動去謝家拜見您才是，只是平日忙，年節時又好不容易能休息幾日，終究是懶怠了。」

眾人聞言，一個勁兒地點頭道：「是是是，正是這個道理。」又有人開口道：「平常我們當家的常說，要是看上標致又賢慧的姑娘，一定要為舅老爺留意，我冷眼瞧了好長一段時間，咱們舅老爺這人品和相貌一般人哪能配得上，也就我們家大姑奶奶適合了。」

這馬屁真是拍得順溜……謝玉嬌掩著嘴笑了笑，接著往左右巡視了一圈。好在這些人雖然會拍馬屁，但看起來都是和和氣氣的樣子，就算有什麼閒言閒語，應該也不會當著大姑奶奶的面說。

「我姑母性子內斂，平常並不怎麼愛說笑，如今住到了城裡，以後妳們若是有空，就多來走動、走動，陪她說說話、聊聊天、做做針線什麼的。她以前住在鄉下，安靜慣了，如今卻不比當初呢！」

那些掌櫃媳婦一聽，全都明白了謝玉嬌的意思，又是一陣點頭。一直聊到了掌燈時分，外頭的婆子說開席了，大夥兒才散去。謝玉嬌見人都離開了，才鬆了口氣，方才她一直保持著一個坐姿，脖子都有些僵了。

徐蕙如見眾人走了，才開口道：「表姊，我可真是佩服妳，妳怎麼有本事和那些人說大半天話，我只聽了幾句，就快睏死了。」

謝玉嬌起身在廳中走了兩圈，稍微活動了一下筋骨，才回道：「這有什麼？三姑六婆什麼的，總有一天妳也會碰上，到時只怕妳不敢打瞌睡嘍！」

晚上又鬧了一場，一直到了戌時二刻，客人才漸漸散去。徐禹行原本做好心理準備會被灌醉，可眾人一見到周天昊站出來要替他擋酒，又想到他的身分，都打了退堂鼓，舉著杯子抖了抖就算敬過酒了。徐禹行暗暗高興，有個當王爺的外甥女婿，就是能省掉不少麻煩，新婚之夜，他確實不想喝得爛醉如泥。

大姑奶奶在新房裡等了半日，終於看見徐禹行的腳踏進了洞房，他走路的步伐還算平穩，不像是喝多的樣子，只是不知道為什麼，他走近床前的時候，身子忽然晃了一下。雖然大姑奶奶的紅蓋頭還未掀開，看不清前方的情況，但還是急忙起身扶住徐禹行，當她碰觸到他緊實的臂膀時，心頭猛然一陣悸動。

兩人就這樣順勢一起坐在床沿上，紅燭高照，燭淚一滴滴滑到燭檯下的漏盞裡，房間裡一時安靜得沒有半點聲響。

沈默了一會兒之後，徐禹行突然伸出一隻手按住大姑奶奶因為緊張而顫動的手指，另一隻手則拿起床頭櫃上放著的秤桿，輕輕挑開她頭上的紅蓋頭。

昏黃的燭光下，氣氛漸漸顯得曖昧起來。徐禹行湊過去，低頭在大姑奶奶的耳邊輕聲說道：「雲娘，時候不早了，早些休息吧……」

大姑奶奶過門之後，寶珍與寶珠都去了徐家，白鷺洲的宅子一下子冷清了不少。

江老太醫又來為周天昊診了一次脈，順帶替謝玉嬌看了看。其實周天昊的傷早已經沒有大礙了，倒是謝玉嬌還需要調理，好在這次謝玉嬌沒耍大小姐脾氣，江老太醫也沒拿喬，總算順順利利開了藥方。

周天昊親自送江老太醫離開宅子，到了門口，江老太醫卻停下腳步，轉身對周天昊道：「皇上這幾天龍體欠安，大約是元宵燈會時著了風寒，斷斷續續病了半個多月了，依舊沒有起色。」

聽到這番話，周天昊愣了一下。其實他心裡清楚，文帝的身體原本不錯，只是京城失守、朝廷南遷，這些事到底壓得他有些吃不消了。

周天昊低著頭，臉色有些陰沈，卻還裝作淡定道：「江老太醫不用太擔心，有皇嫂和太醫們照顧著，皇兄一定會很快就康復的。」

江老太醫看了周天昊一眼，心中仍是不解，便道：「殿下，老夫從小看著您長大，雖然您平常看起來放蕩不羈，可老夫心裡明白，您對先帝、對皇上一片赤誠，您不是那種狠得下心的人，不然也不會三番兩次在戰場上拚命了。只是……如今您這樣躲著，反倒讓天下人不解。」

周天昊負手而立，眼底不再有過去略顯輕佻的笑意，他轉身看著江老太醫道：「江老太醫不用勸我了，我志不在此，只想安安穩穩享樂罷了。皇兄既是皇帝，那這天下理應由他作主，他若是請你來當說客，倒是不必了。」

江老太醫一下子就被周天昊揭穿計謀，不禁搖著頭笑了起來，又道：「罷了，老夫人微言輕，只怕不配當皇上的說客，只是皇上這幾日確實龍體抱恙，殿下若是有空，還是進宮看看比較好。」

周天昊輕輕點了點頭，目送江老太醫出門。

「半日閒」的小院中，徐氏正在與丫鬟們打點行李，明日就是二月初一，按規矩，二月初二龍抬頭，謝家要帶著當地的百姓一起祭天求神，保佑新年風調雨順、田裡五穀豐收，所以他們該動身回謝家去了。

謝玉嬌在這裡舒舒服服住了大半個月，有些捨不得離開，她抱著謝朝宗，一邊看丫鬟們整理東西，一邊問道：「朝宗啊，你說是家裡好呢？還是這裡好呢？」

最近謝朝宗和周天昊經常混在一起，已經有了男孩子的皮樣，越來越讓人頭疼。不過謝玉嬌倒覺得這是件好事，男孩子還是要調皮一點好，若是忸忸怩怩像個女娃一樣，那才該擔心呢！

謝朝宗從謝玉嬌的膝蓋上爬了下去，走到角落裡拿起元宵節時徐禹行買回來的花燈，在大廳裡來來回回跑了幾圈，才抬起頭道：「都好，陪朝宗，最好。」

謝玉嬌瞧謝朝宗跑得額頭上都出了汗，便起身拿帕子替他擦了擦額頭，又問道：「那我問你，朝宗最喜歡和誰玩？」

這個問題其實很值得謝朝宗好好想一想，可他還沒到能夠好好思考的年紀，隨口就答道：「姊夫，玩飛機、抓小鳥、爬樹，姊夫厲害。」

謝玉嬌不知道如何形容謝朝宗那眼睛發光的模樣，只是那種發自內心的興奮肯定不是騙人的，看來周天昊在當奶爸這方面，確實挺優秀的。

此時周天昊正好從外面進來，他還沒跨入大廳，就看見自己的小粉絲一臉興奮地說姊夫厲害，想不得意都難。他彎腰把謝朝宗抱在手上，見丫鬟們正忙碌地收拾東西，便問道：「怎麼，明日就要回去了嗎？」

謝玉嬌看出周天昊送江老太醫回來後神色似乎有些異樣，但並未多問，只順著他的話回道：「後天是二月初二龍抬頭，按規矩要祭天，好請神明保佑今年田裡豐收，所以是要回去了沒錯。」

如今年節過去了，那些難民後續到底該怎麼安置才更妥當，她也得和康廣壽商量一下才行。謝家這個年的開銷不小，若不能早些把人安排好，將來仍舊會引起麻煩。

「妳又忙起來了，顯得我無所事事啊！」周天昊親了謝朝宗一口，放下他讓他自己玩，接著在謝玉嬌旁邊的靠背椅上坐了下來。

謝玉嬌明白周天昊有心事，便道：「有什麼話就說吧！」

周天昊想了想，嘆了口氣道：「江老太醫說皇兄病了，我想進宮去看看。」

謝玉嬌手裡正端著一盞茶，聞言便蓋上蓋子，將茶盞放在一旁的茶几上，看著周天昊道：「去吧，我和你一起去，醜媳婦總要見兄嫂。」

周天昊聽了，激動得不知道該說什麼才好，他見謝玉嬌的神色不像是在開玩笑，便有些難以置信地道：「嬌嬌，妳……妳這是說真的？」

「怎麼不是真的？」謝玉嬌抿了抿唇，望向周天昊熱切的眼神，繼續道：「其實我也想明白了，即便你住在我家，他們到底還是你的親人，如何割捨得了？正如我放不下我娘和朝宗，你必定也放不下他們。別的不說，如今這光景，確實算得上國難當頭，我既有心跟著你，就不該計較這些。」

謝玉嬌也是反覆想了好些日子，才想通這個道理的。周天昊可以為自己拋棄一切，可她卻不能讓他揹上千古罵名。有時人看似活得簡單，其實其中牽扯的事情，終究多如牛毛。

定定地看著周天昊良久，謝玉嬌才又開口道：「況且當日皇后娘娘來提親，我只說讓你住在我們家，可從來沒說過，要讓你堂堂一個王爺到謝家當上門女婿。」

謝玉嬌說著就低下頭去，一張臉紅了起來。這大約是她為了周天昊，所能做出的最大讓步，誰教自己這般不爭氣，一顆心早已被他牢牢握在掌中。

周天昊幽深的眼神閃了閃，忍不住握住了謝玉嬌的手，謝玉嬌急忙把手抽回去，小聲道：「丫鬟們都在，你又不規矩了。」

瞧著眼前幾個丫鬟進進出出，要吃豆腐確實不容易，周天昊便安分地把手放回腿上，只是滿懷激動，一眼不眨地盯著謝玉嬌瞧。

第五十八章　進宮覲見

周天昊與謝玉嬌兩個人用過午膳，和徐氏說一聲之後，便往行宮去了。

謝玉嬌特地換上那件丁香色地百蝶花卉紋妝花緞褙子，略施粉黛，整個人顯得嬌嫩無比，更別說臉上自然浮現的一抹淡淡紅暈，讓周天昊的心跳加快了幾分。

他們兩個在一起的時間也不算短了，卻還是頭一次同坐一輛馬車，周天昊忍不住往謝玉嬌坐的地方靠了過去，拉著她的手，讓她往自己身邊靠。

謝玉嬌原本就嬌小，被周天昊這麼一拉，身子就歪進了他懷中。周天昊順勢將她抱緊，低下頭去一遍又一遍地親起來，他趁謝玉嬌無暇注意的時候撩開了她的衣裙，手往那嫩肉上來回摩挲起來。

還沒來得及弄清楚狀況，謝玉嬌只覺得下身似乎是進了風，等她回過神的時候，周天昊那不安分的手指已經撥開了茂密的叢林，在泉眼周圍緩緩打轉起來。

少女的身子敏感，謝玉嬌併攏了雙腿想要抗拒，卻被周天昊強行按住，他咬著她的耳朵道：「嬌嬌，別怕，我就摸摸……」

謝玉嬌臉頰早已羞得通紅，聽見這句話更是無地自容，只好把頭往周天昊的胸口埋，此時她身下的手指又靈活地動了幾下，帶出濕漉漉的蜜液。謝玉嬌覺得自己的身體都快燒起來，那種陌生卻又舒服的感覺，讓她忍不住咬住唇瓣輕哼。

過了不知道多久，周天昊見謝玉嬌一直癱軟在自己懷中的身子忽然僵了一下，大腿內側一抽一抽地動著，接著下身那地方流出好些水來。

周天昊冷不防被弄了一手，急忙拿起帕子擦了擦，見謝玉嬌紅著臉不肯看他，便低聲對她說道：「我說過會舒服的，沒騙妳吧？」

謝玉嬌發現此時周天昊身上的東西還沒下去，越發羞得無地自容，便伸出一隻手來，也不管輕重，一拳就往那高聳的帳篷上頭打。

周天昊悶哼了一聲，蹙眉道：「嬌嬌，妳好狠的心啊，下半生的『性』福還要不要了？」

謝玉嬌方才被周天昊弄得失態，這會兒正生氣呢，她低著頭把自己的裙子繫好，小聲嘀咕起來。「反正你手上功夫了得，那東西有沒有也無所謂了。」

周天昊頓時有苦說不出，誰讓自己貪吃呢……

一直到馬車停在行宮門口，謝玉嬌都沒再搭理周天昊，如今她算是摸熟了他的性子，不過就是得寸進尺罷了，仗著如今她對他越來越縱容，便想藉機欺負她，真是其心可誅啊！

想到這裡，謝玉嬌有些氣憤，忍不住又瞪了周天昊一眼，此時剛好聽見外頭的雲松開口道：「殿下，已經到行宮後角門口了。」

周天昊應了一聲，收起了玩世不恭的表情，轉過頭正想問謝玉嬌話呢，就看見她那雙狠狠瞪著自己的眸子。周天昊不禁笑了起來，伸手將謝玉嬌攬進懷中，用下巴輕蹭了一下她的臉頰道：「要進去了，現在後悔還來得及。」

謝玉嬌噘了噘嘴，偏過頭道：「我後悔什麼？後悔被你吃豆腐嗎？」

說完，謝玉嬌心頭的火氣莫名消了，她湊過去在周天昊的臉上親了一口道：「快進去吧，看過人以後我們早些回家。」

周天昊點了點頭，扶著謝玉嬌下馬車。

謝玉嬌一看見角門，就認出這是當初周天昊請她來行宮時走的門，如今見他回來也走這邊，便笑著道：「怎麼？你回家也走後門嗎？」

「這道門方便些，雖然有專人看著，但憑腰牌就能直接進去，若是走別的門，等一路通傳下去，都要小半個時辰了。」

雖然有了上次的經驗，不過謝玉嬌不算真正體驗過皇宮的規矩，就算以前看小說或電視劇時有個大概的了解，但聽周天昊這麼一說，還是暗暗有些驚訝。

謝玉嬌跟著周天昊走進去，就看見那日來迎接她的兩個婆子已經在夾道候著了。謝玉嬌有些好奇地問道：「她們動作好快，怎麼就知道我們來了呢？」

周天昊笑著回道：「這邊是行宮，守衛自然周密一些，從我們進第二個巷口的時候，就已經有人去通報了。」

謝玉嬌微微頷首，又見帶路的人都安安靜靜的，便低下頭去不再多說。今日是她自己主動提出要跟周天昊過來的，自然得好好表現一番。

雖然朝廷暗地裡早就在準備南遷的事，但是沒走到最後一步之前，誰也不會聲張，所以這處行宮雖然一直在修建，卻沒有引起太大的關注。

周天昊與謝玉嬌繞過了後花園，順著長長的夾道一直往前走，也不知道過了幾扇穿堂門，才到了一處雕梁畫棟的大院落。

他們人還沒進去，就有幾個太監迎了出來，見到周天昊，躬身行禮，其中一位領頭的太監說道：「睿王殿下，您可回來了，皇上這幾日龍體抱恙，正在宣德殿養病呢！」

周天昊點了點頭，轉身將謝玉嬌拉到自己身邊道：「麻煩福安公公到裡頭通報一聲，就說睿王周天昊帶著王妃前來面聖。」

福安公公乃是徐皇后身邊第一紅人，當日徐皇后去謝家提親時，他也是隨行之一，如今見周天昊牽著謝玉嬌的手，已明白周天昊這次是吃了秤砣鐵了心，一定要跟個普通百姓在一起了。

淡淡笑了笑，福安公公向謝玉嬌行了個禮，開口道：「王妃萬安。」

謝玉嬌一時之間不知道該如何應對，一旁的周天昊就先回道：「你先去回稟吧，本王在這邊等著。」

福安公公點頭稱是，接著就轉過身子往宣德殿裡通傳。

過了片刻，聽見裡頭傳出了報唱聲。「宣睿王殿下、睿王妃覲見。」

聽見這句話，周天昊握住謝玉嬌的手微微收緊，他看向謝玉嬌，勾了勾嘴角道：「聽見了嗎？睿王妃？」

謝玉嬌撇了撇嘴，露出一副滿不在乎的表情，可心裡卻悄悄鬆了口氣。自從愛上了周天昊，謝玉嬌就覺得自己似乎不再像以前那樣沒心沒肺了。

宣德殿裡散發著淡淡的中藥味，曳地的明黃色帷帳一閃，帷帳後出現徐皇后一張略帶倦容的臉。

「皇弟終於回來了。」徐皇后與文帝之間雖然稱得上和睦，可她很清楚，文帝是個重視手足之情的人，她在他心裡，永遠比不過睿王。

「皇兄病了，皇嫂為什麼不給臣弟傳個口信？」周天昊問道。

徐皇后聞言，稍稍側首往帷帳裡頭看了一眼，嘆道：「堂堂一國之君，如何拉得下臉來？本宮私下勸了幾句，陛下反倒更生氣了，加上之前韃靼送來的和談條件太過苛刻，他看過之後一時嚥不下這口氣，就病倒了。」

說完，徐皇后才看向站在周天昊身邊的謝玉嬌，她的視線往下移，就看見周天昊的手拉著她不放。

謝玉嬌注意到了徐皇后的目光，輕輕把手從周天昊掌心中抽出來，安安靜靜站著不說話。

徐皇后緩緩移開眼，笑著道：「既然你們一起進宮，等陛下醒了，就一同覲見吧！陛下要是看見你們，想必心情會好很多。」

謝玉嬌見徐皇后今日語氣很是溫和，又想起當初她去謝家提親時，自己太過衝動，沒給她對皇后應有的尊重，便向她福了福身子道：「皇后娘娘，當日在謝家玉嬌多有得罪，還請皇后娘娘恕罪。」

徐皇后對謝玉嬌談不上喜歡，卻也不討厭，這般有膽識的女子，她一向佩服，而能這樣被周天昊愛著的女人，她也極其羨慕。

「說什麼恕不恕罪，本宮當初不過是意氣用事，並未料到睿王已經到了非妳不娶的地步，天底下多少豪門貴女、閨閣佳麗不想嫁給睿王呢？」徐皇后說著，視線在周天昊的臉上一掃而過。「說到底，還是因為妳入了睿王的心。」

謝玉嬌不敢回話，她微微抬起眼瞄了周天昊一下，卻見他正在看著自己，眉目都含著笑，有股說不出的俊逸瀟灑。

又過了一陣子，有位宮女從裡頭走了出來，說是皇上醒了，徐皇后便急急忙忙走了進去。隔著帷帳，謝玉嬌聽見徐皇后說：「陛下，睿王回來看您，人已經在外頭候著了。」

文帝一聽說周天昊回來，精神果然好了起來，連忙道：「快，快讓他進來，也不知道他的傷好些了沒有？」

徐皇后見文帝這般興奮，也高興了幾分，又道：「妾身瞧他倒是好得差不多了，只是……」她頓了一下，終究開口道：「他是帶著睿王妃一起來的。」

文帝聞言，急得從床上跳起來道：「哪裡來的睿王妃？他還沒大婚，哪裡來的王妃？」

徐皇后見文帝情緒激動，急忙上前安撫道：「陛下，他都帶著那姑娘來了，您生氣又有什麼用？依妾身的看法，還不如就這樣算了。」

站在帷帳外的周天昊聽了這些話，想握住謝玉嬌的手，彷彿這麼做能安撫她一樣。

謝玉嬌抿了抿唇瓣，在指尖接觸到周天昊溫暖的掌心那一瞬間，她忽然略過他的手，直接跪在帷帳外，抬起頭，提著嗓子道：「民女謝玉嬌有事啟稟皇上。」

周天昊一愣，來不及阻止謝玉嬌，就聽見她開口道：「皇上口口聲聲念著手足之情，可自己卻高床軟枕，三番兩次讓睿王殿下去戰場涉險；如今睿王殿下死裡逃生，不過就是想喘口氣，養養自己傷痕累累的身體，可在外人的口中，卻成了個不忠、不敬、不孝之人，若是能夠選擇，想必睿王殿下也不願意生在皇室。皇上若是覺得民女配不上睿王殿下，那民女只能請皇上當作睿王殿下已經戰死沙場，好讓他卸下戰甲、雞犬桑麻，民女願意一輩子敬他、愛他，一生一世只守著他。」

「嬌嬌……」周天昊並不知道謝玉嬌此行的目的，竟是為了說這些話，這……這實在太讓人震撼了。

聽了這番話，文帝方才還帶著幾分怒火的一顆心，反而漸漸冷靜了下來。帷帳外的女子說得並沒錯，周天昊連皇帝都不想做，又怎麼會稀罕皇族的身分呢？這個身分帶給他的，永遠都是枷鎖、義務還有責任。

他想起周天昊重傷昏迷時說過的那些胡話。「我不想殺人……不想殺人……」思及此，文帝嘆了口氣道：「皇弟，聽了這些話，朕也喜歡起這個弟媳了，比起你皇嫂，她更懂得疼人，你將來有福了。」

聽見文帝說的話，謝玉嬌忍不住鬆了口氣，在緊繃的神經鬆懈下來之後，她只覺得後背涼颼颼的，原來她竟然緊張得出了一身冷汗。

謝玉嬌抬起頭，偷偷瞄了周天昊一眼，只見他忽然撩起衣袍，與她一同跪下來，還朝著帷帳的方向重重磕了一個頭道：「臣弟謝皇兄成全。」

帷帳中傳來文帝幽幽的嘆息聲，沈默了一會兒，他開口道：「朕也很想放你走，可是……大雍皇室子嗣不豐，朕膝下只有一個皇兒，將來朕若是……」

話說到這裡，徐皇后已經落下淚來，她急忙道：「陛下正值盛年，怎可胡思亂想？再說了，皇弟也沒說一定要走，大雍許久沒有喜事了，不如就趁此機會操辦一下，陛下以為如何？」

文帝倒是認同這個提議，回道：「弟媳啊，睿王是朕最小的皇弟，他又是先帝的老來子，從小我們幾個兄弟沒人不疼他的，妳剛才說得沒錯，是朕沒有好好待他，如今朕替你們賜婚，妳可願意嫁給他？」

謝玉嬌聽見文帝這麼說，知道他已經讓步，便低聲道：「民女願意嫁給睿王殿下為妻，只要他肯讓民女住在娘家就成。」

文帝聽了，立刻明白這個弟媳與他弟弟睿王一樣脾氣很硬，便擺了擺手道：「他想住哪裡朕都隨他，若是覺得住在行宮不方便，就去外頭建府；若是想住你們謝家也行，反正他總歸是睿王，這點不會改變。」

周天昊與文帝感情本來就不錯，如今見他願意成全自己和謝玉嬌，不禁感動起來，道：「皇兄，不管住在哪裡，臣弟都知道自己姓周，若是皇兄有一天要揮軍北上，將韃子趕出大雍，臣弟必定會回來，做皇兄的馬前卒。」

文帝嘆了口氣，往帷帳外頭看了一眼，說道：「你進來……」

周天昊站起身進了帷帳，他見文帝的臉頰比以前瘦削許多，忍不住有些難過，便跪在龍榻前，開口道：「皇兄要保重身體，將來北上的路還長著，我們從哪裡來，必定要回哪裡去。」

聽了周天昊的話，文帝重重點了點頭，拍了拍他的肩膀道：「朕就喜歡你說這種話，那些大臣對著韃子卑躬屈膝，長他人志氣、滅自己威風，朕見了就煩。」

說完，文帝又往帷帳外看了一眼道：「去把你的王妃喊進來，朕還沒見過她呢！」

周天昊聞言，臉上多了幾分笑意，開玩笑道：「皇兄不能因為她長得好看就反悔，想要自己選去當妃子，她可是臣弟一個人的。」

文帝忍不住瞪了周天昊一眼道：「又開始沒個正經了，朕身邊還缺美人不成？」

周天昊笑嘻嘻地回道：「皇兄自然不缺，但是也要把龍體養好，才能消受美人恩啊！」

聽到這番話，徐皇后內心略略有些不快。朝廷南遷之後，金陵官員為文帝選了一批當地的美人進來，而且都出身自富貴人家。此舉原來是為了親民，畢竟當初朝廷南遷時，金陵城的富人沒少出銀子護駕，既然拿了人家的錢財，就等於收了嫁妝，姑娘們都已經進宮，自然不可能退回去。

文帝本身對這件事並不反感，一來他的後宮佳麗本來就不多；二來他新來乍到，確實應該與當地的官紳打好關係。

不過文帝一向對周天昊這個弟弟很大方，聽他說起這個，倒是想到也該送他一個美人，正打算詢問他的意願，又想起他的王妃還在外頭跪著，終究沒有開口。

在文帝示意下，周天昊親自出了帷帳扶謝玉嬌起身，拉著她往裡頭去。謝玉嬌是第一次見到文帝，覺得他雖然有幾分皇帝的威嚴，卻算得上慈眉善目。她正要提著裙子下跪，文帝就擺擺手道：「免了，都賜坐。」

這一聲令下，太監們便馬上送了兩張墩子過來，謝玉嬌也不敢像平常在家裡那樣坐著，只小心翼翼地，在墩子上挨著一邊坐下。

文帝上下打量了謝玉嬌幾眼，臉上生出讚嘆之色來，他點點頭道：「皇弟的眼光果然好，弟媳把京城的閨秀們全比下去了，都說江南地靈人傑，這話果真不錯。」

謝玉嬌假裝羞澀地謝了一回恩，就聽文帝繼續道：「聽說妳爹是江寧當地的大善人？南遷之後，朕對他的事蹟有所耳聞。」

對那個素未謀面的父親，謝玉嬌向來敬仰，聽文帝提了起來，便開口道：「皇上謬讚了，先父雖然行善事，卻從不以大善人自居，不過就是做能力所及之事罷了，只可惜……」

一想到自己的父親壯年早逝，謝玉嬌心裡就難受幾分，表情有些鬱悶。

周天昊在一旁接過話說道：「過了今年清明，謝家就出孝了，到時還請皇兄讓欽天監選個黃道吉日。」

謝玉嬌正感到有些傷心，結果周天昊一句話扯到「黃道吉日」上頭，她忍不住瞪了他一眼，心道：這種事讓娘在家翻翻農民曆也就夠了，還要請什麼欽天監……這般大材小用，那些官員不會有意見嗎？

文帝聽了以後倒是很高興，一個勁兒地點頭道：「好好好，皇后，妳記得吩咐下去，找個清明之後的黃道吉日，越近越好。」

謝玉嬌臉頰微微泛紅，幾分傷感頓時消失得無影無蹤。

徐皇后笑著回道：「清明之後便是四月，四月有幾個日子很不錯，妾身明日就派人去問一下。」

文帝點了點頭，又道：「既然如此，現在也該籌備婚禮了，到時如何迎親、洞房設在哪裡，都要有個底。」

徐皇后見文帝一下子起了興致，索性和他討論起來。「皇弟如今也不小了，若選擇住在京城，那定然是在睿王府裡頭安置洞房，到時迎親的隊伍也會從睿王府出發，可如今王府未建，倒是難辦了。」

文帝便道：「迎進行宮又何妨？」

徐皇后卻有些不樂意，因為這於禮不合。她嫁給文帝時，他還是端王，她是按照王妃的規制進了王府。根據大雍祖上的規矩，只有皇帝或太子娶親，才能從正陽門入宮，這代表了那個女人至高無上的地位。謝玉嬌嫁給睿王她沒意見，可要是正式將人迎進行宮，她心裡終究有些疙瘩。

謝玉嬌並不知道這些細微末節，只是光聽就覺得麻煩，周天昊卻明白其中的道理，便回道：「請皇兄准許臣弟在外頭買一處宅子，暫時充當王府吧！」

文帝見周天昊推託，略略一想，終究品出了其中的意思，他的視線往徐皇后略帶尷尬的臉上掃了掃，心微微一沈。一個母儀天下的女人，胸襟竟還是不夠寬大。

「也罷，最近朕正命人物色金陵幾個宅子，以做論功行賞之用，若是有好的，就替你留一個。」

謝玉嬌原本想說謝家不缺宅子，隨便空一個出來讓人迎親沒問題，但想想人家是皇帝，總不能讓他連送個宅子給自己弟弟都沒機會吧，便識相地沒有開口。

眾人閒聊了片刻，正巧遇上太醫過來請平安脈，周天昊便帶著謝玉嬌先行離去。徐皇后親自送他們出去，再進帷帳來的時候卻見文帝冷著一張臉，她不禁感到有些心慌。

等太醫都走了，文帝才開口道：「朕要讓睿王在行宮成婚，妳為什麼不肯？」

被這麼一問，徐皇后頓時委屈起來，可她嘴上卻不敢承認，只回道：「妾身沒有……妾身只是想照祖宗章法辦事。」

「照祖宗章法辦事？祖宗章法還說遷都必定亡國呢！妳心裡怎麼想的，朕一清二楚。」

文帝對周天昊百般關愛，除了當初他主動放棄帝位之外，也確實是因為手足之情。儘管徐皇后表面上對待周天昊就像親弟弟一樣，但哪有什麼真感情？一旦涉及到了自身的利益和地位，她便心生埋怨。

「陛下……」徐皇后戰戰兢兢地看向文帝，最後還是沒敢多說。

文帝側過身子說道：「這幾日皇后侍疾辛苦，也該回宮去歇歇了。福安，傳朕的旨意，今夜讓何貴人侍疾。」

徐皇后一聽到「何貴人」這三個字，氣得都要內傷了。何貴人便是當地官員送進來的美人之一，據說是金陵首富何家的閨女，不過十五、六歲而已，卻堪稱國色天香，進宮的頭一天就被文帝給相中，留她一人侍寢，隔天就封了貴人。

如今文帝特地讓她來侍疾，分明就是和自己置氣嘛！

謝玉嬌與周天昊從行宮出來後，天色已經有些微暗，他們兩個人一路上手牽著手，誰都沒開口說話。一直到了行宮的後角門口，周天昊才看見一個婦人站在穿堂門的門口，手裡還揣著一個小包袱，正在和雲松說話。

周天昊見到那婦人，問道：「劉嬤嬤，妳怎麼在這裡？」

看到周天昊出來了，身邊還帶著上回她見過的姑娘，劉嬤嬤便知道他們這回應該是說動了皇上，便笑著迎上去道：「殿下這次要離開，就帶著老奴一起走吧！」

劉嬤嬤年輕時就跟著楊貴妃進宮，之後一直在宮裡服侍，膝下無兒無女，這個年紀按理說能榮養了，可她硬是放心不下周天昊，如今瞧周天昊鐵了心要娶這姑娘，索性收拾了包袱，打算跟在他們身邊。

「劉嬤嬤，皇嫂一向待人寬厚，妳留在宮裡，她必定會好好待妳。」周天昊自覺能屈能伸，但實在不好讓劉嬤嬤跟去謝家當奴才，她是宮裡有頭有臉的老嬤嬤了，大可不必去當下人。

謝玉嬌見劉嬤嬤看周天昊時那不捨的眼神，便知道她是從小帶他長大的人，這分明是他去哪裡，她就要跟著去哪裡的架勢。

想了想，謝玉嬌開口道：「你就讓劉嬤嬤跟著一起去吧，我們家也不至於少了她一口飯吃，我再遣個小丫鬟服侍她，如何？」

周天昊聽謝玉嬌這麼安排，一時之間也無話可說。他原不想讓劉嬤嬤去，也是怕她不習慣，畢竟在宮裡不知有多少小宮女供她使喚，但去了謝家可就不同了，再不是宮中德高望重的老嬤嬤。

「謝小姐不必麻煩，老奴雖然有些年紀了，但還能頂一些事，除了如今眼力不好，做不了針線活之外，其他倒還能自理，只是擔心殿下而已，不陪著他，奴婢不放心。」

謝玉嬌聽了這話，便親自上前接過劉嬤嬤手中的包袱，說道：「太好了，有妳在，我也不怕他跑了，以後就讓劉嬤嬤每日幫我看著他。」

劉嬤嬤聞言，笑著道：「我是沒辦法每日看著他了，不過以後若是你們生了小世子出來，那奴婢這把老骨頭，還是能幫忙帶一帶。」

謝玉嬌聽她這麼說，臉頰頓時羞紅成一片。古時候稍微有些年紀的婦人腦子裡想的還真的差不多，絕對不會脫離「生娃」這個概念。

周天昊倒是很高興，他伸手將謝玉嬌往自己懷裡一摟，笑著對劉嬤嬤道：「劉嬤嬤說得對，我們倆到時候一定加倍努力。」

謝玉嬌不禁又氣又急，一個勁兒地瞪著周天昊，想推開他，力氣又不夠，只能半推半就地被他抱進馬車裡。

劉嬤嬤瞧他們兩個人相處的樣子，真是有股說不出的濃情密意，想起過世的楊貴妃臨終前囑咐她要好好照顧周天昊，她頓時有種任務完成了一半的感覺，打從心底感到高興。

第五十九章　安撫難民

第二天一早，在金陵城住了大半個月的謝家人終於打道回府了。當初出門的時候還有大姑奶奶、寶珍和寶珠隨行，可回去的時候卻少了這三個人，不過徐氏與老姨奶奶卻都開心得很，畢竟她們總算完成了一件大事，了卻了一樁心願。

昨日大姑奶奶回門的時候，羞澀地說徐禹行待她很是謙和有禮，對兩個孩子也非常好。徐氏和老姨奶奶聽了都很欣慰，一再囑咐大姑奶奶好好保養身子，最好能趁著還年輕生個兒子。

謝玉嬌昨夜睡得有些晚，馬車又晃得厲害，她便和懷裡的謝朝宗一同打起了瞌睡。徐氏轉頭看著靠在自己肩頭上睡著的閨女，嘴角帶笑，伸出手理了理她的劉海，又想起現在有周天昊這樣一個好女婿，臉上的笑意不禁更盛。

一行人的馬車臨近村口時，有一輛馬車飛快地朝他們這邊駛來。駕著馬車的人看見了謝家的車隊，急忙停了下來，此時謝玉嬌已經醒來，她挽起簾子往外頭看了一眼，只見陶來喜從馬車裡跳了下來。

謝玉嬌便隔著簾子問道：「陶大管家急急忙忙的做什麼去？」

陶來喜見是謝玉嬌回來了，頓時喜出望外，隨即帶著幾分鬱悶道：「小姐可回來了，老奴正要往隱龍山去呢！聽說那裡的難民不安生，老奴的娘病了，這幾日都沒親自過去瞧瞧，只怕是又有人鬧起來了。」

說到底，實在怪不得當地人不喜歡那些難民，謝玉嬌在這裡生活了快兩年，確實感受到了謝家宅百姓的淳樸，除了少數像二老太爺那樣的人精，大多數都是老老實實的莊稼人，只要能吃得飽、穿得暖，必定不會尋事。可那些從北邊來的難民，到底與本地人不一樣，他們沒了家園，就像亡命之徒一樣活著，有些時候做出的事的確會讓人害怕，如今他們的人數已經超出千人，自然更讓當地的村民緊張。

「既是這樣，我和你一起去瞧瞧。」謝玉嬌雖然也有些擔憂，但想到謝家養了那群人一整個冬天，總不至於對自己下手吧？況且她得先去了解狀況，才能和康廣壽商討難民後續的安置事宜，畢竟他們總不能一直靠人救濟，否則謝家再有錢也會被拖垮。

「小姐要去，老奴不攔著您，只是那些人粗野慣了，沒什麼禮貌，只怕小姐會嚇著。」陶來喜說道。

「我不去難民堆裡，你把領頭的人找過來就是，我得先知道他們為了什麼原因鬧，這樣才好擬定應對之策。」

陶來喜見勸不住謝玉嬌，只好點頭應了，兩人正說著，周天昊就從後面的馬車上跳下來道：「我和陶大管家去，妳一個姑娘家去男人堆做什麼？」

謝玉嬌聞言，瞪了周天昊一眼，掩嘴笑道：「想去就去啊，找什麼理由，誰告訴你難民都是男人的？若都是男人，那更好，你發動他們全上前線打仗去，省得他們一直吃謝家的飯。」

周天昊見謝玉嬌揶揄他，便笑道：「全去打仗豈不就是吃朝廷的米糧了？妳自己捨不得花銀子，就來打我們家的主意了？」

謝玉嬌一想，還真是這個道理，忍不住噗哧笑了起來。「這都被你猜到了？真是了不起呢！」

因為有周天昊陪著謝玉嬌，徐氏就放下心來，由著他們去了。

謝玉嬌坐在馬車裡，隨手撩開了簾子，看了外頭飛馳而過的景物一眼，有些感嘆地說道：「當初若不是聽說……聽說你死了，又想到那些難民是你拚死也要保護的人，我才不會收留他們呢！」

說完，謝玉嬌抬起頭看著周天昊。想起得知他死訊時那痛心的滋味，竟像是自己已經深愛他很久的樣子，結果後來發現他還活得好好的，真是讓她白難過了。這麼一想，謝玉嬌忽然有些氣不過，握起拳頭想打周天昊，卻被他捉住雙手，抱到了大腿上。

「這麼說來，那些難民還要謝謝我了？」周天昊說著，在謝玉嬌的臉頰上輕輕親了一口。

謝玉嬌轉著脖子，避過周天昊染著慾望的灼熱氣息，她雙手抵在他的胸口，小聲道：「看你以後敢不敢再騙我，若是又騙我，我就……我就再賞你一個巴掌。」

說起上回那個巴掌，謝玉嬌還有些自責，當時她真的是一時氣昏了頭，如今想想，真是太不應該了。徐禹行陪大姑奶奶回門的時候，還聊起了馬書榮的傷，說他不知道觸了什麼霉頭，竟然摔斷了兩根肋骨和胯骨，直接在床上躺著不能動了。

「還疼嗎？」謝玉嬌用帕子在周天昊的臉頰上蹭了蹭，小聲問道。

「早就不疼了，我哪有這麼嬌弱，妳看，連胸口的窟窿都長實了呢！」周天昊拍了拍自己的胸脯道。

謝玉嬌聞言抿了抿嘴，又道：「你是不疼了，可我還心疼，我以後……一定把脾氣改一改，成嗎？」

「不怨妳，江老太醫說了，妳這是脾胃虛弱，所以脾氣失調，我能理解的；不過要是妳下次再亂發脾氣，我就當是江老太醫醫術不精嘍！」周天昊笑著回道。

謝玉嬌聽了這話，有些竊喜，忍不住往周天昊的懷中靠了靠，又抬起頭來，在他下頜上來來回回親了幾口，淺笑道：「壞蛋，你人為什麼那麼好呢？」

周天昊難得見謝玉嬌主動，一時動了情，手又開始肆無忌憚作怪起來，往謝玉嬌的大腿內側摸去。

謝玉嬌感覺到不對勁，連忙推開他的手道：「不……不行，你又使壞了。」

周天昊這會兒卻不肯放過她，低頭咬著她的唇瓣道：「放心，路遠著呢！」

「雲……雲松會聽見……」

「放心，他耳朵不靈的……」

「嗯……」

「耳朵不靈」的雲松此時正鬱悶地想，自己到底是什麼時候耳背了？

雲松一路趕車，聽著馬車裡「嗯嗯啊啊」半天，總算沒了動靜，不禁鬆了口氣。其實他一直心驚膽顫，人家都說看了不該看的會長針眼，那他聽了不該聽的，豈不是耳朵要長針了？

握著馬鞭的手狠狠地揮了一下，雲松心道：一定是殿下欺負我沒那玩意兒，故意在我跟前……

其實他雖然那地方不行，可看見了美女，還是會有想要摸一摸的衝動啊！只是主子摸著美人尋歡，他卻只能在外頭趕車，真是命苦哦……

謝玉嬌先是被周天昊玩弄了半天，又被拉著手握住他那個地方，萬般羞澀與無奈地再次做了一回自己極不情願的事，馬車上沒水，掌心那種黏膩的感覺真讓她想死。

周天昊瞧謝玉嬌一臉窘迫的樣子，便探出頭去，對前頭的雲松道：「一會兒看見小溪時停下。」

雲松見周天昊自己爽快了，又想要指使人，心中略略有些不快，卻還是乖巧地應了，只在心中暗道：這是去處理難民的事情呢，怎麼被殿下弄得跟遊山玩水一樣清閒？

馬車又走了一、兩里的路，路邊總算看見小溪，周天昊便扶著謝玉嬌下車。此時的溪水還很冰冷，謝玉嬌一遍一遍地清洗自己的手，又用絞濕的帕子擦了好幾回，這才站起身來，也不願周天昊扶她，一個轉身就自己跑回馬車裡了。

周天昊見謝玉嬌又生氣了，頓時有些無奈。若是在現代，他們兩個早就不知道滾了多少次床單了，這古代真不是人待的地方啊！他洗乾淨了手，見謝玉嬌沒喊自己上馬車，在小溪旁邊站了片刻。

謝玉嬌等了周天昊半日，也沒見他上馬車來，便挽起簾子，衝著他喊道：「你再不上車，我可要讓雲松趕車嘍！」

周天昊見謝玉嬌終於喊自己回去，一個勁兒地點頭應了，三步併作兩步上了馬車，笑著對雲松道：「快趕車，不然就追不上陶大管家了。」

隱龍山那一帶的山頭都是荒山，大雍初建之時，朝廷很缺銀子，因此把一些荒山以很低廉的價格賣給當地的地主或鄉紳。謝家當時也買了好些山頭，雖然地契全都還在，但是這樣的荒山開墾起來很費人力、物力跟財力，因此一代接著一代傳下來，那些荒山並未變成寶山。

後來謝老爺接手之後，聽說蘇杭那邊的蠶絲賣得極好，他得知那邊的村民就是開墾荒山種桑樹，然後養蠶致富的，所以他便鼓勵謝家的佃戶開荒山，那些開出來的地，前三年不管產出多少東西，都不用上繳田租。

就因為這樣，隱龍山附近才有些居民開始開荒、種桑樹，但是這些人力在一望無際的大山面前，實在顯得渺小，因此隱龍山附近大部分的地方依舊荒蕪。

若是在現代，政府都提倡退耕還林、退耕還草，可古代的勞動力低下，一畝地的收成極少，若是遇上荒年，很可能忙碌了一整年都吃不飽，所以百姓保障自己生活的唯一方法，就是多種一些地，至於發展副業什麼的，還真是沒什麼人想得到。

謝玉嬌到隱龍山下的時候，已經差不多是午時了，原先山神廟周圍的空地上，早已搭建了一大片木屋，雖然看起來有些擁擠，但好歹有個遮風避雨的地方。

謝家的粥棚就搭在山神廟正前方，這時候正是吃飯的時間，因此好些人在那裡排隊等粥。剛開始的時候，發粥的婆子是謝家派來的，如今大夥兒混熟了，陶來喜就在難民當中選了幾個老實可靠的人負責這項工作。

除了發粥的婆子，後面還站著幾個壯漢，一看就是為了維護秩序的。那幾個壯漢眼尖，遠遠看見馬車，就知道謝家宅那邊有人到訪，急忙迎了過來。

陶來喜下了馬車，一邊領著謝玉嬌與周天昊往前頭走，一邊道：「過年的時候，按照小姐的意思，發給他們雞腿和紅燒肉，如今老奴已經勸不少有勞動力的人去城裡謀個營生了，只是大家都人生地不熟的，有人比較膽小，不敢出遠門。」

這些難民的來歷，謝玉嬌多多少少有些底，每戶人家家中必定有個人待在前線，這陣子雖然沒打仗，但還是要練兵；況且逃難時兵荒馬亂，只怕就算將來不打仗了，也未必能找得回家人，除非有朝一日，他們能重返故里，那才算是團圓有望。

周天昊看著遠處黑壓壓的人群，頓時茫然起來。這種感覺就像韃子進攻京城時，他站在城牆上，看著城牆下那些人舉著幾十丈高的梯子，一次次朝他們衝過來時的那種迷茫。

他實在不知道那些人到底圖的是什麼，然而他們還活著，總有出路可尋。

周天昊深深嘆了口氣，轉頭看著謝玉嬌道：「嬌嬌，妳發揮所長的時候到了。」

「我嗎？」謝玉嬌有些疑惑地回了周天昊一句，卻猛然想起自己前世學的是人力資源啊！

當初謝玉嬌得知周天昊學的是IT時，曾經調侃他，又怕自己被笑，所以不願意告訴他自己學了什麼專業，不過後來她還是告訴了他這件事。如今眼前出現了這種情況，不正是她表現的好機會嗎？不過……這人也太多了吧?!

謝玉嬌悶咳了一聲，小聲地詢問陶來喜道：「陶大管家，去把領頭的人喊過來，先問清楚發生了什麼事。」

陶來喜聞言，點了點頭道：「小姐您先去廟裡，老奴這就去把人找來，如今那山神廟也收拾乾淨了，裡頭能坐一坐。」

周天昊跟著謝玉嬌進了山神廟，他環視了一周，臉上帶著幾分笑道：「我們兩個第一次見面，就是在這附近嗎？」

謝玉嬌眨了眨眼睛，想起去年端午節發生的事，不過說起她對周天昊的第一印象，只能說是……大驚失色。

「是嗎？我只記得當時看見一個不穿衣服的瘋子。」謝玉嬌故意說道。

周天昊聞言，急忙否認道：「哪有不穿衣服的瘋子？我怎麼沒看見？哦哦……妳是說蕭老大吧？他確實是個瘋子。」

說完，周天昊乾笑了兩聲，謝玉嬌就這樣睨著他，強忍著笑。聽他提起蕭老大，謝玉嬌便問道：「一眨眼，他們走了也有一段時間，眼下朝廷不打仗，他們什麼時候才能回來？」

「養兵千日，用在一時，當初就是因為先帝在位時沒考慮到這個問題，這次韃靼傾巢進攻，大雍才會這般措手不及，所以他們這次不會這麼快就回來。」談起軍事，周天昊又皺緊了眉頭。「從今以後的每一年，對大雍來說都至關重要。」

謝玉嬌也明白這個道理，當初北宋變成南宋、明朝也只剩下南明，歷史上偏安一方的朝代，最後都沒好下場，想要打回去，只怕真的沒那麼容易。

看見周天昊的眉心皺成了一個川字，謝玉嬌知道他為這些事心煩，便開口道：「咱們先不看那麼遠，就眼前這一千人，你若是能搞定，我就答應你一件事。」

「什麼事？」周天昊聞言頓時來了興致，急忙問道。

謝玉嬌踮起腳尖，湊到周天昊耳邊，小聲道：「你若能搞定他們，我就讓你提早洞房。」

這個獎賞可大了，周天昊一時驚喜得兩眼放光，可想到那黑壓壓一大片人群，他覺得這問題沒辦法輕易解決，看來謝玉嬌是存心出難題給他……罷了、罷了，自己還是老實些，乖乖等到洞房花燭夜就行，看她還能往哪跑？

沒多久，陶來喜已經找了領頭的人來山神廟，這些難民雖然知道謝家是小姐當家，卻不知道居然是這般嬌滴滴的一個美人，這些爺兒們頓時啞口無言，尷尬得連手都不知道往哪裡擺。

謝玉嬌在一側的靠背椅上坐了下來，見來人都是普通的鄉民，放鬆了一些，問道：「你們不必緊張，我就問幾個問題，只管回話就是。」

眾人連連點頭，一臉恭敬地聽謝玉嬌問話。

「聽陶大管家說，這幾日他沒來，這裡似乎有些不安生。我知道我們謝家勢單力薄，雖然能收留你們，但這不過是一時的，眼下已經開春，到時康大人必定會給你們一個說法，看是繼續往南遷呢，還是要在這裡安頓下來。不過你們應該都明白一個道理，天下沒有白吃的午餐，韃子打過來，朝廷沒能保住你們的家園，那是朝廷欠你們的，並不是我們謝家。」

這話說得大義凜然，讓坐在一旁的周天昊很是汗顏。也是，如今朝廷欠下的債卻讓謝家頂著，他該不該為了這件事以身相許呢？

謝玉嬌一邊說，一邊不忘偷偷往周天昊那邊看，見他臉上果然有幾分鬱結，不禁覺得有些好笑，只能抿著唇瓣繼續道：「但這件事也不能完全怪朝廷，要是咱大雍的百姓和韃靼的百姓一樣，隨便一個人跨上戰馬都能上場殺敵，那韃子必定不敢亂我大雍分毫。如今雖然有些晚了，卻也不是毫無希望，各位家中不也有人投身軍旅嗎？相信到時你們的家園還是會收復的。」

說完，謝玉嬌轉頭對周天昊道：「睿王殿下，不知道民女說得對不對？」

「對對對……」周天昊連忙應聲，卻瞥見謝玉嬌眸中的幾分笑意，立刻知道她是故意的。

眾領頭人聽到坐在謝玉嬌旁邊的人是當今睿王殿下，忍不住跪下來磕頭，其中一人道：「睿王殿下，我們是真的走投無路了，家鄉被韃子侵占，不跑也是死路一條，可如今跑了，卻也不知道要跑去哪裡。謝小姐說得沒錯，咱們沒理由在這邊賴著不走，可到底能去哪呢？」

其餘幾人聽到那人這麼說，紛紛點頭稱是，又有人開口道：「前一陣子，我們幾個想著如今年過了，好歹去城裡找個營生，可是人生地不熟的，往哪找呢？我們又操著外地口音，那些掌櫃一聽就不肯要，只說外地人靠不住；可我們都是老實的莊稼漢，怎麼就靠不住了？便是做不成仔細的工，打雜跑腿的事總能做幾樣，只要有口飯吃就行了。」

朝廷南遷，金陵城一下子湧進大量人口，本地的商戶雖然生意變好了，可到底對外地人不放心，寧可用更高的月銀請當地人，也不願請這些不知根底的外地人，這點謝玉嬌再清楚不過，因為就連她自己，也是這麼囑咐自家掌櫃的。

謝玉嬌皺了皺眉頭，瞬間生出撒手不管的想法。反正如今朝廷已經在金陵了，實在不行，就把這些災民召集起來，去行宮門口請個願什麼的也成，看朝廷還會不會不管？

只是……如今皇上都是她的親戚了，他心煩，周天昊勢必跟著苦惱，她還是要考慮一下這個連鎖反應才行。

支著肘子想了半日，謝玉嬌一雙秀眉皺得死緊，最近在城裡住得太舒坦了，她已經好久沒費腦子想這麼難的問題了。

就在謝玉嬌想得腦門發疼之際，忽然間靈機一動，轉過頭看著周天昊問道：「我問你，朝廷如今還缺做棉襖的繡娘嗎？」

想起當初為朝廷趕製的那五千件棉襖，可是陸陸續續花了兩、三個月的時間，動用了謝家宅上上下下幾百個婦人才做完的呢！那時謝玉嬌只嫌人力不足，恨不得天降幾百名女工，如今這上千名的難民中，少說也能湊出百來個會做針線活的婦女吧？若是能將她們集合起來，建一個繡坊，至少這批人就能自給自足了。

「朝廷怎麼不缺，這些東西有時想用現銀買都買不來，還有發國難財的無良商人哄抬價格，軍營裡的棉襖一直都不夠。」周天昊說道。

不過……好在棉襖不夠，謝老爺才會想到要捐棉襖，鬼使神差的，謝玉嬌的菱花鏡還救了他一命，所以對周天昊來說，棉襖不夠似乎是件好事。

謝玉嬌想了想，開口道：「你這王爺還有沒有一點用處？能不能幫我接一筆朝廷的生意？我可以算你便宜一些。」

「別說一筆，妳要是想再多要幾筆，我也照樣替妳弄來。」

周天昊雖然平常不管這些庶務，但若是謝玉嬌開口，別說一筆生意，再多一些也不是問題；況且若是能讓這些難民都安定下來有活幹，將來就不會時不時發生讓謝玉嬌心煩的事了。

謝玉嬌在心中細細盤算了半天，這才對著跟前站著的一排人道：「這兩天你們先別急，最遲後天，我會讓陶大管家請康大人過來，將隱龍山周邊分成幾塊地方，按照原先你們來時分配的村落，選擇你們要開墾的地方。我這幾天就派人去蘇杭一帶進上萬株桑樹回來，等熬過今年一整年，明年就可以養蠶了。你們各自帶這些話去給大家，他們要是願意留下就別走，若是有靠譜的親戚朋友，想過去投親的，就自行離去。」

眾人聽謝玉嬌說要把荒山分給大夥兒開墾，都有些興奮，但一想到要一年之後才能開始養蠶，又開始擔心今年怎麼熬過去，臉上不禁露出了愁容。

謝玉嬌知道他們心裡在想什麼，便又說道：「你們放心，這一年當中，總會找些營生給你們。方才睿王殿下不是說了嗎？他能弄好幾筆生意過來，你們今日就回去，把自家村裡會針線的女人都找出來，統計好數量交給陶大管家，我會想點辦法，看看能不能為她們安排一些活計，好賺一些銀子。」

一席話說完，陶來喜送他們出去，他回山神廟的時候，謝玉嬌才問起來。「剛才一時著急，忘了問你，到底出了什麼事？我瞧那幾個大漢都挺老實，並不像會惹是生非。」

陶來喜聞言，嘆了口氣道：「回小姐，老奴方才問明白了，是他們有一夥人進城找事做，被無良的掌櫃給騙了，一群人不但吃虧還挨揍，回來時大夥兒聽說了，便想去討回公道，又被幾個不喜惹事的給攔住了，起了點爭執，就是這麼回事。」

謝玉嬌聽完這些就懂了。聽徐禹行說，就算是正經做生意的人，想在城裡混得好，也得到處拜碼頭，他們都是外地人，又是落魄的難民，難免會被人欺負。

她淡淡嘆了口氣，又問道：「是哪家的鋪子，這麼狗仗人勢？」

「聽說是歸雲樓，何家的產業。」陶來喜小聲地回了一句。

何家早就去了城裡發展，如今似乎已經完全融入金陵的商圈，雖然他們偶爾會回江寧的鄉下地方參與一些大小事，但大多只是敷衍而已。

想了想，陶來喜又補充道：「老奴還聽說，何家把他們家的大小姐送進宮裡去了，聽說皇上還挺喜歡她的，只侍寢了一回，就封了貴人。」

陶來喜說完這番話，才猛然想到謝玉嬌身邊還坐著一個周天昊，他可是當今的王爺，這些事他肯定比自己清楚，哪裡用得著自己在謝玉嬌跟前說？

謝玉嬌看了周天昊一眼，見他一臉茫然，顯然並不知情。怪不得何夫人要把她那個女兒藏得那麼好，原來是存了這種心思。

撇了撇嘴，謝玉嬌小聲道：「你那皇兄還有精神寵幸美人，看來病得不算嚴重嘛……不過他也真是的，自己有美人，怎麼不替你這弟弟留一個？」

周天昊知道謝玉嬌那張嘴厲害，他也是活該被她數落，只能一個勁兒地表態道：「這……我和我皇兄可不一樣，我……我只愛妳一個。」

陶來喜一聽這話，瞬間覺得兩腿發軟，心道：睿王殿下可真是奔放，這情啊愛的，能這樣隨口說出來？難怪他和他們家小姐是天生絕配啊……

第六十章　人盡其才

此時已經過了午時，周天昊和謝玉嬌兩個人用過早膳後就沒吃什麼東西，謝玉嬌怕周天昊餓著，走出去想看看哪裡能張羅吃的，正好看見有個婆子正端著兩盤菜送過來。

那婆子見了謝玉嬌，便開口道：「小姐去裡頭坐著吧，一會兒還有一鍋野雞燉蘑菇，馬上給您送來。」

謝玉嬌見那婆子和顏悅色的，就和她攀談起來。「去忙吧，我這邊不必招呼，這一天下來妳也夠累了。」

婆子搖了搖頭，帶著淡淡的笑送了菜進去，她看見周天昊在那邊坐著，有些欲言又止。謝玉嬌不禁覺得奇怪，照道理說，這婆子應該不認識周天昊才對。

周天昊正低著頭想事情，不經意地抬起頭，卻見那婆子正盯著自己，愣了一會兒後，他才回想起來道：「大娘，妳是趙老四他娘吧？」

「對對……您還記得我們老四啊，當初他就是跟您離開的，這一去就是大半年，我也沒他的消息，好不容易在這裡看見了您，您倒是說說，我們老四還好嗎？」

原來這婆子就是青龍寨趙老四的娘，他們家其他人都死了，只剩下他們孤兒寡母。她原本捨不得兒子去從軍，可趙老四非跟著蕭老大去不可，她拗不過，這才答應他。

蕭老大那一行人如今在哪裡，周天昊也不太清楚，不過此時兩國休戰，他們肯定還好好地活著。

「大娘放心吧，妳家老四好著呢！對了，告訴妳一件事，軍營裡不能有帶著排行的名字，不然可會遍地都是老四，所以我為他改了個名，叫趙昌。」

趙老四他娘聽周天昊這麼說，放心許多，又看見他和謝玉嬌在一起，便有些疑惑地問道：「將軍如今怎麼和謝家小姐在一塊兒，兩位這是……」

她依稀記得過年陶大管家送肉菜過來的時候，說謝家招了個女婿，門第似乎很高，這麼一看，難不成就是周天昊了？她頓時恍然大悟，笑著道：「難不成您就是陶大管家說的上門女婿？」

謝玉嬌聽了這話，臉頰微微泛紅，小聲回道：「上門是上門了，還沒成女婿呢！」

「這不早晚的事嘛！」趙老四的娘很是高興。

此時，忽然聽見外頭有人喊她道：「老四他娘，野雞燉蘑菇快燒糊了。」

趙老四的娘聞言，「哎喲」了一聲，急急忙忙出去瞧了。

不一會兒，一鍋野雞燉蘑菇就送了過來，這個地方只有糙米，謝玉嬌與周天昊便湊合著吃起來。大概是餓得久了，謝玉嬌並不覺得糙米難吃，反而比平常多吃了一些飯。

周天昊見謝玉嬌吃得認真，放下碗筷，靜靜地看了她片刻，才開口道：「我們這算不算是粗茶淡飯了？」

謝玉嬌小心翼翼地吐出嘴裡的雞骨頭，擦了擦嘴道：「讓你偶爾吃兩天，你還可以忍，要是天天吃，你肯定會有怨言。」

周天昊想了想，一本正經地回道：「我曾經以為我沒電腦一定會死，沒想到來了這裡以後，身上被人捅出幾次窟窿，都還活得好好的。」

謝玉嬌看著周天昊，只見他那深邃的眼眸中帶著幾分戲謔，卻又泛著些許嚴肅。她伸出手去，捏了捏他的臉頰，長長地嘆了口氣道：「少年……忘了電腦吧……」頓了頓，又俏皮地補充了一句。「把飛機也忘了。」

從隱龍山回到謝家，謝玉嬌的年假就結束了，龍抬頭那日祭天之後，她連續去了幾日縣衙，與康廣壽商議難民長住的後續事宜；接著又央求周天昊去一趟金陵，打探兵部軍需物資籌集一事，再向戶部申請幾個採購專案。文帝一聽說是謝玉嬌要藉此安置難民，御筆一揮，全應了下來。

一眨眼就到了二月十九，也就是謝老爺的忌日。因為二老太爺病了，所以原本由他負責的祠堂祭祖一事，就交到另外一個與謝老爺同輩的人手中。那個人是這一輩中比較有出息的，除了家中有幾畝地，膝下兩個孩子也在謝家的義學念書。

謝玉嬌之所以選擇把這件事情指派給他，一來是他並沒跟著二老太爺做過那些不上道的事，二來就是謝玉嬌隱約記得當初他家沒人想來謝家當嗣子。

其實在謝玉嬌心裡，還是很看重親戚的。謝家宅大部分人雖然都姓謝，但是傳到這時還能攀得上親戚的，也不多了，既然大家住在附近，那麼能幫襯的，她自然不會放著不管。

只是上回二老太爺鬧了那麼一次之後，眾人似乎真的有些怕謝玉嬌，好些以前常走動的親戚，連年節期間也沒來探訪，因此今日見到這位代掌二老太爺職責的叔叔，謝玉嬌便親切地開口道：「聽我娘說您在我爹那一輩排行老七，我該叫您七叔才對，以前倒是沒見過您。」

謝玉嬌這位七叔名叫謝雲臻，身材中等，容貌斯文俊秀。他聽謝玉嬌這麼說，便開口道：「妳不認識我也是正常，我去年才從京城回來。」

謝雲臻說完這句話，頓了頓才繼續道：「只是沒想到我才剛回來，京城就沒了，倒是平白撿回了一條命。」

待謝玉嬌回到家裡，才知道這位七叔原來是她曾祖父庶出兄弟那一支的後代，和他們的關係比二老太爺那邊遠一些。

謝雲臻很年輕的時候就中了秀才，沒幾年又中了舉人，從此家中便砸鍋賣鐵地供著他考進士。二十六、七歲時他終於考上了，誰知那屆卻鬧出了科舉舞弊的事端，所有人的成績都作廢。

後來謝雲臻陸陸續續又考了幾回，可再也沒中過，幸而他是個聰明人，並未因此拖延自己的終身大事，所以還有兒女承歡膝下。

謝玉嬌聽徐氏這麼說，倒是由衷替他惋惜，如今瞧他也三十好幾了，這輩子等於過去了大半，卻只落得一個含恨回鄉；不過比起那些還做著科舉夢，來不及回歸故里而客死異鄉的人，他已經幸運很多了。

如今謝玉嬌正要安排難民的事，陶來喜和劉福根又忙得很，她想來想去，雖然這位七叔沒考上進士，可是卻能在京城待那麼多年沒餓死，想必有些本事。

徐氏見謝玉嬌又問起這號人物，便笑著回道：「妳爹沒去世之前，也曾說他們這輩裡只有七弟是個人物。我記得很清楚，當年去京城的時候，妳爹給了他一百兩銀子當路費，他離開後第二天，就讓他娘送了一張字據過來。」

「字據……是借條嗎？」謝玉嬌問道。

「可不是。」徐氏說道：「當時妳還小，也不懂事，看見紙就喜歡撕著玩，我一個不留心，妳就把那借條撕了，結果妳爹還說撕得好，反正他沒想過要讓七弟還這些銀子。」

徐氏說完，又頓了頓，繼續道：「不過去年他回來之後，倒是來過家裡一趟，那幾日妳正病著，所以沒碰著面。我們見面時，他二話不說，就還了當年的一百兩銀子，妳不問，我都要忘了這件事。」

聽徐氏說到這裡，謝玉嬌很是敬佩這位七叔的人品，這樣的人就在她身邊，又恰巧被她選為代理族長，怎麼能不請出來用一用呢？

謝玉嬌當下就問徐氏那一百兩銀子如今放在何處？徐氏平常大門不出，二門不邁，有銀子也花不了，自然放得好好的。「我讓張嬤嬤收在書房的書架上，連匣子都沒開過，還是當時送過來的樣子呢！」

聽了這話，謝玉嬌便笑著道：「爹不會看錯人，他覺得七叔是個人才，咱們就不能讓七叔埋沒，眼下朝廷都南遷了，正是需要用人的時候呢！」

說著，謝玉嬌正好看見張嬤嬤從外面進來，便讓她去書房把那放銀子的匣子拿過來。

謝玉嬌打開匣子一看，只見裡頭放著二十兩一錠的銀錠子，一共有五個，底下還有錢莊的印子。

徐氏看了這些銀子一眼，問謝玉嬌道：「妳打算怎麼辦？」

「自然是把錢還給七叔，順便問問他，有沒有空幫我管幾個人。」謝玉嬌說道。

徐氏一聽，頓時又喜又憂，喜的是謝玉嬌看重謝老爺認可的人，憂的是萬一他是另一個二老太爺，那當真是消受不起。

不過徐氏轉念一想，當年她過門的時候，這位七弟學問和品行就很出眾，要是他真的變了，也不必特地拿那一百兩銀子回來還。

謝玉嬌倒是沒有徐氏的疑慮，所謂「用人不疑，疑人不用」，就憑她在祠堂時觀察的談吐舉止，那位七叔不知道比謝家宅其他親戚強了多少；怪不得當初就覺得他特別不一樣，還尋思著謝家什麼時候多出這麼一個人模人樣的本家親戚，原來人家可是正正經經的讀書人，還是從京城回來的。

出了正廳，謝玉嬌想讓劉福根替她跑一趟，又覺得像七叔那樣的人，沒準兒有三分傲骨，若是她親自上門拜訪，必定比讓劉福根去來得好。

上回把祠堂的事安排給七叔辦，不過是聽劉福根與陶來喜說他靠得住，但是其他事情她並不了解，只當他是個比較吃得開的叔叔。如今她既然確認過他的品性，又明白了他的經歷，最好還是展現出誠意，才能打動他。

既然存了這個心思，謝玉嬌便讓劉福根去找張嬤嬤，開了庫房打點了幾樣薄禮，又帶上那一匣子銀子，往謝雲臻家去了。

謝家剛在江寧縣落戶時，族人都住在一起，幾代之後人口增多，便在這裡建起了村落，待謝家壯大之後，才有了謝家宅這個地方。如今謝家族人所住之處，是謝老爺的祖父一輩興建的，當時凡是謝家近支的本家，都分到了房子。到了謝老太爺那時，特地請風水先生堪輿，最後在謝家宅的坤位選了現在這個位置，建了謝府。謝府基本上位在謝家宅的中心，謝雲臻家就在謝府右手邊方向，靠近謝家祠堂的地方。

謝雲臻的父親早年在族中也有些威望，但是因為沒有二老太爺和謝老爺家關係近，因此並未當上族長，他也在送謝雲臻上京不久後就過世了。當時謝雲臻為了奔喪回來過一次，還想帶著母親一起去京城，卻被婉拒，因此這麼久以來他母親一直住在謝家宅；大概是因為時運實在不濟，眼看這次科舉又無望了，謝雲臻便在去年秋天帶著妻兒返鄉。

劉福根領著謝玉嬌到了一處房子外頭，雖然這房子破舊，但門上的春聯卻很新，上面的字體蒼勁有力，有幾分名家之手的感覺。劉福根喊了聲之後，便有一個六十出頭的婆子過來開門，她與謝雲臻的父親同輩，排行第五，按輩分是謝玉嬌的嬸婆。

謝玉嬌朝她福了福身子，喊了一聲「五嬸婆」，那婆子抬起頭盯著謝玉嬌看了半天，才認出她來，回道：「這不是玉嬌嗎？怎麼到我們家來了呢？」

五嬸婆說完話，轉身對著屋裡喊道：「臻兒、臻兒媳婦，玉嬌來了。」

話聲一落，兩個娃兒率先從屋子裡跑了出來，一男一女同樣年紀，模樣有些相似，原來是一對龍鳳胎。謝玉嬌見了覺得可愛，便從袖中掏出兩個荷包，遞給他們二人玩。

此時謝雲臻和他妻子迎了出來，謝雲臻見謝玉嬌就站在門口，便親自迎上前去，又吩咐妻子道：「妳去沏一壺好茶來。」

謝玉嬌一跟著謝雲臻走進屋裡，就讓劉福根把那裝了銀子的匣子放在茶几上。那匣子雖然樣式簡單，也沒什麼特別的裝飾，可謝雲臻還是一眼就認了出來。

他正打算開口，卻被謝玉嬌搶先道：「七叔，當初我爹本來就是資助您，您雖然送了借條過來，但是早就被撕掉了，既然我找不出借條，便不能收下這些銀子。」

說著，謝玉嬌將那匣子推到謝雲臻面前，又往他住的房子看了看，只見牆面已經斑駁，好些地方需要修葺。如今他回來也有半年了，要是手上有多餘的銀子，必定不會拖延這些事。

謝玉嬌想起他們去城裡的宅子過元宵節之前，曾撥了一筆銀子用作祠堂的修葺費與香油錢，這次她回來的時候，看見祠堂已經煥然一新，可見他並未偷揩油水。

謝雲臻聽謝玉嬌這麼說，臉上微微有些難色。他是個讀書人，最重視氣節，錢財事小，風骨事大，若是收回這些銀子，到底過不了自己這一關。

這個時候謝雲臻的妻子已經沏了茶上來，她一眼就看見放在茶几上的那個匣子，原本有些黯淡的眸子瞬間亮了起來，可在看見謝雲臻的臉色時，她還是低下頭，緩步送茶上去。

「姪女請喝茶。」

謝玉嬌聽這位七嬸說話的聲音和口氣，清脆卻又含蓄，想來並不是一般人家的閨女，又看見她視線餘光掃過那匣子，似乎有些不捨。

這麼一看，謝玉嬌心中就有了底。她先是笑著接過茶抿了一口，又把茶盞放在茶几上，開口道：「劉二管家，把這匣子讓七嬸拿進去收著吧！」

謝雲臻雖然一心不想收回銀子，可畢竟手頭拮据，聽謝玉嬌這樣吩咐，沒多說什麼，只對著妻子看了一眼，點了點頭。

得到了許可，謝雲臻的妻子才接過匣子，可拿到手上那一瞬間，她疑惑道：「老爺，匣子怎麼變重了？」

謝玉嬌一聽，不禁有些驚訝。她方才確實讓劉福根又放了兩錠銀子進去，不過意思意思而已，也沒想過他們會發現，誰知道她七嬸才接過去，就掂出來了。

謝雲臻也很訝異，他親自起身接過匣子，打開一看，見到裡頭果然多了兩錠銀子，這才疑惑地往謝玉嬌那邊看。

謝玉嬌見自己的小聰明被識破，反倒覺得有些不好意思，淡淡一笑道：「姪女原來是有事來求七叔的，劉二管家，讓外頭的小廝把東西都送進來吧！」

劉福根點了點頭，走到門口一聲令下，兩、三個在門外候著的小廝就搬了東西進來，放在院子裡一張擦得乾乾淨淨的石桌上。

「這是什麼意思？」謝雲臻開口問道。

謝玉嬌雖然覺得謝雲臻骨子裡有幾分文人的迂腐，但為人卻正派得很，回道：「從小我爹就告訴我，我的七叔將來必定有出息，以前雖然沒見過您，但我爹既然這麼說，必定有他的道理，如今您回來了，好歹幫我一把。」

謝雲臻這些年在京城苦讀，沒能在仕途上更進一步，又屢次被同僚迫害，早已有些心灰意冷，不然按照他舉人的身分，若是去江寧知縣那邊報備一下，說不定哪天能遞補空缺，當上一個九品芝麻官。只是在京城沈浮多年，這樣的想法就越來越淡，最後才會連官也不想當，心甘情願務起農來。

「姪女謬讚，我不過一介窮書生，當不得『有出息』三個字。」想到這些年來的遭遇，謝雲臻只覺得官場黑暗，這麼長的歲月都蹉跎在這上頭，實在不值。

謝玉嬌知道他是自謙，便回道：「您是正經的舉人，不算什麼窮書生。其實我想過了，您若是不想幫我，明日我就寫信給康大人，讓他舉薦您，看看什麼地方適合或是有缺待補，請您過去任職。謝家雖然小門小戶，但是這點事還是做得到。」

謝雲臻自然相信謝玉嬌說的，況且他聽說當今睿王殿下還在謝家住著呢；不過他若真是那種想抱大腿走後門的人，恐怕不用她提醒，早就撲上去了。

如今聽謝玉嬌這麼說，謝雲臻正打算反駁，卻聽她話鋒一轉。「玉嬌知道七叔必定不屑如此，可一個人再清高，總不能連累一家老小都跟著您受苦，那就有違一個男子漢的氣概了。」

謝雲臻整個人頓時如遭雷擊，就連他妻子都抬起頭來看了他一眼，謝玉嬌淡然一笑，繼續道：「我舅舅中過舉人，如今卻也從商，雖說士農工商，商排在最後一位，但這世上能有幾樣東西比銀子還貴重？」

說真的，比銀子還貴重的東西自然有，只是……更加可遇不可求罷了。

謝雲臻嘆了口氣，略略蹙起眉，問謝玉嬌道：「不知道姪女有什麼地方用得上我，儘管開口吧！」

謝玉嬌見謝雲臻終於答應了，這才開口道：「前幾日我在兵部接了一門生意——做六萬件棉襖，要在八月底時交貨，現在我這邊有兩百多名女工，這件事就交給您去辦。」

六個月的時間做六萬件棉襖，等於每天要做三百多件，卻只有兩百多個女工，那就表示每人每天要做超過一件，這對完全依靠針線縫製衣服的古代人來說，確實不是件容易的事。

謝雲臻皺著眉頭沈思良久，又用指尖蘸水在茶几上寫寫畫畫了半天，忽然抬起頭來，對謝玉嬌道：「既然姪女信得過我，這生意，我接了。」

謝玉嬌聞言鬆了口氣，笑著道：「既然七叔接了這活，這多出來的四十兩銀子，就算是您的工錢，等事情辦完，玉嬌還有重謝。」

請人的事解決之後，劉福根和謝玉嬌一起回謝家，他想起前年他們趕製的棉襖，忍不住問道：「小姐，前年五千件棉襖，一百來人足足做了兩、三個月，眼下有六萬件，小姐卻只給六個月，這成嗎？」

謝玉嬌瞄了劉福根一眼，這位二管家是個老實人，說話也夠圓滑，只是腦子還差了一些，便笑著道：「你不行，我才要另外請人啊！」

劉福根聽了，不禁蹙起了眉頭，一副吃癟的模樣。

謝玉嬌才剛到家門口，就遇見雲松趕著車，從縣衙回來了。周天昊為江寧縣爭取了這麼大一筆生意，一下子安頓了兩百多個難民，康廣壽恨不得把他當佛一樣供起來，因此請他去縣衙喝酒。

周天昊的酒量實在不怎麼樣，當初徐禹行成婚時，大夥兒因為知道他的身分，並不敢灌他酒，可今日他和康廣壽兩人感情不一般，加上心情好，就多喝了幾杯。

其實周天昊知道自己這個毛病，他怕謝玉嬌叨唸，因此特地讓雲松挑準謝玉嬌平常歇午覺的時候回謝家，這樣自己就能偷偷溜回房間睡個一下午，到了傍晚時酒氣就淡了。

誰知道這次謝玉嬌用過午膳就出門，並未歇午覺，這會兒兩人撞了個正著。

雲松這時候瞧謝玉嬌走近，趕忙停下馬車，撩起簾子，壓低了嗓音往裡頭喊了一句。

「殿下，快醒醒，小姐來了。」

周天昊這會兒爛醉如泥，和周公聊得正歡暢，哪能聽見雲松這像貓一樣的喊聲，只咕噥了一句，翻身繼續睡了。

謝玉嬌已經走到馬車前，見沒有人下車，有些奇怪地問雲松道：「怎麼，殿下沒和你一起回來嗎？」

雲松正想開口，馬車裡卻忽然傳出高亢的呼嚕聲，雲松嚇得身子一抖，急忙跳下車來，垂著腦袋道：「小姐，殿下喝醉了。」

謝玉嬌聽說周天昊喝醉了，倒沒太生氣，畢竟他這次立了大功，就當讓他放放風算了。想到這裡，謝玉嬌忍不住搖了搖頭，正打算吩咐兩個小廝將周天昊從車裡扶出來時，又聽見車裡周天昊嘰哩咕嚕地說道：「嬌嬌，這裡……」

小廝們未經人事，自然不知道周天昊在嘀咕些什麼，只是「嬌嬌」兩個字，乃是他們家小姐的小名，睿王殿下叫得這般曖昧，只怕小姐要生氣。

站在一旁的劉福根聽了這話，早已面紅耳赤，他偷偷看了謝玉嬌一眼，只見她臉色脹得通紅，一雙晶瑩黑亮的眼珠似是要噴出火來。

謝玉嬌捏著帕子在指尖扯了幾下，轉身吩咐道：「你們把他拖進去。」

兩個小廝聞言應了一聲，拉開馬車的簾子就去拉人，雲松聽謝玉嬌的口氣似乎有些不善，只覺得後背涼颼颼的，又不敢大聲說話，便囑咐小廝道：「你們，輕……輕一點兒。」

謝玉嬌就站在不遠處，看著周天昊被兩個小廝從馬車裡拽了出來。他人高馬大，而那兩個小廝不過十三、四歲，被他那麼一壓，看起來怪可憐的。

只見周天昊臉色紅得不像樣，垂著一顆腦袋不說，嘴裡還嘀嘀咕咕不知道在說些什麼，謝玉嬌不禁有些擔憂，要是他一會兒再迸出幾句「要命」的話，她這張臉該往哪擱?!

謝玉嬌想了想，終究不放心，便走上前開口道：「算了，不用你們扶了，和劉二管家玩去。」

劉福根原本想過去幫忙，可聽謝玉嬌這麼說，頓時明白過來，照顧喝醉酒的人，可是促進感情的好時光，這時候外人確實不適合在場，他便說道：「走走走，別在這裡礙事了。」

謝玉嬌和雲松兩個人一左一右扶著周天昊進門，所幸周天昊住在外院，路程算不上遠；只是喝醉酒的人特別難扛，周天昊兩條腿都在地上拖著，別說謝玉嬌了，就連雲松都很吃力。雲松瞧謝玉嬌白嫩光潔的額頭上已經布滿了汗珠，又看到周天昊不省人事的模樣，只覺得渾身發冷。

「殿……殿下……您醒醒啊！」雲松試圖叫醒周天昊。

此時謝玉嬌一記眼刀殺了過去，嚇得雲松急忙噤聲，心中暗暗唸起阿彌陀佛，看樣子他的殿下只能自求多福了。

眼見床榻近了，謝玉嬌卯足力氣把周天昊丟過去，只見他魁梧的身軀往床上一倒，卻沒鬆開手，結果把謝玉嬌一起拖著跌下去，一頭撞在他的胸口上。

「要死了……」謝玉嬌輕哼了一聲，想推開周天昊的手臂，卻發現那條胳膊有如千斤重，動都不動一下。

雲松見他們兩個一進房間就抱在一起，頓時害臊起來，急忙道：「小姐，奴才……奴才去廚房吩咐人煮碗醒酒湯來。」

說完，雲松就像逃命似地離開了周天昊的房間。

謝玉嬌在心中狠狠咬牙道：還想喝醒酒湯？好啊，看我拿什麼給你醒酒。

誰知她的腦子裡才有了那麼一點壞念頭，身子就被摟得更緊了。謝玉嬌使勁掙扎了幾下，卻發現自己越是想掙脫，周天昊就摟得越緊，最後他居然一個抬腿翻身，把她完全壓在身下。

——未完，待續，請看文創風512《嗆辣美嬌娘》4（完結篇）

2016年8月出版

一妻獨秀

文創風 439～441

重生於他的意義，只有一個——
再好好愛她一次，絕不錯過有她的每一天！

你儂我儂　唯愛是寶／芳菲

前世從小婢女升級許國公世子最寵愛的姨娘，卻糊裡糊塗死在世子夫人手中，
今生再次被賣為奴，阿秀忍痛決定——慎選主家，保住小命優先！
但她左挑右選，居然還是進了一心想把女兒送進許國公府當世子貴妾的商戶，
主子正是被寄予厚望的大小姐，萬一事成，她這個貼身丫鬟不就要跟著陪嫁？!
那遠離國公府、遠離世子爺、只想過平安日子的願望，豈不全化作泡影……

哭棺竟哭回了八年前，蕭謹言還顧不得驚嘆自己的神奇遭遇，
如今的當務之急，是依照記憶尋找讓他又疼又憐又不捨的阿秀，
上輩子沒能護住她已經大錯特錯，這輩子哪還能讓她「流落在外」、「無家可歸」？
雖然此時的她仍是個小姑娘，他也心甘情願養著她、等她長大！
可他來不及阻止她當別家丫鬟了，現在該怎麼把人帶回許國公府啊……

2017年3月出版

翻身嫁對郎

文創風 501~505

前世，她錯將狼人當良人，以悲劇結束一生，
如今老天爺大發慈悲，讓她來人間走一回，
她還不擇個如意郎來扭轉乾坤！

攜良人相伴，許歲月安好／方以旋

她顧妍貴為侯府嫡女，前世卻因錯愛了涼薄人信王，
搞得自己家破人亡，最終香消玉殞，
今生重來一回，她只求此生能現世安穩、親人安康，
因此這一路走來總是步步為營、如履薄冰。
哪知道她無心嫁人，
老天卻屢次安排鎮國公世子蕭瀝當她的救命恩人，
而這一牽扯可真是不得了，
蕭世子竟發下豪語，說要上門提親來娶她了？
這也就罷了，連天家都要來湊熱鬧亂點鴛鴦譜，
竟為她和信王夏侯毅賜婚？!
橫豎她這輩子的運道是萬不可折損於那人手中，
既然聖命是要她嫁人，
讓救命恩人來做這如意郎，
似乎是逆轉前世命數的最佳選擇……

嗆辣美嬌娘 3

國家圖書館出版品預行編目資料

嗆辣美嬌娘 / 芳菲著. --
初版. -- 臺北市 : 狗屋, 2017.04
冊 ; 公分. --（文創風）
ISBN 978-986-328-712-4（第3冊：平裝）. --

857.7　　　　106002031

著作者　芳菲
編輯　連宓均
校對　沈毓萍　林安祺
發行所　狗屋出版社有限公司
地址　台北市104中山區龍江路71巷15號1樓
電話　02-2776-5889～0
發行字號　局版台業字845號
法律顧問　蕭雄淋律師
總經銷　知遠文化事業有限公司
電話　02-2664-8800
初版　2017年4月
國際書碼　ISBN-13　978-986-328-712-4

本著作物由北京晉江原創網絡科技有限公司授權出版

定價250元
狗屋劃撥帳號：19001626
網址：love.doghouse.com.tw　E-mail：love@doghouse.com.tw